황순원과 순수문학
—————다시 읽기

황순원과 순수문학 다시 읽기

강정구 지음

문학수첩

그동안 한국문학의 순수문학은 순수하고 절대적인 미적 열정의 발현으로 이해되어 온 경향이 있었다. 그렇지만 순수문학이 한국문학사에서 출현·전개된 1930~40년대 시대·사회의 분위기 속에서 세밀하게 검토하면 상당히 부르주아 이데올로기적이고, 정치적·민족주의적·권력대응적이며, 다양한 순수 관념들끼리 서로 경쟁하는 다층적인 것임이 확인된다. 이 책은 이러한 순수문학의 이면을 황순원의 문학을 통해 검토했다.

특히 황순원의 1930~40년대 문학에서 순수 관념의 형성과 전개 과정에 나타난 이데올로기를 살펴봤다. 1부에서는 주로 황순원의 1930~40년대 문학적인 순수 관념을 사적(史的)으로 분석했다. 2부는 1930년대 초반 동요·동시와 두 권의 시집을, 그리고 3부는 식민지기·해방기·국가수립기에 발표된 소설들을 살펴본 구체적인 작품론이다.

1부에서는 황순원의 문학적인 순수 관념이 1930년대 시문학파의 경향에서 기원하며 이후 현실을 바라보고 구성하는 하나의 환상프레임으로 형성됐고, 1930~40년대 시대·계급·현실 등의 사회문화적인 맥락에 따라 상동구조적으로 드러나고 다양하게 변화되었으며, 해방기에서 김동리의 문학적인 순수 관념과 서로 경쟁하는 다층적인 성격을 지녔음을 밝혔다.

2부에서는 황순원의 문학적인 순수 관념이 동요·동시에서 일체의 현실적인 연관으로부터 벗어나려는 지향을 지니면서도 현실을 해체·재구성하는 역설적인 태도로 나타났고, 《방가》에서 월트 휘트먼의 문학사상에 나름대로 영향을 받아 존재의 본성 탐구로 표출됐으며, 《골동품》에서 '순수=동심'의 논리로 드러났음을 분석했다.

3부에서는 황순원의 문학적인 순수 관념이 식민지 시기 발표 소설에서 민중계급과 구별된 부르주아(상층계급)의 문화와 밀접한 관련이 있었고, 해방 이후 발표 소설에서 남한 사회로 월남한 중상층 월남인의 좌우 민족주의 이데올로기 대응 양상에서 드러났으며, 국가 건립 직후의 발표 소설에서는 '좌익'을 감시·통제하는 사회 속에서 스스로 좌익이 아니라는 이데올로기적인 자기감시를 하는 과정에서 의식적으로 표출된 것임을 증명했다. 또한 초기 소설에서 당대 주요 이데올로기의 영향을 받거나 계급과 가족·사회에 속한 현실 속의 아동을 추상화·균질화시키는 과정을 통해서 순수 관념이 만들어졌음을 규명했다.

이러한 저자의 잠정적인 결론은 황순원이라는 무게 추를 놓고서 한국 문학의 순수문학이 지닌 이데올로기를 다시 읽기 하고, 나아가서 순수/참여로 표상되는 이분법적인 인식을 다시 저울질하려는 거대한 과정의 일환에서 도출된 것임을 밝힌다. 저자의 논의에서 이 반대편에 졸저 《신경림과 민족문학 다시 읽기》가 있음은 물론이다. 이러한 논의는 무엇보다 저자의 스승이신 황순원이라는 빛나고 탄탄한 무게 추가 있어야 가능했음은 물론이다. 출판을 허락해주신 ㈜문학수첩에 감사드린다.

※이 글의 출처는 다음과 같다.

「1930년대 초반의 황순원 동요·동시에 나타난 순수성 고찰」, 《한국아동문학연구》 30집, 한국아동문학학회, 2016. 5., 29~50쪽.

「1930년대의 황순원 동요·동시와 그 영향 – 순수문학의 기원과 형성을 중심으로」, 《한국아동문학연구》 31집, 한국아동문학학회, 2016. 12., 69~91쪽.

「1930년대 황순원의 초기문학에 나타난 순수성 고찰」, 《비평문학》 62호, 한국비평문학회, 2016. 12., 7~30쪽.

「황순원 시집 《골동품》의 동시적(童詩的)인 특성」, 《동화와번역》 32집, 동화와번역 연구소, 2016. 12., 15~35쪽.

「황순원의 시집 《방가》의 재탐색」, 《어문학》 135집, 한국어문학회, 2017. 3., 209~229쪽.

「황순원의 해방 이후 발표 작품에 나타난 좌우 이데올로기 대응 양상」, 《우리문학연구》 55집, 우리문학회, 2017. 7., 271~296쪽.

「황순원 소설 속의 상층계급 한 고찰 – 식민지 시기 발표 소설을 중심으로」, 《세계문학비교연구》 60집, 세계문학비교학회, 2017. 9., 57~77쪽.

「해방기에 나타난 문학적인 순수 관념의 다층성 – 황순원의 경우 – 」, 《한국문예비평연구》 56집, 한국현대문예비평학회, 2017. 12., 345~372쪽.

「황순원의 초기소설에 나타난 순수성 재고」, 《비평문학》 66호, 한국비평문학회, 2017. 12., 7~30쪽.

「황순원 초기 소설 속의 순수한 아동 표상 고찰」, 《한국아동문학연구》 33집, 한국아동문학학회, 2017. 12., 5~30쪽.

「좌익이라는 낙인, 순수라는 수의(囚衣) – 국가 건립 직후의 황순원 발표 소설을 중심으로」,

《우리문학연구》60집, 우리문학회, 2018. 10., 201~228쪽.

1부

순수라는 이데올로기와
그 다층성

1930년대의 황순원 동요·동시와 그 영향

순수문학의 기원과 형성을 중심으로

I. 서론

　황순원 사후인 2011년에 황순원문학관 황순원문학연구센터에서 학술적인 목적으로 발굴·조사한 작품 중 동요·동시 48편은, 소설을 창작하기 이전에 그가 보여줬던 시에 대한 새로운 해석의 장을 열어놓게 된다. 황순원이 1930년대에 출간한 시집 《방가》와 《골동품》은 서정주의와 함께 민족주의·사회주의·아나키즘 이데올로기를 지닌 것으로 그동안 논의되었는데, 이러한 논의는 그가 한국문학을 대표하는 순수문학자라는 점에 비춰볼 때에 상당히 낯설고 의외의 것이 아닐 수 없었다. 이에 1930년대의 황순원 동요·동시 48편에 영향을 받은 작품집으로 시집 《방가》와 《골동품》을 재(再)해석해, 그가 일생을 거쳐 보여준 순수문학이 기원하고 형성되는 지점과 그 논리가 파악됨을 말하려고 한다.

　순수문학의 순수라는 용어는 그 의미와 한계가 우선적으로 검토될 필요가 있다. 순수란 사전적인 의미로 볼 때에 일체의 현실적인 연관으

황순원과 순수문학 다시 읽기

로부터 해방된 정신세계 혹은 세상에 대한 판단중지를 뜻하는 관념이지만,[1] 실제 삶의 현실에서는 1930년대의 시문학파가 보여주듯이 계몽주의·계급주의를 반대하고 미(美)에 대한 열정을 중시하는 부르주아 이데올로기로 작동한다.[2] 이 때문에 순수 관념은 일체의 이데올로기를 반대하고 넘어서면서도 하나의 이데올로기로 규정된다는 점에서 '탈(脫)이데올로기의 역설'을 지닌다. 1930년대의 황순원 시는 순수의 이러한 탈이데올로기적인 역설을 잘 보여주고, 이런 역설적인 태도로 삶의 현실을 형상화하는 과정을 지속적으로 보여준다.

그동안 그의 순수문학에 대해서 순수성을 비롯해 서정성·생명성·모성성·내면성·존재성 등의 유사하면서도 다양한 용어들로 그 특성이 언급되었지만, 정작 이러한 용어들이 공통적으로 지닌 순수 관념이 언제 어떻게 황순원의 문학에서 발현되었고 하나의 세계인식 방법이 되었는가 하는 점에서 대해서는 검토의 노력이 부족했다. 따라서 황순원의 동요·동시 48편과 두 권의 시집이 출간된 시기를 순수문학이 시작되고 형성되는 시점으로 검토하고자 한다.

여기서 연구 대상으로 삼는 1930년대의 황순원 동요·동시란 1931~32년 사이에 〈매일신보〉·《아이생활》·〈동아일보〉·〈신소년〉·〈중앙

---

1 김준오, 《문학사와 장르》, 문학과 지성사, 2000.; 진순애, 「시문학파연구: 순수성을 중심으로」, 《한국시학연구》, 한국시학회, 2003., 307~346쪽.
2 시문학파가 보여준 순수는 반(反)계몽주의적·반(反)계급주의적이고 미에 대한 열정을 중시한 부르주아 이데올로기다. "맑스주의가 우리 심리에 따라 예술의 사회적 기초를 설명하는 데는 적지 않은 성공을 얻었으나 그 반면에 예술의 생리학이라고 부를만한 예술의 특성—(중략-필자 주)—에 대한 고구가 아즉까지 부족하여 예술발생학으로서의 완성을 보지 못하고 있다"는 반계급주의적인 태도, 그리고 "美의 追求……우리의 감각에 녀릿녀릿한 깃븜을 일으키게 하는 刺戟을 傳하는 美"에 대한 열정을 보이는 태도는 시문학파가 보여준 순수 관념의 핵심이다. 박용철, 「효과주의적비평론강」, 《문예월간》, 1931. 11.; 「편집후기」, 《시문학》 3, 1931. 10., 32쪽.

일보〉에 실린 동요·동시 48편을 뜻한다. 이 중 1931년의 〈매일신보〉에
37편이 집중적으로 게재됐다(자세한 목록은 부록 참조). 〈短詩三編〉이라
는 제목으로 묶인 세 편의 동시 〈바람〉·〈저녁〉·〈달빛〉을 제외한 나머지
시편은 모두 7·5조 율격을 갖춘 동요다. 그리고 시집《방가》와《골동품》
은 각각 1934년과 1936년에 동경 삼문사에서 인쇄된 시집이다. 시집
《방가》의 시편은 시 말미에 적어놓은 창작연대를 살펴볼 때에 1931년에
5편, 1932년에 10편, 1933년에 11편, 1934년에 1편이 씌어졌다. 1931
년 이후에는 동요·동시와 함께 본격적으로 시를 창작했기에 일정한 영
향 관계가 있을 것으로 추정된다. 시집《골동품》은 시집 속의 설명과 판
권을 보면 1935년 5~12월 사이에 지은 시 22편을 묶은 것이다. 출판·
창작 시기로 보면 동요·동시와《방가》 뒤에 놓인다. 그동안 동요·동시
48편과 시집《방가》·《골동품》 사이의 영향 관계나 황순원 순수문학의
기원과 형성에 관해 언급한 연구사는 거의 전무하다. 무엇보다 황순원
의 동요·동시가 우리 문학계에 발굴·조사를 거쳐서 자료집 형태로 보
고된 것이 앞에서 말한 2011년이었고, 황순원 문학연구가 소설 분야에
집중되어서 이뤄진 까닭이었다. 황순원의 동요·동시 48편에 대해서는
2010~11년 사이에 목록 및 자료 발굴이 있었다.[3] 그리고 1931년의 〈매
일신보〉에 실린 동요를 대상으로 하여 식민지 현실의 고통을 다룬 것이
많았다는 박수연의 주장이 있었고, 그 논의에 대한 비판으로써 동요·동
시 48편 모두를 대상으로 계몽주의·계급주의·순수주의의 세 경향을
분석한 뒤 당대의 순수 관념에 많은 영향을 받았다는 강정구의 논의가

---

3 권영민, 「새로 찾은 황순원 선생의 초기 작품들」,《문학사상》, 2010. 7.; 황순원문학관 황순원
문학연구센터,《황순원 초기문학 발굴 작품집》, 2011.; 최명표,《한국근대소년문예운동사》, 경
진, 2012.

황순원과 순수문학 다시 읽기

있었다.[4]

시집《방가》와《골동품》에 대한 연구에서는 서정주의적인 요소를 기본적으로 살펴보되, 연구자의 시각에 따라서 민족주의·사회주의·아나키즘이나 모더니즘의 영향을 주목했다. 시집《방가》에 대해서는 1931년 7월에 시〈나의 쏨〉을《동광》에 발표한 이래로 주요한이 힘의 노래라고 했고 양주동이 청년시절의 꿈을 노래했다고 했다.[5] 이러한 서정주의적인 고찰과 달리 1970년대 이후의 연구에서는 민족주의·사회주의·아나키즘적인 면모가 강조됐다. 천이두는 조국광복의 염원이 있었음을, 김주연은 강력한 현실비판의식이 있었음을, 고현철은 일제에 대한 역사·저항의식이 있었음을, 그리고 이혜원은 공동체적인 윤리가 있었음을 주로 민족주의적인 시각으로 살펴봤다.[6] 또한 노승욱은 황순원이 동경 유학 중 관계한 동경학술예술좌가 사회주의의 성격이 있었음을 추측하면서 사회주의의 관련성을 검토했다.[7]

시집《골동품》에 대한 연구에서는 작품의 표현적인 특성과 아울러 1930년대의 모더니즘과 깊은 관련이 있음을 살펴봤다.《골동품》의 시편

---

4 박수연, 「모던과 향토의 공동체」,《비평문학》55집, 한국비평문학회, 2015., 35~63쪽: 강정구, 「1930년대 초반의 황순원 동요·동시에 나타난 순수성 고찰」,《한국아동문학연구》30집, 한국아동문학학회, 2016. 5., 29~50쪽.
5 주요한, 「신시단에 신인을 소개함」,《동광》, 1932. 5.: 양주동,〈서〉, 황순원,《방가》, 동경·학생예술좌문예부, 1934., iii쪽.
6 천이두, 「고전의 경지에 도달한 한국적 서정」,《황순원문학전집 7》, 삼중당, 1973.: 김주연, 「성성함, 그 생명의 미학」,《시선집-황순원전집 11》, 문학과지성사, 1985.: 고현철, 「황순원 시 연구-시집《방가》에 나타난 역사의식을 중심으로」,《한국문학논총》11집, 한국문학회, 1990., 379~395쪽: 이혜원, 「황순원 시와 타자의 윤리」,《어문연구》71집, 어문연구학회, 2012., 393~415쪽.
7 노승욱,《황순원 문학의 수사학과 서사학》, 2010., 지교, 54~65쪽: 김춘식, 「황순원의 초기 시작 활동과 재일조선인 아나키즘」,《한국문학연구》50집, 동국대학교 한국문학연구소, 2016., 207~238쪽.

이 재치·위트를 지녔음을 조연현·최동호·장석남 등이 말했다.[8] 또한 이 시집의 시편에 대해서 박양호가 황순원이 모더니즘을 지향한 《三四文學》의 동인임을, 이혜원이 객관적 관찰을 통해 사물의 특징적 면모를 주목했음을, 김윤식이 감정이나 정서가 끼어들 여지가 별로 없음을, 그리고 김춘식이 모더니즘과 초현실적 성향의 영향이 있음을 들어서 모더니즘적인 성격을 강조했다.[9] 기존의 연구사에서는 황순원 문학에 대한 나름의 성과와 노고가 있었음에도 불구하고 황순원 동요·동시 48편과 시집 《방가》·《골동품》 사이의 영향 관계를 제대로 언급·규명하지 않았다.

1930년대의 황순원 동요·동시와 그 영향을 순수문학의 기원과 형성이라는 점에 주목해 검토하기 위해서 슬라보예 지젝(Slavoj zizek)의 이데올로기론과 가라타니 고진(柄谷行人)의 풍경론을 참조해서 논의를 전개하고자 한다. 먼저 황순원의 동요·동시 48편을 대상으로 해서 순수 관념이 언제 처음 출현했고 탈이데올로기의 역설을 지녔는가를 살펴본 뒤에(Ⅱ장), 이러한 순수 관념이 두 권의 시집에서 삶의 현실을 바라보고 구성하는 하나의 환상프레임으로 작동해 끼친 영향을 순수문학의 형성이라는 측면에서 분석하고자 한다. 먼저 시집 《방가》에서 영원한 생명력이라는 순수 관념이 정치적·경제적·문화적인 현실의 기표들을 누비고 의미를 고정시키는 '이데올로기의 누빔점'으로 작용함을(Ⅲ장 1.), 그리고 시집 《골동품》에서 보여준 인간의 보편적인 동심이라는 순수 관념이 식

---

8 조연현, 「황순원 단상」, 《현대문학》, 1964. 11.; 최동호, 「동경의 꿈에서 피사의 사탑까지」, 《황순원-새미작가론총서 8》, 새미출판사, 1998.; 장석남, 「황순원 시의 변모 양상에 대한 고찰」, 《한국문예창작》 6권 1호, 한국문예창작학회, 2007., 57~84쪽.
9 박양호, 「황순원 문학 연구」, 전북대대학원박사학위논문, 1994., 1~212쪽; 이혜원, 「황순원 시 연구」, 《한국시학연구》 3호, 한국시학회, 2000., 235~260쪽; 김윤식, 《신 앞에서의 곡예》, 문학수첩, 2009., 49~70쪽.

황순원과 순수문학 다시 읽기

민지 부르주아의 일상을 부각시키고 프롤레타리아의 일상을 은폐한 풍경으로 됨을(Ⅲ장 2.) 주목하고자 한다.[10]

Ⅱ. 순수문학의 기원—동요·동시 48편

　황순원 순수문학의 기원을 따지는 일은, 그의 문학에서 순수 관념이 언제 처음 출현했는가 하는 점을 살펴보는 것이다. 순수 관념이란 앞에서 말했듯이 계몽주의·계급주의를 반대하면서도 미에 대한 열정을 중시하는 부르주아 이데올로기라는 탈이데올로기의 역설을 지닌 것이다. 황순원의 문학에서 이러한 순수 관념이 처음 드러나기 시작한 것은 그가 쓴 동요·동시 48편 중의 일부분에서다. 이 동요·동시 48편이 씌어진 1931~32년은 황순원의 문학이 시작하는 시점이자, 당대의 문학계에서 보여준 주요 세 경향—계몽주의·휴머니즘의 경향, 계급주의의 경향, 그리고 순수 관념의 경향—이 다양하게 모작·창작될 때다.[11]

---

10 여기서 슬라보예 지젝의 이데올로기론이란 "우리가 아무리 냉소적인 거리를 유지한다고 해도 우리는 여전히 그것을 행하고 있는 것이다"라는 현실 자체를 구조화하는 이데올로기적·무의식적인 환상에 대한 논의를 뜻한다. 이 이데올로기적인 환상은 황순원의 동요·동시 48편에서 순수 관념이 반계몽주의·반계급주의 등의 탈이데올로기로 의도되면서도 여전히 부르주아 이데올로기가 되는 '탈이데올로기의 역설'을 잘 설명해준다. 슬라보예 지젝, 이수련 옮김, 《이데올로기라는 숭고한 대상》, 인간사랑, 206~210쪽; 토니 마이어스(Tony Myers), 박정수 옮김, 《누가 슬라보예 지젝을 미워하는가》, 앨피, 189~194쪽; 가라타니 고진, 박유하 역, 《일본근대문학의 기원》, 민음사, 1997., 참조.

11 선행연구자 강정구는 황순원의 동요·동시 48편에는 계몽주의·휴머니즘 경향의 작품이 14편, 계급주의 경향의 작품이 12편, 그리고 순수 관념 경향의 작품이 22편이 있었고, 황순원이 당대 동요·동시의 주요 세 경향을 구별하여 모작·창작했으며 순수 관념의 경향에 비중을 뒀다는 점과 그 의미를 검토했다. 이 글에서는 이 시기의 순수 관념이 계몽주의·계급주의를 반대하면서도 미에 대한 열정을 중시하는 부르주아 이데올로기라는 탈이데올로기의 역설을 지님을, 나아가서 황순원 순수문학의 기원임을 검토하고자 한다. 강정구, 「1930년대 초반의 황순원 동요·동시에 나타난 순수성 고찰」, 《한국아동문학연구》 30집, 한국아동문학학회, 2016. 5., 29~50쪽.

황순원의 동요·동시 48편에는 계몽주의·휴머니즘, 계급주의, 순수 관념의 다양한 세 경향이 혼재했는데, 이러한 혼재 속에서 순수 관념의 경향 작품이 순수 관념다운 분명한 태도와 스타일을 갖췄음을 살펴볼 것이다. 1915년생인 황순원은 1931년 만 16세의 숭실중학생으로 여러 신문과 잡지에 동요·동시를 발표한 신인이었지만, 그의 나이나 작품의 수준으로 볼 때에 모작·습작의 성격이 강했다. 특히 동요·동시 48편에는 1920년대의 방정환·윤석중이 보여준 계몽주의·휴머니즘 경향, 1920년대의 카프동조자들이 쓴 계급주의 경향, 그리고 1930년대 초반의 시문학파가 시도한 순수 관념 경향이 분명히 구별되어서 모작·습작돼 있었다.

(1) 동리에 버들피리/불어주면은/갓든제비 녯집을/차자오건만/돈벌녀 쩌난형님/
     엇재안오나[12]

(2) 어머님 아버님/나는실허요/뒷집부자 애보긴/정말못해요/애만울면 잘못봐/
     울닌다고서/주인영감 뚱뚱보/욕을하는걸/정말정말 그집엔/못가겟서요[13]

(3) 언덕길을 것다가/심심하기에/길엽헤서 문들네/썩거물엇네[14]

(4) 갈닙쪽배 만드러/씌워놯드니/소금쟁이 배ㅅ사공/노를저어서/넓은바다 향하

12 황순원, 〈버들피리〉, 〈매일신보〉, 1931. 5. 9.
13 황순원, 〈나는실허요〉, 〈매일신보〉, 1931. 11. 1.
14 황순원, 〈문들네쑷〉, 〈매일신보〉, 1931. 4. 10.

여/떠나갑니다.[15]

(5) 산골작 쌓인눈/봄이 왔다고/쪼르르 물방울/흘려 낯어요[16]

    인용문 (1)~(5)를 보면, 황순원은 각 경향들마다 그에 걸맞는 태도와 스타일을 연습하면서 모작·창작한 것이 확인된다. 돈 벌러 떠난 형님이 언제 오냐 하는 아쉬움·슬픔을 보인 (1)은 "웬일인지 별 하나/보이지 않고,/남은 별이 둘이서/눈물 흘린다"[17]라는 방정환류의 계몽주의·휴머니즘 경향에, 또한 뒷집 부자의 애기를 보기 싫다는 빈부격차의 고통을 드러낸 (2)는 "바람 불고 눈 오는/추운 겨울에/가엾은 부엌데기/쫓겨났어요/심술궂은 마님한테/쫓겨났어요"[18]라는 윤복진류의 계급주의 경향에 속한다.

    인용문 (3)~(5) 역시 당대의 시문학파에서 보여준 순수 관념 경향의 작품을 모작·창작한 것으로 판단되는데, 이 부분에서 황순원 순수문학의 기원이 찾아진다. 황순원은 "돌담에 소색이는 햇발가치/풀아래 우슴짓는 샘물가치/내 마음 고요히 고흔봄 길우에/오날하로 하날을 우러르고십다"[19]라는 김영랑류의 순수 관념 경향과 유사하게, (3)에서 민들레꽃을 꺽어 물었고 (4)에서 갈잎쪽배를 만들어 띄었으며 (5)에서 봄에 눈이 물방울이 된다고 표현한다. (3)~(5)는 (1)~(2)와 달리 반계몽주

---

15 황순원, 〈갈닙쪽배〉, 〈매일신보〉, 1931. 6. 31.

16 황순원, 〈봄이 왓다고〉, 〈동아일보〉, 1932. 4. 6.

17 방정환, 〈형제별〉, 《어린이》 1. 8., 1923. 8.

18 윤복진, 〈쫓겨난 부엌데기〉, 1927., 《현대조선문학선집 18》, 문예출판사, 2000.

19 김영랑, 〈내마음고요히고흔봄길우에〉, 《시문학》 2, 1930. 5., 13쪽.

의적·반계급주의적인 입장에서 미적인 관심을 보인 내용들이다. 이처럼 황순원이 순수 관념 경향의 작품을 계몽주의·휴머니즘 경향의 작품이나 계급주의 경향의 작품과 분명히 구별해서 썼다는 사실은, 그가 순수 관념을 나름대로 분명히 이해하고서 모작·창작했음을 의미한다. 이 점에서 1931년도에 발표된 순수 관념 경향의 작품에서 황순원 순수문학의 기원이 찾아지는 것이다.

동요·동시 48편 중에서 순수 관념 경향의 작품은 계몽주의·계급주의적인 내용이 아니며, 미에 대한 열정을 주목한 것이다. 청소년기의 황순원은 1930년대 초반의 식민지 현실과 사회문제들—1929년 광주학생운동, 1931년의 만주사변, 1932년 이봉창·윤봉길 의거—보다는 그런 현실·사회와 단절된 부르주아 자신의 삶에서 경험되는 미에 대한 열정에 더 관심을 지닌다. 이때 동요·동시와 그 이후의 창작에서 순수 관념이 잘 구현된 까닭은, 이러한 미에 대한 열정과 관심을 가질 수 있는 그의 부르주아적인 감각·태도·인식과 밀접히 관계된다.

> (6) (3.1운동에 참여하다가 검거되어−필자 주) 옥고를 치르고 나온 (황순원의 아버지인−필자 주)찬영은 한동안 숭실중학교 사감으로 있다가 조림사업과 작답 사업에 정열을 쏟은 것으로 알려지고 있다. (중략) 해방이 되면서 북이 공산화되자 그는 지주 계급으로 몰렸고, 끝내는 1946년 3월에 38선을 넘어야 했던 것이다.[20]

---

20 김동선, 「황고집의 미학, 황순원 가문」, 《황순원연구》, 문학과지성사, 1985.

황순원과 순수문학 다시 읽기

(7) 일제 관헌들은 고향에 소개되어 있는 지식 청년 황순원을 의심의 눈으로 쳐
다보았고 동네사람들은 일본에서 대학까지 나온 사람이 고향에서 무위도식
하고 있다고 수군댔다. (중략) 그러나 그는 지주 계급 출신의 지식 청년이었
으므로 공산화된 북한 땅에서 뿌리를 내릴 수 없었다. 그는 요시찰 인물이
되었고, 끝내 월남을 결심하고 말았다.[21]

인용문 (6)~(7)에서는 황순원의 아버지와 자신이 공산당에 의해서
지주계급, 즉 부르주아로 인식되었음을 분명히 보여준다. 황순원의 아버
지가 숭실중학교 사감이자 사업가였고, 황순원 자신이 식민지 기간 내
내 무위도식했다는 사실은, 부르주아만이 가능한 것이었다.

그렇다면 인용문 (3)~(5) 속의 순수 관념이 이러한 부르주아의 감각·
태도·인식과 직접 관계되는 것은 우연이 아니다. (3)~(5)에는 부르주아
아동이 경험하고 생각할 법한 삶의 무료함, 나뭇잎 놀이와 자연 관찰이
있다. 황순원은 이러한 부르주아의 감각·태도·인식으로 식민지 현실과
당대의 사회문제들과 거의 무관한 인간·자연 그 자체에 대한 관심 혹은
미에 대한 열정을 보여준 것이다. 이 부분에서 황순원 순수문학의 기본
적인 원형질이 발견된다. 황순원의 순수 관념은 계몽주의·계급주의·순
수 관념의 세 경향을 분명히 구별한 가운데에서 반계몽주의적·반계급
주의적이면서도 미에 대한 열정을 지닌 부르주아 이데올로기라는 탈이
데올로기의 역설을 확연히 보여준다.

---

21 김동선, 「황고집의 미학, 황순원 가문」, 《황순원연구》, 문학과지성사, 1985.

III. 동요·동시의 영향과 순수문학의 형성

1930년대의 동요·동시 48편에서 기원한 순수 관념은 시집《방가》·《골동품》의 시편에서 삶의 현실을 바라보고 구성하는 하나의 환상프레임으로 작동하는 영향을 끼치는데, 이러한 영향을 통해서 황순원의 순수문학이 형성된다. 이 시기의 황순원 순수문학은 시집《방가》에서 영원한 생명력이라는 순수 관념이 일종의 누빔점이 되어서 정치적·경제적·문화적인 현실의 기표들을 누비는 양상으로, 그리고 시집《골동품》에서 인간의 보편적인 동심이라는 순수 관념이 일종의 풍경으로써 식민지 부르주아의 일상을 부각시키고 프롤레타리아의 일상을 은폐하는 양상으로 구분된다.

1. 영원한 생명력이라는 이데올로기의 누빔점 — 시집《방가》

황순원의 시집《방가》에서 가장 눈에 띄는 것은 1930년대 초반 식민지 시기의 정치적·경제적인 혹은 개인사적인 현실을 여러 소재로 다루고 있다는 점이다. 이때 여러 소재들은 식민지 시기라는 역사적·사회적인 담론장에서 민족주의·사회주의·아나키즘 등의 이데올로기적인 맥락을 지니고서 형상화된다기보다는, 월트 휘트먼(Walt Whitman)이 주창한 영원한 생명력이라는 보편적·추상적인 존재론적 담론장에서 형상화된다. 따라서 영원한 생명력이라는 이러한 순수 관념은 정치적·경제적인 혹은 개인사적인 현실의 소재들(기표들)을 누비고 재단·전유해서 존재론적인 의미로 고정시킨다.

월트 휘트먼이 주창한 영원한 생명력이란 주객을 초월한 모든 존재 속에 내재된 신성·영성과 같은 것이다. 월트 휘트먼은 일상적인 자아의 배면에 있는 영원한 생명력 혹은 진정한 자아를 탐구하는 시적 사유를 보여줬다. 또한 1920~30년대의 한·일 문학계에 많은 영향을 줬는데,[22] 시집《방가》를 쓴 청(소)년기의 황순원은 이러한 월트 휘트먼의 사유에 깊은 관심을 보인다.[23] 황순원은 시집《방가》에서 시적 화자와 만유가 영원한 생명력을 지녔다는 인식이나 지녀야 한다는 의지를 서술하는데, 이 서술에서 주의해야 할 점은 정치적·경제적인 현실의 소재들(기표들)이 본래의 민족주의·사회주의·아나키즘 등의 이데올로기적인 맥락에서 벗어나게 된다는 것이다.

(8) 八月의 太陽아, 우리를 녹켜라.

雄宏한 音響이어, 우리를 넘어치라.

우리는, 참 일쑨은 調音을 바쑨 八月의 莊嚴한 노래로 너이를 놀래줄 것이다.[24]

(9) 不安한 黑雲이 써도는 一九三三年의 宇宙여.

(중략)

자, 어서 젊은 우리의 손으로 一九三三年의 車輪을 힘껏 돌리자.[25]

---

22 월트 휘트먼은 일상적인 자아에서 그 배면에 있는 영원한 생명력·신성·영성인 진정한 자아를 탐구하고 나아가서 그러한 진정한 자아가 주체를 초월한 모든 존재에 내재되어 있음을 주창한 미국 시인이다. (Walt Whitman, Uncollected Petry and Prose of Walt Whitman, Ed. Emory Holloway, Vol2, Garden City, N. Y, Dobbleday, 1921., p.66.) 일본과 식민지 조선에서 1919년 이후 1920년대와 1930년대에 휘트먼의 시가 번역되고 인물과 생애에 대한 소개가 있었다. 김병철,《한국근대번역문학사연구》, 을유문화사, 1975., 430~431쪽.
23 황순원은 1930년대 초중반의 본인 문학에 영향을 준 것들을 논의하는 자리에서 "휘트먼의 원시적 生命力에 대한 사랑과 노래가 퍽 좋았다"고 고백한 바 있다. 황순원, 「대표작 자선자평: 유랑민 근성과 시적 근원」,《문학사상》, 1972. 11.
24 황순원, 〈八月의 노래(太陽에게 불러 보내는 詩)〉,《방가》, 동경·학생예술좌문예부, 1934., 43쪽.
25 황순원, 〈一九三三年의 車輪〉,《방가》, 동경·학생예술좌문예부, 1934., 49~50쪽.

(10) 가난한 우리, 黑幕속에 허덕이는 우리에게는

너의 홍소의 한웃을 넌즛이 보내고,

(중략)

그러타, 우리는 太陽에게 反抗한다.

우리를 버린 너와의 인연을 끈흐련다.[26]

인용문 (8)~(10) 속의 시적 화자가 주목하는 것은 이 시가 쓰인 1930년대 초반의 정치적·경제적인 현실과 그 맥락에서 나름대로 논의·주창·실천되고 있는 민족주의·사회주의·아나키즘 등의 이데올로기라기보다는, 시적 화자인 우리가 지닌 영원한 생명력의 표출과 그 의지의 측면으로 이해된다.[27] 시적 화자는 자신이 주목한 현실의 소재들이 영원한 생명력을 어떻게 드러내는가 하는 점에 공통적으로 관심을 보이면서 정치적·경제적인 현실의 기표들을 전유한다.

인용문 (8)~(10)의 우리는 모두 현실에서는 고통스럽고 힘든 삶을 살아가는 일상적인 자아지만, 그 배면에 있는 진정한 자아 혹은 영원한 생명력·신성·영성을 드러내겠다는 의지를 표나게 보여준다. 시적 화자인 우리는 (8)에서 우리를 '녹이려는' (혹은 곤란하고 괴롭게 만드는) 태양과 맞서서 "調音을 바꾼 八月의 莊嚴한 노래로 너이를 놀래줄 것"이라는, (9)에서 우리를 불안하게 만드는 1933년의 차륜을 "어서 젊은 우리의

---

26 황순원, 〈써러지는 이날의 太陽은〉, 《방가》, 동경·학생예술좌문예부, 1934., 48쪽.

27 이러한 필자의 논의는 그간의 황순원 시 해석과는 일정한 거리가 있다. (8)의 태양을 일제의 상징으로 보아서 현실인식과 저항의 발로로 해석한 경우가 그동안 많았다(박양호, 「황순원 문학 연구」, 전북대대학원박사학위논문, 1994., 1~212쪽). 그렇지만 청(소)년기였던 황순원이 당대의 어떤 민족주의·사회주의·아나키즘적인 활동을 했다는 구체적인 증거가 없는 상황에서 시대현실과 직접 연관 짓는 태도는 좀 위험해 보인다.

손으로 "힘껏 돌리자"라는, 또한 (10)에서는 가난하고 흑막 속에 허덕이는 우리가 "太陽에게 反抗"하겠다는 의지를 표출한다. 인용문들은 모두 시적 화자가 당대의 민족주의·사회주의·아나키즘 등의 이데올로기적인 맥락을 떠나서 현실의 소재들을 영원한 생명력이라는 순수 관념으로 누비는 혹은 재단·전유한 것이다.

시집 《방가》에는 정치적·경제적인 현실뿐만 아니라 개인사적인 현실과 그 맥락을 영원한 생명력이라는 순수 관념의 이데올로기로 누빈다. 황순원은 시집 《방가》를 창작한 1931~34년 사이에 평양의 숭실중학교를 다녔고, 훗날의 배우자인 양정길과 교제를 했다. 1934년 졸업 후에는 일본 동경 와세다 제2고등학교에 입학·재학했다. 주로 청(소)년기였던 이 시기에는 개인적인 사랑과 인생의 포부를 꿈꾸었다. 황순원은 이러한 사랑과 인생을 서술할 때에도 영원한 생명력에 주목한다.

(11) 자식은 아직 弱하나,

　　그러나 그를 기를 어머니는 强하다.[28]

(12) 우리의 압헤는 다시 同伴해야만 될 험한길이 노혀잇나니

　　돌아 오라, 옛사랑으로, 假面을 버리고, 힘의 象徵인 옛사랑의 품으로 돌아

　　오라.[29]

(13) 過去를 장사지낸 사나이, 未來에 사는 사나이

---

28 황순원, 〈强한 女性－敬愛하는 楊에게〉, 《방가》, 동경·학생예술좌문예부, 1934., 17쪽.
29 황순원, 〈임아! 옛사랑으로 돌아오라〉, 《방가》, 동경·학생예술좌문예부, 1934., 72쪽.

이젤랑 야스쩌운 未練에 억매우지 마라.

希望의 曙光이 빗나는 紺碧의 바다에 쩌서

未來를 위하여 쑤준히 노질을 하렴으나,[30]

인용문 (11)~(12)는 사랑을, (13)은 미래를 소재로 한 것이다. 이러한 사랑과 미래에 대한 서술에서 눈에 띄는 것은 개인의 신변잡기와 경험을 구체적으로 형상화하는 것이 아니라, 사랑의 대상, 사랑 그 자체 그리고 미래의 자아가 지녀야 하는 영원한 생명력의 표출이다. (11)은 양정길에게 보내는 시의 첫 부분인데 어머니라는 소재를 "强하다"라는, (12)에서 옛사랑이라는 표상을 "힘의 象徵"이라는, 혹은 (13)에서는 사나이라는 기표를 "未來를 위하여 쑤준히 노질을" 하는 영원한 생명력을 드러내는 종류로 서술했다. 황순원은 자신뿐만 아니라 주변의 사람들마저도 식민지를 살아가는 각각의 삶의 맥락이나 상황보다는 영원한 생명력이라는 순수 관념을 지녀야 하거나 이미 지닌 존재로 인식했다. 정치적·경제적·문화적인 현실의 기표들은 영원한 생명력이라는 순수 관념의 이데올로기로 누벼짐으로써 시적 화자의 순수의지와 만유의 순수표상이 있는 존재론적인 담론장 속에 놓이는 것이다.

2. 인간의 보편적인 동심이라는 풍경이 은폐한 것 ─시집 《골동품》

1936년에 출간된 황순원의 시집 《골동품》은 아동과 어른을 막론한 인간이라면 누구나 지닐 법하다는 의미의 보편적인 동심 혹은 심성을 잘 보여준다. 이때 이러한 인간의 보편적인 동심이 당대의 구체적인 현실

---

30 황순원, 〈未來에 사는 사나이〉, 《방가》, 동경·학생예술좌문예부, 1934., 75쪽.

과 연관된 것들이 모두 배제되고 식민지의 역사성이 은폐된 하나의 풍경으로 발견된다는 점을 지적하는 일은 중요하다.

황순원이 시집 《골동품》에서 발견한 풍경은 무엇보다도 식민지 일본이 한인에게 주는 정치적·경제적·문화적인 부조리와 모순과 같은 외적인 것에 무관심한 부르주아의 시각으로 가능한 것이다. 1930년대의 식민지 부르주아는 세계를 객관적·보편적으로 인식하려는 모더니즘적인 태도, 민족보다는 개인의 근대적인 일상에 대한 선호, 도회적 취향과 여가생활 등을 주요 특성으로 지녔다.[31] 물론 이 시기의 식민지 부르주아 중 일부는 이런 특성과 아울러 정치적·사회적인 비판·실천 운동에 참여한 경우도 있었다. 황순원이 주목한 부르주아는 비교적 정치적·사회적인 (혹은 외적인) 것에 무관심한 내적 인간의 경우다. 지극히 사적(私的)인 관심을 지녔다.

(14) 點은/넓이와 기리와 소래와 움직임 있다.[32]

(15) 外接한/두개의/球体의/굴쟎은/奇蹟을/보아라.[33]

(16) 귀가 아푸리카 닮은/인연을 당신은/생각해 본 적이 게십니까.[34]

31 강정구·김종회, 「식민지 시기의 시단(詩壇)의 '민족' 표상에 관한 시론(試論)」, 《한민족문화연구》 49집, 《한민족문화학회》, 2015., 535~563쪽; 송효정, 「식민지 후반기 문학의 근대 기획 양상」, 고려대대학원 박사학위논문, 2009., 1~233쪽.
32 황순원, 〈종달새〉, 《골동품》, 삼문사, 1936., 6쪽.
33 황순원, 〈공〉, 《골동품》, 삼문사, 1936., 52쪽.
34 황순원, 〈코끼리〉, 《골동품》, 삼문사, 1936., 10쪽.

(17) 연문을 먹구서/왼몸을 붉히지/않엇소.[35]

(18) 2/字를/흉내/냇다.[36]

인용문 (14)~(18)에서는 식민지 사회를 살아가는 한인이 겪는 부조리와 모순 등과 같은 외적인 것에 무관심한 식민지 부르주아의 일상이 하나의 풍경으로 드러나 있다. 이 풍경 속에는 식민지 부르주아의 특성과 사적인 일상이 잘 표현돼 있다. 인용문 (14)와 (15)에는 세계를 주지적·객관적으로 인식해서 보편적인 인식을 드러내는 모더니즘적인 태도가 나타나 있다. (14)에서 종달새를 "넓이와 기리와 소래와 움직임"으로 보는 것과 (15)에서 공을 둥근 지구와 "外接한/두개의/球体" 중 하나로 이해하는 것이 그 예가 된다.

인용문 (16)~(18)은 식민지 부르주아의 이국적인 호기심과 개인적인 연애 감정과 학교 교육을 배경으로 한 시다. (16)에서 코끼리의 "귀가 아푸리카 닮은/인연"이라는 이국적인 호기심을, (17)에서 우체통이 "연문을 먹구서/왼몸을 붉"힌 것으로 보였다는 연애 감정을, 또한 (18)에서는 오리가 "2/字를/흉내/냇다"는 학교 교육의 기억을 보여준다. 1930년 대 중반의 식민지 상황―1931년의 만주사변, 1932년의 이봉창·윤봉길 의거, 1933년 일본의 국제연맹 탈퇴―에 무관심한 내적 인간인 부르주아가 인간의 보편적인 동심으로 부를 만한 순진성과 심성을 만들어낸 것이다.

인간의 보편적인 동심이라는 풍경이 더욱 문제시되는 것은 동시대를

35 황순원, 〈우편통〉, 《골동품》, 삼문사, 1936., 48쪽.
36 황순원, 〈오리〉, 《골동품》, 삼문사, 1936., 16쪽.

살아가는 식민지 프롤레타리아의 역사적·사회적인 일상·환경 등을 은폐한다는 점이다. 식민지 프롤레타리아의 가난·실업·굶주림·절망·비참 그리고 식민지 수탈로 인한 지역의 피폐화·황폐화 등은 1920년대의 신경향파 문학과 1930년대 사실주의 문학의 주요 소재였는데, 황순원의 시집 《골동품》에서는 이러한 프롤레타리아의 역사성·사회성이 모두 은폐된 채로 삶의 현실이 하나의 선명한 이미지로 단순화·파편화된다.

(19) 이곳입니다./이곳입니다./당신의/무덤은.[37]

(20) 당적집 소악에/비누물박아지 든/굶은애가 산다.[38]

(21) 비맞는/마른 넝굴에/늙은 마을이/달렸다.[39]

(22) 숲은일을 태우려/담배를 뻐금여 온 때문에/인제는 대만 물면/숲은일이 날러와 빠작인다.[40]

인용문 (19)~(22)의 공통점은 죽음, 굶주림, 지역의 피폐화·황폐화, 고통을 겪는 인간의 모습을 하나의 선명한 이미지로 드러낸다는 것이다. 이 선명한 이미지는 1930년대 중반을 살아가는 프롤레타리아가 경험할 법한 죽음·가난·실업·굶주림·절망·비참과 지역의 피폐화·황폐화에 거의 무관심하거나 멀찍이 거리를 두고 바라보기만 하는 부르주아의 시각

---

37 황순원, 〈반디불〉, 《골동품》, 삼문사, 1936., 8쪽.
38 황순원, 〈게〉, 《골동품》, 삼문사, 1936., 14쪽.
39 황순원, 〈호박〉, 《골동품》, 삼문사, 1936., 34쪽.
40 황순원, 〈대〉, 《골동품》, 삼문사, 1936., 42쪽.

을 하나의 풍경으로 드러낸 것이다. (19)에서 반딧불이 누군가의 죽음('무덤')을 보여주는 존재로, (20)에서 게가 "당적집 소악에/비누물박아지 든/굶은애"로, (21)에서 호박이 "비맞는/마른 넝굴에/늙은 마을"로, 그리고 (22)에서 담배가 "대만 물면/슯은일이 날러와 빠작"이는 것으로 표현되는데, 이러한 표현 속에는 1930년대 중반의 프롤레타리아가 경험할 법한 힘들고 어려운 삶의 구체와 실상이 모두 은폐되어 있다. 마치 그들의 삶을 멀리서 바라보는 부르주아의 관광적인 시각이 부각돼 있는 것이다.

이처럼 인간의 보편적인 동심이라는 순수 관념은 식민지의 구체적인 현실을 은폐하여서 추상화·보편화·파편화·단편화한 뒤에 하나의 선명한 이미지로 풍경이 되는 것이다. 황순원은 이러한 풍경을 만드는 과정을 통해서 자신을 둘러싼 1930년대 중반의 현실을 순수하게 바라보는 것이다. 순수 관념은 그가 살아가는 생생한 현실을 구조화하고 바라보게 만드는 이데올로기의 일종인 것이다.

IV. 결론

1930년대의 황순원 동요·동시 48편에 영향을 받은 작품집으로써 시집 《방가》와 《골동품》을 재해석할 때에, 그가 일생 동안 보여준 순수문학이 기원하고 형성되는 지점과 그 논리가 잘 파악됐다. 이러한 검토는 황순원 순수문학의 기원과 형성을 규명한다는 점에서 중요한 문학사적·작가론적인 의미와 가치가 있었다. 그동안의 연구사에서 1930년대의 황순원 시에 대해서는 서정주의적인 요소와 함께 민족주의·사회주의·아나키즘적인 면모가 강조됐다. 여기서는 황순원 순수문학의 기원을 그의 동요·동시 48편 중 일부 작품으로 본 뒤에 그 동요·동시의 영

황순원과 순수문학 다시 읽기

향으로 시집 《방가》와 《골동품》에서 그의 순수문학이 형성됐음을 검토했다.

먼저, 황순원 순수문학의 기원이 동요·동시 48편 중 순수 관념의 경향 작품에 있음을 탐색했다. 동요·동시 48편 중 순수 관념의 경향 작품에서는 순수 관념다운 분명한 태도와 스타일을 갖췄고, 황순원 자신이 미에 대한 열정과 관심을 지니는 부르주아의 감각·태도·인식을 보여줬기 때문이다. 이 순수 관념은 반계몽주의적·반계급주의적이면서도 미에 대한 열정을 지닌 부르주아 이데올로기라는 탈이데올로기의 역설을 분명히 지녔다.

그리고 황순원 동요·동시의 영향을 통해서 순수 관념이 삶의 현실을 바라보고 구성하는 하나의 환상프레임으로 작동하여 순수문학이 형성하는 지점을 시집 《방가》와 《골동품》으로 분석했다.

첫째, 시집 《방가》에서 영원한 생명력이라는 순수 관념이 정치적·경제적·문화적인 현실의 기표를 누비는 이데올로기의 누빔점이 되는 양상을 검토했다. 황순원은 시적 화자와 만유가 민족주의·사회주의·아나키즘 등의 이데올로기 맥락에서 벗어나서 영원한 생명력이라는 순수 관념을 지녔다는 인식이나 지녀야 한다는 의지를 주목·서술했다.

둘째, 시집 《골동품》에서 인간의 보편적인 동심이라는 순수 관념이 식민지 부르주아의 일상을 부각시키고 프롤레타리아의 일상을 은폐하는 풍경으로 되는 양상을 살펴봤다. 황순원이 만든 시집 속의 풍경은 식민지의 부조리와 모순 등과 같은 외적인 것에 무관심한 내적 인간인 부르주아의 시각으로 가능했고, 프롤레타리아의 역사적·사회적인 일상·환경―가난·실업·굶주림·절망·비참, 식민지 수탈로 인한 지역의 피폐화·황폐화―이 은폐된 결과였다.

황순원의 순수문학은 1930년대의 주요 문학 경향들, 특히 시문학파의 순수 관념 경향을 동요·동시에서 모작·창작하는 과정에서 기원됐고, 시집《방가》와《골동품》의 시편을 쓰는 동안 서서히 현실을 바라보고 구성하는 하나의 환상프레임으로 만들어지면서 형성됐다. 이러한 결론은 황순원 순수문학의 전체적인 흐름에서 그 기원과 형성 시기와 논리를 규명한 것이다. 앞으로 황순원의 순수문학이 소설 창작 과정에서 어떻게 전개되는가 하는 점을 추적할 필요가 있다.

황순원과 순수문학 다시 읽기

1930년대 황순원의 초기 시에
나타난 순수성 고찰

I. 서론

황순원의 문학이 한국문학사를 대표하는 순수문학의 하나라는 점에 대해서는 그동안 학계의 많은 논의와 어느 정도의 합의가 이루어졌지만, 정작 문학적 순수가 언제부터 나타났고 그 특성이 무엇이냐 하는 점에 대해서는 거의 언급이 없어 왔다. 1915년생 황순원은 1937년 7월에 소설 〈거리의 부사〉를 《창작》에 게재하기 이전에 이미 1931~36년 사이에 동요·동시 48편과 시집 《방가》와 《골동품》을 발표·출간한 시인이라는 점에서 순수의 특성 즉 순수성에 대한 논의는 이 시기부터 시작될 필요가 있다.

순수란 사전적인 개념을 참조할 때에 일체의 현실적인 연관으로부터 해방된 정신세계, 혹은 세상에 대한 판단중지를 뜻하는 관념인데, 이러한 관념은 계몽주의·계급주의 이데올로기를 거부·부정하는 경향으로 구체화·현실화되는 경우가 많다.[41] 황순원 초기 문학의 순수성을 주목하기 위해서는 그가 기존의 연구사에서 알려진 것과 달리 시문학파·주지시파·생명시파 등이 중심이 된 1930년대의 탈(脫)계급주의적인 경향을 따랐는지, 그리고 그 경향을 어떻게 이해·수용했는지를 조심스럽게 살펴볼 필요가 있다. 또한 이러한 검토 과정에서 동요·동시 48편, 시집 《방가》, 《골동품》을 발표·출간한 각 단계에서 1930년대 탈계급주의적인 경향 속에서 어떻게 순수 관념이 다양하게 구체화됐는가 하는 그 영향이나 배경을 아울러 주목해야 한다.

이러한 연구는 황순원의 문학에 나타난 순수의 기원과 그 형성을 검토하는 것이라는 점에서 연구사적·문학사적인 의의와 가치가 있다. 순수성·동심성·생명력·모성성·내면성·존재성 등의 여러 용어로 논의된 황순원의 문학적 순수성을, 작가나 작품의 특성·개성으로 본 기존의 논의와 달리, 여기서는 1930년대라는 구체적인 문학사의 맥락 속에서 탐구하여서, 탈계급주의적인 경향을 지속적으로 보여준 1930년대의 문학사적인 공간에 그의 초기 문학을 정위시키고자 한다. 이러한 작업은 황순원의 문학에 나타난 순수성이 시대적인 산물이자 대응이자 결과물임을 보여줄 것으로 기대된다.

황순원의 초기 문학은 장르나 발표·출간 시기에 따라서 동요·동시 48편, 시집 《방가》와 그 이후의 시편 그리고 시집 《골동품》으로 각각의 단계가 구별된다. 동요·동시 48편은 주로 1931~32년에 〈매일신보〉·〈동아일보〉에 발표된 것이다. 시집 《방가》는 1931~34년에 창작한 작품 27

---

41 순수주의자는 현실 속에서 계몽주의·계급주의 이데올로기를 거부·부정하는 형태의 부르주아·중산층 이데올로기를 주로 지님에도 불구하고, 이러한 자기 모순적인 이데올로기라는 점을 인정하지 않은 채로 자기 진실성을 강조한다. 이러한 자기모순성에 대한 불인정이 순수주의자에 대한 비판·공격의 중요한 이유가 된다.

황순원과 순수문학 다시 읽기

편을 1934년에 출간한 것이다. 시 말미에 적어놓은 창작 시기를 참조하면 1931년에 5편, 1932년에 10편, 1933년에 11편, 1934년에 1편이 집필됐다. 1934년에 쓴 1편을 제외하면 황순원의 나이 만 16~18세인 청소년기의 작품들이다. 시집《골동품》은 시집 속의 설명과 판권에 따르면 1935년 5~12월 사이에 창작한 시 22편을 1936년에 발간한 것이다. 시 22편은 시집《방가》속의 시편과 달리 길이가 짧고 단순한 감정·사상을 표현했다는 점에서 동시와 유사한 면모를 보인다. 이 외에도 소설 〈거리의 부사〉 발표 직전까지 시편 10여 편 정도가《황순원 시선집》 등에 수록되어 있는데, 이 시편은 그 성격이《방가》의 연속선상에 놓인다는 점에서《방가》를 언급할 때 함께 하기로 한다.

황순원 초기 문학의 시작인 동요·동시 48편에 대해서는 권영민과 김종회와 최명표가 각각 2010년, 2011년, 2012년에 작품의 발굴과 목록 조사를 했다. 본격적인 연구라 할 만한 것은 이 동요·동시가 향토에 대한 시대적 정열과 심미적 냉정이 있다는 박수연의 글과 순수 관념에 비중을 뒀다는 강정구의 글이다.

황순원 초기 문학에 대한 주된 연구는 시집《방가》에 집중되었는데, 이 시집의 시편에 대해서는 발표·출간 당시에 주로 서정주의라는 시 장르의 특성으로 논의되었지만, 차츰 현실비판·저항의식을 지닌 민족주의와 사회주의·아나키즘의 표출로 언급되었다. 1930년대에는 힘의 노래(주요한)나 청년시대의 꿈·이상·희망·열정(양주동) 등으로 이해되었으나, 1970년대를 지나면 서정적인 특성을 인정하면서도 조국광복의 염원(천이두), 강력한 현실비판인식(김주연), 역사의 적극적 참여자(최동호), 일제에 대한 역사·저항의식(고현철), 민족적 울분(유성호), 공동체적 윤리(이혜원)가 있음이 논의됐다.[42] 이후 노승욱과 김춘식은 황순원이 일본 유학 중 가입한 동경학술예술좌가 사회주의적·아나키즘적 성격을 지녔다는 점을 들어서 이 시집이 사회주의·아나키즘과 관련이 있음을 언급했다.

시집《골동품》에 대해서는 주로 위트와 재치를 지닌다는 작품 자체의 특성 그리고 모더니즘적 성격에 대한 논의가 있었다. 전자에 대해서는 조직화된 계획적인 문자(조연현), 철저한 기교실험(박혜경), 재치와 직관의 언어(장석남) 등이 검토됐고, 후자에 대해서는 황순원이 모더니즘을 수용한《三四文學》의 동인이다(박양호), 객관적 관찰이다(이혜경), 감정·정서가 끼어들 여지가 없다(김윤식)는 언급이 있었다. 이러한 언급들은 모두 나름 각 단계의 작품 특성과 의미를 파악한 것이었으나, 황순원 초기 문학의 순수성을 언급하지 못했다는 점에서 아쉬웠다.

황순원의 초기 문학에 나타난 순수성이 동요·동시 48편, 시집《방가》와 그 이후의 시편, 시집《골동품》의 각 단계에서 일관되면서 다양성을 지닌다는 점을 검토하기 위해서 각각의 단계 시편들이 어떤 영향과 배경 속에서 나타났는가를 분석하고자 한다. 동요·동시 48편에서 시문학파에서 주창한 순수 관념의 영향으로 인해 미성숙하고 순진한 동심을 보임을(Ⅱ장), 시집《방가》와 그 이후의 시편에서 월트 휘트먼의 진정한 자아론에 영향을 받아서 존재의 생명력을 탐구하는 의지·신념·성찰을 드러냄을(Ⅲ장), 그리고 시집《골동품》의 시편에서는 이전의 동요·동시를 창작한 배경을 바탕으로 인간의 보편적인 동심을 모색함을(Ⅳ장) 살펴보고자 한다.

---

42 천이두, 「고전의 경지에 도달한 한국적 서정」,《황순원문학전집 7》, 삼중당, 1973.; 김주연, 「싱싱함, 그 생명의 미학」,《시선집-황순원전집 11》, 문학과지성사, 1985.; 최동호, 「동경의 꿈에서 피사의 사탑까지」,《황순원-새미작가론총서 8》, 새미출판사, 1998.; 고현철, 「황순원 시 연구-시집《방가》에 나타난 역사의식을 중심으로」,《한국문학논총》 11집, 한국문학회, 1990., 379~395쪽; 유성호, 「견고하고 역동적인 생명의지」,《한국근대문학연구》 23호, 한국근대문학회, 2011. 4., 229~251쪽; 이혜원, 「황순원 시와 타자의 윤리」,《어문연구》 71집, 어문연구학회, 2012., 393~415쪽.

II. 미성숙하고 순진한 동심-동요·동시 48편

1931~32년에 발표된 동요·동시 48편의 단계에서는 계몽주의·휴머니즘, 계급주의, 순수 관념 경향의 작품들이 서로 분명한 스타일을 지니면서 삼분됐다. 그중에서 미성숙하고 순진한 동심(童心)을 다룬 순수 관념 경향의 작품은 22편으로 양적으로 가장 많고, 이후 황순원의 순수문학적인 전개로 볼 때에 중심적인 것으로 판단·이해된다. 1930년대 초반의 시문학파에서는 탈(脫)계급주의적인 순수 관념을 보여줬는데, 미성숙하고 순진한 동심을 지닌 황순원의 작품은 이러한 시문학파의 순수 관념을 전유·재구성한 아동문학계의 분위기와 밀접하게 관계된다.

미성숙하고 순진한 동심을 다룬 황순원의 순수 관념 경향을 논의하기 위해서는, 작품의 발표 당시 청소년인 그가 이 경향을 어떻게 지녔는가 혹은 어떤 영향으로 인해 지니게 되었는가 하는 점을 살펴볼 필요가 있다. 엄밀히 말해서 황순원이 보여준 순수 관념 경향은 그가 청소년이라는 것을 감안하면, 기성 문단의 흐름을 넘어서는 새로운 시도라기보다는 그 흐름을 모작·습작한 시도로 이해되기 때문이다. 1930년대의 한국문학사에서 순수 관념의 경향은, 1920년대의 계몽주의·계급주의 경향의 문학과 일정한 거리를 두면서 현실에 대한 관심보다는 미와 예술적인 열정을 중시한 시문학파에서 찾아진다. 이 시문학파의 새로운 발상인 순수 관념이 아동문학계에 확산되는 분위기에서 황순원의 순수 관념 형성을 추리해 보는 것은 주목할 만하다.

> (1) 돌담에 소색이는 햇발가치/풀아래 우슴짓는 샘물가치/내 마음 고요히 고흔 봄 길우에/오날하로 하날을 우러르고십다.//새악시 볼에 떠오는 붓그럼가치/詩의 가슴에 살프시 젓는 물결가치/보드레한 에메랄드 얄게 흐르는/실비단 하날을 바라보고십다.[43]

(2) 내 마음의 어딘듯 한편에 끗업는/강물이 흐르네/도처오르는 아츰날빗이 빤
질한/은결을 도도네/가슴엔듯 눈엔듯 또 피ㅅ줄엔듯/마음이 도른도른 숨어
잇는 곳/내 마음의 어딘듯 한편에 끗업는/강물이 흐르네.[44]

(3) 연기야/연기야/어서 올라가거라/머리 풀고 춤추며/하늘 높이 더높이/어서
올라 가거라[45]

(4) 금빗햇님 슬며시/먼동이트면/밤새도록 쩔든별/ 달님그리워/ 하나둘식 뒤따
라/ 사라집니다[46]

시문학파의 순수 관념은 "우리의 감각에 녀릿녀릿한 깃븜을 일으키게
하는 刺戟을 傳하는 美"[47]를 추구하겠다는 강력한 의지에서 나오며, 그
러한 의지를 통해서 인용문 (1)~(2)의 시가 제출된다. (1)~(2)에서 관심
을 가져야 할 부분은 바로 계몽주의·휴머니즘이 지닌 계몽성이나 계급
주의가 주장한 계급성·혁명성 등의 목적성과 일체 거리를 둔 채로 삶의
현실적인 연관에서 해방된 모습을 미 그 자체로 보려는 발상이다. 나는
오늘 하늘을 우러러 보고 싶다와 내 마음속에 강물이 흐른다는 메시지
는, 사실 무슨 의미나 현실적인 목적이 있는 것이 아니라 계몽적·계급적
태도와 무관하기 때문에 그 메시지 자체가 미적인 것으로 규정된다.
1930년대의 아동문학계에서는 시문학파가 생산해낸 이러한 순수 관

---

43 김영랑, 〈내마음고요히고흔봄길우에〉, 《시문학》 2, 1930. 5., 13쪽.
44 김영랑, 〈동백닙에빗나는마음〉, 《시문학》 1, 1930. 3., 4쪽.
45 강소천, 〈연기야〉, 〈신소년〉, 1931. 3.
46 황순원, 〈별님〉, 〈매일신보〉, 1931. 5. 24.
47 「편집후기」, 《시문학》 3, 1931. 10., 32쪽.

넘이 전유·재구성되면서 '순수=동심'의 논리가 만들어지는데, 인용문 (3)~(4)에서는 이러한 논리가 형성되는 양상을 잘 보여준다. 강소천이 발표한 (3)에서는 연기가 하늘로 오르는 장면을, 그리고 황순원이 쓴 (4)에서는 새벽에 별이 사라지는 장면을 보여준다. 이때 연기가 하늘로 오르거나 별이 사라지는 이미지는, 현실의 어떤 비유나 사회문화적인 맥락을 형성하지 못하고, 그 자체의 이미지가 미적으로 강조될 뿐이다. 강소천과 황순원 등은 1930년대에 시문학파의 순수 관념을 전유·수용해서 '순수=동심' 논리를 형성하는 아동문학계의 분위기를 잘 보여준다.[48]

황순원이 보여준 순수 관념 경향의 작품에 나타난 아동은, 시문학파의 순수 관념과 결합된 것이다. 순수한 아동으로 부를 만한 이 아동의 표상은 1930년대 아동문학계에서 가장 주목되는 것이었다. 앞에서 말한 강소천 이외에도 박영종, 김영일, 목일신 등이 이러한 순수한 아동의 마음, 즉 순수한 동심을 탐구하고자 했다. 황순원은 1930년대 초반 이러한 탐구에 동조·동참했는데, 주로 미성숙하고 순진한 동심을 재현했다.

(5) 언덕길을 것다가/심심하기에/길엽헤서 문들네/씩거물엇네[49]

(6) 갈닙쪽배 만드러/씌워낫드니/소금쟁이 배ㅅ사공/노를저어서/넓은바다 향하여/써나갑니다[50]

48 시문학파의 순수 관념을 전유·수용해서 1930년대 아동문학계의 '순수=동심'이 일정한 수준에 도달하는 것은 1930년대 중후반의 강소천·박영종 등에 와서다. 자세한 것은 다음의 논문을 참조할 것. 강정구·김종회, 「1930년대의 주요 동요·동시에 나타난 아동 관념의 변화」,《한국사상과 문화》77집, 한국사상문화학회, 2015. 3., 403~425쪽.
49 황순원, 〈문들네笑〉, 〈매일신보〉, 1931. 4. 10.
50 황순원, 〈갈닙쪽배〉, 〈매일신보〉, 1931. 6. 31.

(7) 하이한 살구꽃/ 바람을 타고/ 팔락락 팔락락/ 떨어집니다/ 풀뜯는 토끼와/ 같이 놀려고/(하략)⁵¹

(8) 가을밤에 살몃이/나리는 비는/별애기가 추워서/바르르 떨며/방울방울 뿌려 준/눈물이래요⁵²

(9) 토실 토실 꼭불은/버들 강아지/어린동생 목에다/께매줄까요⁵³

인용문 (5)~(9)의 공통점은 미성숙하고 순진한 동심을 작품 속에 드러냈다는 것이다. 이러한 미성숙하고 순진한 동심은 시문학파의 순수 관념을 나름대로 전유·재구성하고자 한 아동문학계의 분위기였다. (5)에서 화자는 심심해서 민들레꽃을 꺾어 물 정도로 할 일 없는 아동의 모습을 표현한다. 또한 화자는 (6)에서 갈잎쪽배를 만들어서 강물에 띄어 놓으면 소금쟁이가 노를 저어서 바다로 간다거나, (7)에서 살구꽃이 바람을 타고 떨어지면서 토끼와 같이 놀려고 한다거나, 혹은 (8)에서 가을밤의 비로 인해서 별애기가 춥다는 다소 유치한 어린애 같은 상상을 말한다. (9)에서도 버들 강아지를 어린 동생의 목에 꿰어매 줄 것이라는 장난기 섞인 말을 한다. 이러한 화자의 생각과 의도는 일체의 현실적인 연관으로부터 해방된 것이라는 점에서 순수 관념을 지닌 것이고, 특히 할 일이 없고 유치한 상상을 하며 장난기가 있다는 점에서 미성숙하고 순진한 동심을 보여주는 것이다.

---

51 황순원, 〈살구꽃〉, 〈동아일보〉, 1932. 3. 15.
52 황순원, 〈가을비〉, 《아이생활》, 1931. 11.
53 황순원, 〈봄노래〉, 《신동아》, 1932. 6. 1.

III. 존재의 생명력을 탐구하는 의지·신념·성찰
─시집 《방가》와 그 이후의 시편

황순원이 주로 그의 나이 만 16~18세에 집필한 시집 《방가》와 그 이후의 시편에 나타난 시적 화자의 의지·신념·성찰은, 당대의 사회 현실과 밀접한 연관을 논의하기 이전에 좀 더 근본적인 사적·존재론적인 것이라는 점에서 순수 관념으로 살펴볼 여지가 있다. 이때 시적 화자의 의지·신념·성찰은 어려운 환경 속에서 그것을 견인(堅忍)·극복하는[54] 존재의 강인한 생명력 그 자체를 표출하는 것으로 이해된다. 시집 《방가》와 그 이후의 시편에서는 동시대에 함께 쓴 동요·동시 48편과 상당히 다른 면모를 보여준다. 이 점에서 황순원이 시라는 장르를 선택할 때에는 동요·동시 장르와는 다른 문학적인 영향을 받은 것으로 추측된다.

이 시기의 문학적인 영향에 대해서는 그동안 민족주의·사회주의·아나키즘 등의 이데올로기를 지목한 논의가 있어 왔지만, 여기에서는 황순원이 고백한 바 있는 월트 휘트먼을 검토하고자 한다. 황순원은 이 시기의 문학을 논하는 자리에서 "휘트먼의 원시적 生命力에 대한 사랑과 노래가 퍽 좋았"다고 말한 바 있었다. 월트 휘트먼은 일상적인 자아에서 그 배면에 있는 영원한 생명력·신성·영성인 진정한 자아를 탐구하고 나아가서 그러한 진정한 자아가 주체를 초월한 모든 존재에 내재되어 있음을 주창한 미국 시인이다. 황순원의 시집 《방가》와 그 이후의 시편은 바

---

[54] 그동안 이 '어려운 환경 속에서 그것을 견인·극복'하는 행위가 민족주의·사회주의·아나키즘 등의 이데올로기로 해석된 바 있었고, 나름대로 일리가 있는 해석이었다. 그렇지만 황순원의 나이 만 16~18세였고 그가 당대 사회에서 민족주의·사회주의·아나키즘 활동을 구체적으로 한 명확한 증거가 없다는 점은 이데올로기적인 해석 이외의 해석가능성을 제기한다. 다시 말해서 시가 이데올로기적으로 해석되든 안 되든 간에 시편의 구절구절 자체를, 이데올로기적인 행위 이전에 사적·존재론적인 의지·신념·성찰을 드러낸 행위로 보는 것이 좀 더 근본적인 해석이라는 것이다.

로 이러한 진정한 자아 탐구와 관계가 있다.

(10) 모든 힘이 나를 완성하고 나를 즐겁게 하기 위해 부단히 사용되었고,
    이제 나는 이 자리에 튼튼한 영혼을 가지고 서 있다.[55]

(11) 아름다운 빗살이여, 퍼져 나가라. 내 머리 형상이나 또한 다른 이의
    머리로부터 일몰의 강물 속으로![56]

(12) 대지의 선율적인 인물,
    철학이 다다를 수 없고 도달하기를 원치 않는 초월적인 완성,
    정당한 남자들의 어머니.[57]

(13) 억누를 수 없는 대담한 풀들, 정겹고 흠 없는 원기 왕성한
    살을 가진 풀들,[58]

(14) 이날에 쮜여나가 고함을 치고 싶구나,
    새벽 喇叭갓히 宇宙를 깨워노을 고함을 치고 싶구나.[59]

---

55 Walt Whitman, Leaves of Grass, Ed. Sculley & Harold W. Blodgett, A Norton Critical Edition, New York: Norton & Company Inc., 1973., p.81.

56 Walt Whitman, Leaves of Grass, Ed. Sculley & Harold W. Blodgett, A Norton Critical Edition, New York: Norton & Company Inc., 1973., p.165.

57 Walt Whitman, Leaves of Grass, Ed. Sculley & Harold W. Blodgett, A Norton Critical Edition, New York: Norton & Company Inc., 1973., p.467.

58 Walt Whitman, Leaves of Grass, Ed. Sculley & Harold W. Blodgett, A Norton Critical Edition, New York: Norton & Company Inc., 1973., p.129.

59 황순원, 〈異域에서 부른 노래〉, 《방가》, 동경·학생예술좌문예부, 1934., 84쪽.

황순원과 순수문학 다시 읽기

인용문 (10)~(13)에서는 월트 휘트먼이 말하는 진정한 자아·타자·만물의 영원한 생명력·신성·영성을, 그리고 인용문 (14)에서는 황순원 시 속의 화자가 진정한 자아를 탐구하고 있음을 암시한다. (10)에서 시적 화자는 자신이 진정한 자아의 영원한 생명력·신성·영성인 "튼튼한 영혼"을 지니고 있음을 말한다. 이러한 진정한 자아의 영원한 생명력·신성·영성은 시 속의 화자뿐만 아니라 타인이나 만물에도 있다. 시적 화자는 (11)에서 그 자신뿐만 아니라 또 다른 이에게 아름다운 빗살(영원한 생명력·신성·영성)이 퍼져 나아가기를 희망하고, (12)에서 어머니가 초월적인 완성 혹은 영원한 생명력·신성·영성을 지님을 말하며, (13)에서 풀이 대담하고 원기 왕성한 본체를 지닌 존재임을 표현한다.

월트 휘트먼의 진정한 자아론이 황순원의 시집《방가》에 상당히 영향을 끼치고 있음은 인용문 (14)에서 잘 나타나 있다. 시적 화자 나는 밖으로 뛰쳐나가 고함을 크게 질러 우주를 깨워놓고 싶은 소망과 의지를 말하는데, 이러한 소망·의지는 시적 화자의 일상적인 자아가 불만족 상태임에 있음을, 그리고 그 자아의 배면에 있는 영원한 생명력·신성·영성인 진정한 자아를 회복하고 싶음을 보여주는 것이다. (10)이 진정한 자아를 인식한 상태라면, (14)는 진정한 자아를 회복하고 싶은 의지를 드러낸 것이다.

황순원은 시집《방가》와 그 이후의 시편에서 월트 휘트먼이 말하는 진정한 자아의 영원한 생명력·신성·영성을 탐구하되, 진정한 자아의 표상보다는 그 탐구의 과정에서 나타나는 시적 화자의 의지·신념·성찰 등을 주목한다. 황순원은 실제적이면서도 이상적 인간형에 가까운 진정한 자아의 시적 형상화보다는 그러한 자아에 도달해야 하는 과정에 더 관심을 보였던 것이다. 이러한 그의 관심으로 인해서 시집《방가》와 그 이후의 시편에서는 당대 사회와 시대를 변화시키기 위한 집단적·이념적인 노력보다는, 개인적인 시야에서 추상적인 문학 속의 세계를 구성하고 그 세계 속에서 진정한 자아·타자·만물의 영원한 생명력·신성·영성을 찾아야 한다는 의지·신념·성찰이 강조된다.

(15) 우리는 어데ㅅ가지든지 지금의 고통을 박차고, 마음을 살려야 한다, 쏘 지켜야 한다.

그리고 늘 한째의 感情을 익여야 한다.

헤친 우리의 가슴은 위대 하나니, 위대 하나니.[60]

(16) 굿건한 意志까지 사라트리려는가?

(중략)

그리고 넉일흔 그의 압가슴을 향하여 힘잇게 활줄을 당겨라, 당겨라.

마즌 心臟의 피가 용솟음 처서 놀래 깨기까지.[61]

(17) 자식은 아직 弱하나,

그러나 그를 기를 어머니는 强하다.[62]

(18) 그리고 거미줄 엉킨 쑤리여, 멋업는 새엄이어.

그러나 도로혀 그곳에 줄기찬 生命이 숨어잇지 안은가,

온 들판을 덥흘 큼힘이 용솟음 치지 않는가.[63]

---

60 황순원, 〈우리의 가슴은 위대 하나니〉, 《방가》, 동경·학생예술좌문예부, 1934., 4쪽.
61 황순원, 〈넉일흔 그의 압가슴을 향하여 힘잇게 활줄을 당겨라(잠자는 大地를 向하여 부르는 노래)〉, 《방가》, 동경·학생예술좌문예부, 1934., 58~59쪽.
62 황순원, 〈强한 女性〉, 《방가》, 동경·학생예술좌문예부, 1934., 17쪽.
63 황순원, 〈雜草〉, 《방가》, 동경·학생예술좌문예부, 1934., 39쪽.

인용문 (15)~(18)에서는 일상적인 자아·타자·만물의 배면에 있는 진정한 자아·타자·만물의 영원한 생명력·신성·영성을 찾아야 한다는 의지·신념, 혹은 이미 자아·타자·만물 내부에 영원한 생명력·신성·영성이 있다는 성찰을 보여준다. 시적 화자는 (15)에서 우리의 위대한 가슴(영원한 생명력·신성·영성)이 있기 때문에 지금의 고통을 잊지 말고 마음을 살려야 한다는, 그리고 (16)에서는 의인화된 대지(大地)가 화살을 맞아서 자기 심장의 피가 용솟음쳐서 (진정한 만물의) 생명력(·신성·영성)을 자각해야 한다는 의지·신념을 표 나게 강조한다.

또한 시적 화자는 (17)에서 어머니가 자식을 기를 때에 강한 모성성을 지니며, (18)에서는 잡초가 온 들판을 덮을 만큼 큰 힘이 있음을 성찰하고 있다. 어머니의 모성성과 잡초의 큰 힘은 진정한 타자·만물의 영원한 생명력·신성·영성에 다름 아니다.[64] 시적 화자를 포함한 타자·만물의 영원한 생명력·신성·영성을 탐구하는 황순원의 일관된 태도는, 월트 휘트먼이 주창한 진정한 자아론에 나름대로 영향을 받은 결과다. 황순원은 시집《방가》와 그 이후의 시편에서 진정한 존재의 영원한 생명력·신성·영성을 탐구하고자 하는 의지·신념·성찰을 보여준 시인이다.

Ⅳ. 인간의 보편적인 동심 모색—시집《골동품》의 시편

시집《골동품》에서 가장 주목되는 것은 인간의 보편적인 동심을 모색한다는 점이다. 이 시집 속의 시적 화자나 그가 만난 대상이 지닌 공통

---

64 시 〈强한 女性〉에 나타난 이러한 모성성의 강조는 황순원의 문학에서 중요한 모성성 모티프의 시작점이 된다. 황순원 문학 속의 모성성은 진정한 타자(어머니)의 영원한 생명력·신성·영성을 표출한 경우로 이해된다.

점은 시 〈대〉를 제외하고는 일체의 현실적인 연관에서 해방된 사람·동식물·사물이라는 점이다. 이 점에서 사람·동식물·사물은 순수 관념에 따라서 창조·상상된 것이다. 이때 인간의 보편적인 동심, 다시 말해서 아동이나 성인을 막론하고서 순수한 인간이라면 지닐 법한 이 보편적인 동심이 어떤 배경으로 만들어졌을까 하는 의문은, 황순원이 동요·동시 48편을 발표한 경험이 있다는 사실을 염두에 둘 때에 풀린다.

그동안의 연구사에서는 시집 《골동품》의 시편에 나타난 위트·재치나 이미지를 작품 자체의 미학적인 측면이나 모더니즘의 영향으로 논의해 왔지만, 황순원이 1931~32년에 동요·동시 48편을 발표한 시인이라는 점은 별로 언급하지 않았다. 황순원이 1930년대 초반 시문학파의 순수 관념을 전유·재구성한 아동문학계의 분위기에 동참·동조한 동요·동시 시인이라는 점을 떠올린다면, 시집 《골동품》에 나타난 인간의 보편적인 동심을 언급할 때에는 동요·동시 시인이었다는 배경을 분명히 고려할 필요가 있다.

(19) 오망졸망 쌀기알/ 매여달인게/ 골이나고 분하여/ 쌀개잇슬까// 아니아니/ 햇님이/ 내려쏘여서/ 고흔얼골 흰얼골/ 불이붓헛소[65]

(20) 복사꼿 피엿다가/ 문을열고서/ 안는몸니르키여/ 내다봣드니/ 할쭉—복사꼿/나를보고서/ "엇지하여알느냐"/ 문안을하네[66]

(21) 바람이 분다/ 네나 나나 보지는 못하나/ 나무닙을 흔들고 간다[67]

(22) 2/字를/흉내/냇다.[68]

황순원과 순수문학 다시 읽기

인용문 (19)~(21)은 1931~32년에 발표된 동요·동시 48편 중의 일부를, 그리고 인용문 (22)는 시집 《골동품》에서 한 편을 뽑은 것이다. (19)~(21)에서는 미성숙하고 순진한 동심을 짧은 문장과 선명하고 단순한 이미지로 표현한 황순원의 1930년대 초반 동요·동시 특성이 잘 드러나 있다. 시적 화자는 (19)에서 딸기를 의인화해서 골이 나서 분하여 얼굴이 빨개졌고 볼이 부었다고 표현하고, (20)에서 복사꽃이 핀 모습을 자신에게 문안 인사를 하는 것으로 생각하며, (21)에서 나뭇잎이 흔들리는 것을 보니 보이지 않아도 바람이 있다는 신기함을 말한다.

시집 《골동품》 속의 시편은 모두 짧은 한 문장과 선명하고 단순한 이미지를 지니는 특성이 있는데, 이러한 특성은 1930년대 초반 동요·동시 48편의 창작 경험을 배경으로 한다. 인용문 (22)는 (19)~(21)에서 황순원이 보여준 미성숙하고 순진한 동심을 선명하고 단순한 이미지로 시화한다. 오리를 보면서 오리의 모양이 숫자 2를 흉내 냈다는 발상은, 미성숙하고 순진한 아동이 오리에서 숫자 2를 연상하는 정신작용의 단순성과 선명성을 핵심으로 한다. 시 〈오리〉를 비롯해서 시집 《골동품》의 시편 대부분은 이러한 문장과 이미지를 보여준다.

동요·동시 48편에서 주로 미성숙하고 순진한 아동의 마음이 다뤄졌다면, 1936년에 간행된 시집 《골동품》의 시편에서는 좀 더 세련되고 순수한 인간의 마음 혹은 인간의 보편적인 동심이 상상됐다는 특성이 있다. 시집 《골동품》의 시편에서는 일체의 현실적인 연관에서 해방된 제스처를 지닌 인간이라면 누구나 경험할 법하고 수긍할 만한 감정과 사상

---

65 황순원, 〈딸기〉, 〈동아일보〉, 1931. 7. 10.
66 황순원, 〈꽃구경〉, 〈매일신보〉, 1931. 9. 13.
67 황순원, 〈바람〉, 〈매일신보〉, 1931. 5. 15.
68 황순원, 〈오리〉, 《골동품》, 삼문사, 1936., 16쪽.

(事象)을 포착함으로써 아동뿐만 아니라 성인을 위한 동시의 수준, 혹은 연령을 초월한 보편적인 동심을 다룬 시의 수준을 보여준다.

(23) 땅의/해에는/黑點이/더 많다.[69]

(24) 하모니카/불고싶다.[70]

(25) 나래만/하늘이는게/꽃에게/수염붙잡힌/모양야.[71]

(26) 이 초롱엔/불나비가/안 몽인다.[72]

인용문 (23)~(26)에서는 인간의 보편적인 동심을 다루는 시집《골동품》의 특성이 잘 드러나 있다. 이때 인간의 보편적인 동심을 상상하는 방법은, 주로 유사·연상·주객전도·부재 등이 있다. 유사란 (23)에서 보이듯이 해바라기의 두상화 가장자리에 있는 혀꽃과 태양의 흑점이 지닌 비슷한 점을 주목하는 것으로써 일종의 은유적 표현이다. 연상이란 (24)에서처럼 빌딩을 하모니카로 은유한 뒤에 빌딩을 보면서 하모니카를 불고 싶다고 추리하는 일종의 환유적 표현이다. 또한 주객전도란 (25)에서 확인되듯이 본래 나비가 꽃의 꿀을 빨아먹는 행위를 꽃이 나비의 더듬이를 붙잡는 행위로 주객의 위치를 전복시키는 방법이다. 부재란 (26)처럼 꽈리를 초롱으로 은유화한 뒤에 그 초롱에 불이 켜져 있음

69 황순원, 〈오리〉,《골동품》, 삼문사, 1936., 16쪽.
70 황순원, 〈빌딩〉,《골동품》, 삼문사, 1936., 44쪽.
71 황순원, 〈나비〉,《골동품》, 삼문사, 1936., 12쪽.
72 황순원, 〈꼬아리〉,《골동품》, 삼문사, 1936., 32쪽.

에도 불나비가 모이지 않는다는 사물과 정황의 빈 지점을 부각하는 방법이다.

이러한 방법은 누구나 쉽게 접할 수 있는 일상적인 소재에 대한 기존의 상식을 뒤틀어서 선명하고 단순한 이미지를 부여하면서도, 동시에 세련되고 순수한 마음의 표출을 가능하게 도와준다. 황순원의 시집《골동품》에 나타난 시편은 1930년대 초반 동요·동시 48편을 발표한 창작 경험을 배경으로 해서 아동뿐만 아니라 성인도 공감하고 즐길 수 있는 인간의 보편적인 동심을 상상한 것이다.

V. 결론

지금까지 황순원의 초기 문학에 나타난 순수가 일관되면서도 다양성을 지니는 특성을 보인다는 점을 증명했다. 기존의 연구사에서는 주로 각 작품·시집의 개별적인 미적 특성이나 민족주의·사회주의·아나키즘과 모더니즘의 영향을 논구했으나, 여기서는 황순원의 초기 문학을 장르와 발표·출간 시기를 고려해서 3단계—동요·동시 48편, 시집《방가》와 그 이후의 시편, 시집《골동품》—로 구분한 뒤에, 각 단계의 시편이 어떤 영향과 배경 속에서 나타났는가 하는 점을 알아봤다.

첫째, 1931~32년에 발표된 동요·동시 48편에서는 주로 시문학파의 순수 관념을 전유·재구성해서 미성숙하고 순진한 동심을 보여줬다. 1930년대 초반의 시문학파에서는 탈계급주의적인 순수 관념을 창조했는데 아동문학계에서 이러한 순수 관념을 전유·재구성해서 '순수=동심'의 논리를 만들었고, 황순원은 이러한 분위기 속에서 미성숙하고 순진한 동심을 재현했다.

둘째, 시집《방가》와 그 이후의 시편에서는 월트 휘트먼의 진정한 자아론에 영향을 받아서 존재의 생명력을 탐구하는 의지·신념·성찰을 드러냈다. 월트 휘트먼은 자신의 시에서 일상적 자아의 배면에 있는 진정한 자아의 영원한 생명력·신성·영성을 표상했는데, 황순원은 자신의 시에서 진정한 자아의 표상보다는 그 탐구의 과정에서 나타나는 시적 화자의 의지·신념·성찰 등을 주목했다.

셋째, 시집《골동품》의 시편에서는 1930년대 초반 동요·동시 48편의 창작 경험을 배경으로 해서 인간의 보편적 동심을 모색했다. 이 동요·동시 48편에서는 미성숙하고 순진한 동심을 짧은 문장과 선명하고 단순한 이미지로 표현했는데, 이러한 표현은 시집《골동품》의 시 스타일을 만들 때의 배경이 되었다. 시집《골동품》의 시편은 그의 동요·동시에 비해서 좀 더 세련되고 순수한 인간의 마음 혹은 인간의 보편적인 동심을 유사·연상·주객전도·부재 등의 방법으로 상상했다.

황순원의 초기 문학에 나타난 순수는 일체의 현실적인 연관에서 해방된다는 관념을 비교적 일관되게 지니면서도, 동시대의 시문학파와 월트 휘트먼의 영향과 동요·동시의 창작 배경으로 인해서 다양성을 보여줬다. 황순원의 초기 문학에 나타난 순수성은, 그의 순수문학 기원과 그 형성을 보여준다는 점에서 중요한 문학사적인 의의와 가치가 있다.

황순원의 초기 소설에 나타난 순수성 재고

I. 서론

황순원의 주요 초기 소설에 대한 기존의 시각은 주로 사랑·모성·인간(성)·생명(력) 그 자체를 아름답게 형상화한 순수한 미적인 지향이 있다는 점이 과도하게 강조된 나머지, 부지불식간에 그 속에 숨겨져 있는 시대·계급·현실 등의 사회문화적인 맥락이 경시·간과돼 온 감이 있었다. 엄밀히 말해서 이러한 강조는 인간에 대한 문학적인 탐색을 지나치게 신비화·추상화한다는 점에서 재고의 여지가 있다.

지금부터 황순원 초기 소설 속의 순수 관념이 식민지와 해방 직후와 국가 건립 직후의 시기에 시대·계급·현실 등의 사회문화적인 맥락에 따라서 상동구조적(相同構造的)으로 드러나고 다양하게 변화되었음을 밝히고자 한다. 이러한 논의는 순수 관념을 근대적인 현실의 여러 문제점들과 무관한 것으로 여기는 순수/비순수의 이분법적인 태도를 비판적으로 해체한 뒤, 사회문화적인 맥락에 따라서 상동구조적으로 미적인 지향이 드러나고 다양하게 변화되는 점을 검토하는 중요한 소설미학적인 의미와 가치가 있다. 더욱이 황순원 초기 소설 속의 순수 관념을 하나로 절대시하고 단순화하는 것이 아니라, 식민지와 해방 직후와 국가 건립 직후의 사회문화적인 맥락에 따라 다양성과 차이가 있음을 검토하는 것이 된다.

이 글에서 순수성은 순수 관념의 특성을 뜻한다. 이때 순수 관념이란 일체의 현실적인 연관에서 해방되려는 것이나 세상에 대한 판단중지, 혹은 반(反)계급적·미적인 지향이라는[73] 기존의 개념 규정을 넘어서서, 데리다의 파레르곤(parergon) 논의를 참조해서 외부적인 것(사회문화적인 맥락 혹은 주요 이데올로기)에 따라서 형성되고 채워지는 내부성으로 이해하고자 한다.[74] 이 점에서 순수 관념의 핵심인 미적인 지향이라는 표현 속의 '미'란 칸트가 말한 무(無)목적적이면서 공통감이 있다는 고정불변의 개념보다는 동시대의 사회문화적인 맥락에 따라서 드러나고 다양하게 변화되는 것으로 인식하고자 한다. 이렇게 되면 미적인 지향의 구조와 그 변화를 검토하는 일은, 황순원이라는 작가가 식민지와 해방 직후와 국가 건립 직후 시기의 주요 이데올로기를 작품 속에 직·간접적으로 수용하면서 미적인 형태를 갖추는 방식을, 나아가서 순수와 비순수가 융합되는 방식을 살펴보는 것이 된다.

여기에서 황순원의 초기 소설이란 1937~50년 사이에 지면에 발표된 주요 작품을 의미하기로 한다. 이러한 소설을 연구대상으로 설정한 이유는, 무엇보다도 이 시기가 황순원의 소설 전개에서 비교적 초기이면

---

[73] 자세한 논의는 강정구·김종회의 논문 「1930년대 강소천의 동요·동시에 나타난 동심성(童心性)」(《현대문학의 연구》55집, 한국문학연구학회, 2015., 373~400쪽)의 각주 2)를 참조할 것.
[74] J. Derrida, LA VÉRITÉ EN PEINTURE, Flammarion, 1978.; 김형효, 《데리다의 해체철학》, 민음사, 1993., 351~376쪽.

서 순수의 특성, 즉 순수성을 잘 드러낸 것으로 언급되었기 때문이다. 더욱이 이 시기의 소설은 식민지와 해방과 국가 건립이라는 시대적인 급변기에 발표된 것이라는 점에서 사회문화적인 맥락에 따라서 미적인 지향이 상동구조적으로 드러나고 다양하게 변화하는 방식을 잘 살펴볼 수 있을 것으로 기대된다. 식민지 시기의 소설 중 〈늪〉, 〈소라〉, 〈피아노가 있는 가을〉[이상 《황순원단편집》(한성도서, 1940)에 수록], 〈별〉(《인문평론》, 1941. 2.)이 사랑과 모성의 서정으로, 해방 직후의 소설 중 〈아버지〉《문학》, 1947. 2.), 〈황소들〉(《문학》, 1947. 7.), 〈두꺼비〉(《우리공론》, 1947. 4.), 〈목넘이마을의 개〉《개벽》, 1948. 3.)가 인간주의나 생명력의 표출로, 그리고 국가 건립 직후의 소설 중 〈황노인〉(《신천지》, 1949. 9.), 〈병든 나비〉(《혜성》, 1950. 2.), 〈독 짓는 늙은이〉(《문예》, 1950. 4.)와 장편소설 〈별과 같이 살다〉(정음사, 1950.)가 인간·생명·민족원형의 탐구로 기존 연구사에서 논의됐다는 점에서 설정 한 것이다.

황순원의 초기 소설에 대해서 기존의 연구사에서는 소설 속의 순수 관념을 지나치게 신비화·추상화한 감이 없지 않았다. 황순원의 소설에 대해서 1950년대의 조연현이 일종의 서정정신이 있다거나, 1960년대의 구창환이 향토적인 서정의 풍토 위에서 구축된 범생명주의가 있다거나, 혹은 1970년대의 김윤식이 시대·사회를 초월한 원시적 인간형이 탐구됐다고 언급한 뒤로[75] 이러한 시대·계급·현실 초월적인 순수·서정 논의는 많은 후속 연구를 불렀다.

식민지 시기의 주요 소설에 대해서 어린아이의 순수 세계와 지극한 모성본능으로(진형준), 애정·모성의 절대성으로(장현숙), 사랑과 범생명주

---

75 조연현, 「서정적 단편-황순원 단편집 《학》」, 《문학과 그 주변》, 인간사, 1958.; 구창환, 「황순원 문학서설」, 《조선대 어문학논총》 6호, 조선대학교 국어국문연구소, 1965., 33~45쪽; 김윤식, 「원초적 삶과 시대적 삶-황순원론」, 《우리 문학의 넓이와 깊이》, 서재헌, 1979.

의로(박양호), 모성결핍의 서사로(정수현), 도회적·전원적인 서정으로(이익성),[76] 그리고 해방과 국가 건립 이후의 주요 소설에 대해서 상실된 인간성의 회복으로(이동길), 시대적·역사적 조건이 말끔히 생략된 토속적인 인간상으로(천이두), 인간 정신의 확대에서 오는 미학적 현현으로(이태동), 사회성보다 내면성이 짙은 휴머니즘 문학으로(이보영) 논의됐다.[77] 또한 순수·서정이 드러나는 방법적인 측면을 살펴보거나(김현) 미학적인 논리를 검토한 경우도(박진·임채욱) 있었다.[78]

이러한 논의들과 달리 해방 직후의 사회상을 소재로 한 단편집《목넘이마을의 개》를 중심으로 사회문화적인 맥락을 살펴본 것들도 있었으나,[79] 그의 초기 소설에 대한 주요 논의는 순수·서정에 대한 시각이 중심이었고, 이러한 시각에서 황순원은 한국의 순수문학을 대표하는 일인으로 이해되었다. 순수와 비순수를 이분법적으로 구별한 이러한 연구사는, 황순원의 초기 문학에 나타난 순수성을 순수문학의 담론장에 가두어놓는 결과를 만든다는 점에서 아쉬웠다.

이러한 연구사를 살펴볼 때에 황순원 초기 문학 속의 순수 관념을 사

---

76 진형준, 「모성으로 감싸기, 그 안에 안기기」,《세계의 문학》, 1985. 가을호; 장현숙, 「황순원 초기 작품 연구-단편집《늪》을 중심으로」,《경원공업전문대 논문집》 7집, 경원공업전문대, 1986.; 박양호,《황순원문학연구》, 전북대 대학원 박사학위논문, 1994.; 정수현, 「결핍과 그리움-황순원 작품집《늪》」,《여성문학연구》 3호, 한국여성문학회, 2000., 243~260쪽; 이익성, 「황순원 초기 단편소설의 서정적 특질-단편집《늪》을 중심으로」,《개신어문연구》 36집, 개신어문학회, 2012., 181~207쪽.
77 천이두, 「황순원 작품해설」,《한국대표 문학전집》 6권, 삼중당, 1971.; 이태동, 「실존적 현실과 미학적 현현」,《현대문학》, 1980. 11.; 이보영, 「작가로서의 황순원」, 오생근 편,《황순원 연구》, 문학과지성사, 1993.; 이동길, 「해방기의 황순원 소설연구」,《어문학》 56집, 한국어문학회, 1995., 267쪽.
78 김현, 「안과 밖의 변증법」, 황순원,《늪/기러기-황순원전집 1》, 문학과지성사, 1980., 299~206쪽; 박진, 「황순원 소설의 서정적 구조 연구」, 고려대 대학원 박사학위논문, 2002.; 임채욱, 「황순원 소설의 서정성 연구」, 전남대 대학원 박사학위논문, 2002.

회문화적인 맥락에 따라서 상동구조적으로 드러나고 다양하게 변화하는 것으로 검토하려 한다. 따라서 슬라보예 지젝의 이데올로기 구성론을 참조해서[80] 식민지 시기의 주요 소설 〈늪〉, 〈소라〉, 〈피아노가 있는 가

79 사회문화적인 맥락에서 해방 직후 시기의 문학을 살펴본 주요 연구사는 다음과 같다. 김치수, 「소설의 사회성과 서정성」, 《말과 삶과 자유》, 문학과지성사, 1985., 206쪽; 안미영, 「해방 직후 황순원 소설에 나타난 귀환전재민의 의의」, 《현대문학이론연구》 40집, 현대문학이론학회, 2010., 263쪽; 신춘호, 「황순원의 〈황소들〉론」, 《중원어문학》, 건국대학교 국어국문학학회, 1985., 7~19쪽; 현길언, 「황순원 소설에 나타난 집과 토지의 문제」, 《동아시아 문화연구》 14집, 한양대학교 한국학연구소, 1998., 446쪽; 서재원, 「해방직후의 황순원 단편소설 고찰 — 단편집 《목넘이마을의 개》」, 《한국어문교육》 4집, 고려대학교 한국어문교육연구소, 1990., 87~112쪽; 전흥남, 「해방직후 황순원 소설 일고」, 《어문연구》 47집, 어문연구학회, 2005., 89쪽; 신덕룡, 「〈술 이야기〉에 나타난 노동운동 양상 연구 — 해방 직후 노동자 공장관리를 중심으로」, 《한국문예창작》 14. 1., 한국문예창작학회, 2015., 35쪽. 이 외에도 사회문화적인 맥락을 검토한 연구도 있다. 식민지 시기의 문학: 김인숙, 「황순원 소설집 《늪》의 고찰」, 《국제언어문학》 16집, 국제언어문학회, 2007., 119~156쪽; 박수연, 「황순원의 일제말 문학의식 — 동양과 향토에 대한 자의식」, 《한민족문화연구》 42집, 한민족문화학회, 2013., 357~380쪽; 조정화, 「황순원 소설 속 모성의 이원성 연구 — 단편소설 〈늪〉과 〈별〉을 중심으로」, 《인문과학연구》 27집, 대구가톨릭대학교 인문과학연구소, 2016., 1~17쪽. 국가 건립 직후 시기의 문학: 노승욱, 《황순원 문학의 수사학과 서사학》, 지교, 2010.

80 슬라보예 지젝은 그의 저서 《그들은 자기가 하는 일을 알지 못하나이다》에서 전통적·조작적·전체주의적인 권위에 의존하는 이데올로기의 구성체를 분석한 바 있는데, 이러한 분석은 식민지·해방 직후·국가 건립 직후 시기의 이데올로기(사회문화적인 맥락)의 구성체를 잘 설명할 것으로 기대된다. 전통적 권위에 의존한 이데올로기는 유령의 가면에 대한 순진한 믿음 — 가면을 쓴 유령이 진짜 유령이라는 믿음 — 으로 드러나는데 식민지 시기에는 근대적인 진보·민족해방이라는 상징(가면)이 진짜 진리라는 상징적 효력으로 표출되는, 조작적 권위에 의존한 이데올로기는 유령의 가면이 전적으로 진짜가 아님 즉 기만임을 잘 앎에도 필요에 의해서 믿는 것인데 해방 직후의 시기에는 좌우 이데올로기가 전적으로 진리가 아님 즉 기만임을 잘 앎에도 필요에 의해서 믿는 것처럼 가장되는, 또한 전체주의적인 권위에 의존한 이데올로기는 유령의 가면을 쓴 사람이 평범한 자임을 잘 앎에도 바로 그렇기 때문에 대의를 위해서 진짜 유령으로서 대하는 것인데 국가 건립 직후의 시기에는 국가주의라는 상징계가 허위인 줄 잘 앎에도 바로 그렇기 때문에 대의를 위해서 국가주의를 진짜 현실적인 진리로 여기게 된다. 슬라보예 지젝, 《그들은 자기가 하는 일을 알지 못하나이다》, 인간사랑, 2004., 477~488쪽; 슬라보예 지젝, 이수련 역, 《이데올로기라는 숭고한 대상》, 인간사랑, 206~210쪽; 토니 마이어스, 박정수 역, 《누가 슬라보예 지젝을 미워하는가》, 앨피, 189~194쪽.

을〉, 〈별〉에서 사랑과 모성을 현실의 여러 문제점들 일체를 해결할 수 있는 상징적인 효력을 지닌(II장), 해방 직후의 주요 소설 〈아버지〉, 〈황소들〉, 〈두꺼비〉, 〈목넘이마을의 개〉에서 주요 인물의 의지와 생명(력)을 마치 현실의 모든 것을 해결하는 초월적인 진리처럼 가장하는(III장), 또한 국가건립 직후의 소설 중 〈황노인〉, 〈병든 나비〉, 〈독 짓는 늙은이〉와 장편소설 〈별과 같이 살다〉에서 인간 그 자체를 특수한 존재로 환각하는(IV장) 순수 관념의 표출 방식과 그 변화를 살펴보려 한다.

II. 상징적인 효력을 지닌 사랑과 모성 — 식민지 시기의 주요 소설

식민지 시기에는 근대완성·민족해방 등이 식민지 현실의 여러 문제점들 일체를 해결할 수 있는 진리의 상징으로 여기는 식민주의·민족주의 이데올로기가 사회문화적인 맥락의 중요한 부분을 형성했다. 근대완성·민족해방은 현실에서 부재하지만 곧 오리라 하는 믿음 속에서 일종의 진리로서 상징적인 효력을 지니게 된다. 이 진리의 상징은 현실에서 부재함으로써 그 자체의 신비적·주술적인 효력을 담지하게 되는 것이다. 식민지 시기 소설 〈늪〉, 〈소라〉, 〈피아노가 있는 가을〉 속의 사랑과 〈별〉 속의 모성을 형상화하는 방식은 이러한 사회문화적인 맥락과 상당히 유사하다는 점에서 주목해 볼 필요가 있다.

먼저 황순원의 식민지 시기 소설에서는 남녀 간의 사랑을 소재로 한 경우가 많은데, 이때 사랑이라는 것의 기의를 채우는 방법은 상당히 특이하다. 이 시기의 소설 중 몇 편을 제외한 〈돼지계〉, 〈늪〉, 〈허재비〉, 〈배역들〉, 〈소라〉, 〈지나가는 비〉, 〈닭제〉, 〈원정〉, 〈피아노가 있는 가을〉, 〈사마귀〉, 〈풍속〉 등은 모두 남녀 간의 사랑이 소재화되어 있는데, 이 사랑을 형상화할 때에 하나의 공통점이 있다. 식민주의·민족주의 이데올로기에서 현실에 부재하지만 곧 오리라는 믿음 속에서 일종의 진리로 작용하는 근대완성·민족해방이라는 상징과 같이 사랑도 현실의 부재 속에서 이상화·진리화되어 있는 것으로 서술된다. 단편 〈늪〉, 〈소라〉, 〈피아노가 있는 가을〉을 살펴보기로 한다.

(1) 소녀는 입가에 비웃음을 띠우며 당돌한 말씨로, 병든 아버지를 집에 들이지 않는 어머니의 졸도가 자기와 무슨 상관이 있느냐고 하면서, 사실은 지금 소년과 자기는 어디로 떠나는 길이라고 하였다. (중략) 무슨 일이 있더라도 자기네는 행복해 보이겠다는 소리치고는 빛나는 눈에 눈물을 내돋히며 풍랑이 인 바다 무늬가 있는 치마를 물결지우면서 도어를 밀고 나가버렸다.[81]

(2) 그리구 난 어느 모래언덕에 내 유언을 써놓을 것까지 생각했지요. 설사 월이가 이곳으루 온다 쳐두 난 행복되지 못하리라구, 그리고 진정한 월이는 바닷속에 있을 뿐이라구.[82]

(3) 이제부터가 진정한 행복이 옵니다. 지금 우리는 그걸 위해 떠나는 게 아니오? 우리는 예다 과거의 모든 것을 다 묻어 버려야 해요. 과거의 작은 행복까지두. 이제 새로운 생활의 계획이 우리를 기다리구 있으니까요.[83]

황순원의 식민지 시기 소설에서 사랑은 인용문 (1)~(3)에서 확인되듯이 식민주의·민족주의 이데올로기 속의 근대완성·민족해방과 유사하게

---

81 황순원, 〈늪〉, 《황순원전집 1》, 문학과지성사, 1980., 21쪽.
82 황순원, 〈소라〉, 《황순원전집 1》, 문학과지성사, 1980., 79쪽.
83 황순원, 〈피아노가 있는 가을〉, 《황순원전집 1》, 문학과지성사, 1980., 126쪽.

상징적인 효력을 지닌다. 소설 속의 사랑은 식민주의·민족주의 이데올로기에서 상징을 구성하는 방식이 거의 그대로 활용돼 있는 것이다. 그간의 연구사에서 이 사랑은 현실의 모든 문제들을 초월할 정도의 "절대적 애정관"[84]의 특성으로 언급됐는데, 이 사랑의 절대성은 개인적인 차원보다는 사회문화적인 맥락에서 그 구조적인 상동성을 찾을 필요가 있다. 식민주의·민족주의 이데올로기를 믿는 자들은 현실에 부재한 근대완성·민족해방이라는 상징이 현실의 모든 문제점들을 해결해주는 절대적인 효력을 지닌 것으로 여긴다. 황순원 소설 속의 인물들 역시 사랑을 그러한 상징으로 생각한다.

(1)에서 '행복'은 인물들이 현실의 부재 속에서 반드시 추구해야 하는, (2)에서 '진정한 월이'라는 인물은 현실의 월이가 아니라 현실에서 부재해서 꼭 찾아야 하는, 또한 (3)에서 '진정한 행복' 역시 인물들이 속해 있는 현실에서 없어서 찾으러 떠나야 하는 것, 다시 말해서 이상화·진리화되어 있는 상징인 것이다. '행복', '진정한 월이', '진정한 행복'이라는 상징은 현실에 부재함으로써 그것이 실현된다면 현실의 모든 문제점을 해결해주는 상징적인 효력으로 이해된다. 근대완성·민족해방이 사회문화적인 차원의 상징이라면, 그러한 기표의 역할을 개인적인 차원에서 하는 것이 바로 황순원 소설 속의 사랑인 것이다.

황순원의 식민지 시기 소설에서 이처럼 현실에서 부재하지만 그 부재로 인해 상징적인 효력을 지니는 것 중 다른 하나는 단편 〈별〉에서 아이가 탐구하는 어머니의 정신적·육체적인 성질, 즉 모성이다. 이 모성의 탐구는 황순원의 식민지 시기 소설에서 아이가 주체가 된다는 점에서 순수

---

84 장현숙, 《한국현대문학에서 본 황순원 문학 연구》, 푸른사상, 2013., 40~51쪽.

황순원과 순수문학 다시 읽기

한 동심과 그 본질이 통하는 유사한 것으로, 그리고 어머니의 본능적 정서 혹은 휴머니즘을 드러내는 것으로 그동안 논의되었다.[85] 황순원의 소설에서 식민지 시기라는 사회문화적인 맥락과 거의 무관하게 인간 존재의 순수·서정을 보여주는 거의 결정적인 소재로 이해되어 온 것이다.

> (4) 어머니가 누이처럼 미워서는 안된다고 머리를 옆으로 저었다. 우리 오마니는 지금 눈앞에 있는 누이로서는 흉내도 못 내게스레 무척 이뻤으리라.[86]

> (5) 아이는 지금 자기의 오른쪽 눈에 내려온 별이 돌아간 어머니라고 느끼면서, 그럼 왼쪽 눈에 내려온 별은 죽은 누이가 아니냐는 생각에 미치자 아무래도 누이는 어머니와 같은 아름다운 별이 되어서는 안된다고 머리를 옆으로 저으며 눈을 감아 눈속의 별을 내몰았다.[87]

인용문 (4)~(5)에서 아이는 어머니가 현실에서는 부재하지만 만약 현실에 있다면 너무나 예뻐서 누이가 흉내내지 못할 정도로 완벽한 존재로 이해하고 있다. 이러한 어머니는 식민주의·민족주의 이데올로기에서 근대완성·민족해방이라는 상징이 그 효력을 발휘하는 방식과 유사하게 작동되는 표상이다. 어머니는 아이에게 있어서 현실에서 부재하지만 현실화된다면 현실의 모든 문제점들 일체를 해결하는 기표이기 때문에 그 상징적인 효력을 유지한다. (4)에서 아이가 "우리 오마니는 지금 눈앞에 있는 누이로서는 흉내도 못 내게스레 무척 이뻤으리라" 생각하는 것은

---

85 1장의 연구사에서 진형준, 장현숙, 박양호, 정수현 등의 논의를 참조할 것.
86 황순원, 〈별〉, 《황순원전집 1》, 문학과지성사, 1980., 163쪽.
87 황순원, 〈별〉, 《황순원전집 1》, 문학과지성사, 1980., 173쪽.

어머니가 곧 진리의 상징인 것이고, 그 때문에 (5)에서 현실적인 실체를 지녔던 "누이는 어머니와 같은 아름다운 별이 되어서는 안" 되는 것이다.[88] 황순원의 소설 〈별〉에서는 사회문화적인 맥락에서 근대완성·민족해방을 이데올로기화하는 방식 그대로 개인적인 차원의 어머니를 이상화·진리화한 것이다. 이렇게 볼 때에 사랑과 모성에 대한 황순원의 미적인 지향은 현실에서 부재하지만 곧 오리라 여겨지는 근대완성·민족해방을 시대적인 진리로 상징화한 식민지 시기의 식민주의·민족주의 이데올로기의 인식 방식을 개인적인 문학적 차원으로 변형시킨 것으로 이해된다. 쉽게 말해서 사랑과 모성을 탐구하는 미적인 지향은 그 인식 방식의 측면에서 사회문화적인 소산인 것이다.

III. 초월적인 진리로 가장(假將)된 인물의 의지와 생명
-해방 직후 시기의 주요 소설

　해방 직후의 월남인 황순원이 경험한 남한은 부르주아민주주의혁명을 목표로 10월항쟁·대중화운동을 펼친 좌파 이데올로기 집단과 강력한 반공주의를 내세우는 우파 이데올로기 집단이 길항 중이었다.[89] 북한의 신체적·재산적·종교적인 위협을 피해서 월남했지만 이데올로기 증

---

88 이 점에서 소설 속의 어머니를 곧바로 아름다운(해방된) 조국으로 치환시킨 장현숙의 해석은, 구조적인 상동성이라는 측면에서 의미와 한계를 동시에 지닌다. 장현숙, 《한국현대문학에서 본 황순원 문학 연구》, 푸른사상, 2013., 67~71쪽.

89 해방 이후의 남북한 상황과 좌우 이데올로기와 좌우 민족문학론에 대한 개괄은 다음을 참조했다. 안문석, 「해방이후 북한 국내 공산세력의 국가건설전략」, 《통일정책연구》 22.2., 통일연구원, 105~135쪽; 배경열, 「해방공간의 민족문학론과 그 이념적 실체」, 《국어국문학》 112권, 국어국문학회, 1994., 247~270쪽; 김윤식 외, 《해방공간의 문학운동과 문학의 현실인식》, 한울, 1990.

명·문학활동의 어려움을 겪던 황순원과 같은 남한 사회의 월남인·전재민 입장에서는, 좌우 이데올로기가 전적으로 진리가 아님을 잘 앎에도 필요에 따라서는 현실의 모든 것을 해결하는 초월적인 진리로 믿는 가장적(假將的)인 태도를 취하는 사회문화적인 입장을 지닐 수밖에 없게 된다. 좌우 이데올로기에 대한 이러한 가장적인 태도는 이 시기 황순원의 주요 소설인 〈아버지〉, 〈황소들〉 속의 인물 의지와 〈두꺼비〉, 〈목넘이마을의 개〉 속의 생명을 형상화할 때에도 거의 그대로 적용된다.

황순원의 해방 직후 발표 소설 중 〈아버지〉와 〈황소들〉은 조선문학가동맹 좌파 이데올로기의 영향을 강하게 혹은 약하게 받은 작품으로 기존의 연구사에서 언급해왔지만,[90] 이런 언급에서는 좌파 이데올로기라는 잣대를 중심으로 소설 속 인물의 의지를 직접 재단하는 문제점이 발생하게 된다. 만약 인물의 의지를 중심으로 소설 속의 좌파 이데올로기를 살펴보면 해석의 방식이 달라진다. 쉽게 말해서 얼마나 좌파 이데올로기를 구현했는가 하는 것이 아니라, 좌파 이데올로기에 대해서 어떤 태도를 취했는가 하는 것이 문제의 새로운 핵심이 되는 것이다.

(6) (3·1운동으로 함께 옥고를 치른 대구 사람이 10월항쟁을 하다가 서울

---

90 홍성식과 손미란은 10월항쟁이 오늘의 3.1운동이라는 임화의 조선문학가동맹 논리를 황순원이 거의 그대로 수용했음을 지적한 바 있었다. 홍성식, 「해방기 인민항쟁과 창작실천의 문제」, 《한국문예비평연구》 45집, 한국현대문예비평학회, 2014., 321~339쪽; 손미란, 「10월 인민항쟁(1946. 10)을 통해 본 '시간의 정치학'—조선문학가동맹을 중심으로」, 《반교어문연구》 38집, 반교어문학회, 2014., 423~451쪽.
아울러 조선문학가동맹은 이데올로기적으로 부르주아민주주의혁명을 주창하면서도, 반(反)좌파 성향을 노골적으로 드러낸 우파 계열을 제외한 (황순원을 비롯한) 다수를 회원으로 수용했고, 많은 발표 매체를 장악하고 있었다. 황순원의 조선문학가동맹 가입은 이 발표 매체에 발표 기회를 얻기 위한 것과 밀접하게 관련되는 것으로 추측된다. 이봉범, 「잡지 《신천지》의 매체 전략과 문학」, 《한국문학연구》 39호, 동국대학교 한국문학연구소, 2010., 199~267쪽 참조.

로 피신해 왔는데–필자 주) 그 시커멓게 탄 주름잡힌 얼굴이 어뜨케나 환히 터다뵈든디, 그리구 말하는 거라든디 생각하는 게 어따나 젊었든디, 나까지 막 다시 젊어디는 것같드라.

이렇게 말씀하시는 아버지에게 나는 잠깐 내가 물을 말도 잊고, 반백이 다 되신 머리를 바라보며 아버지도 늙으실수록 아름다워지는 유의 남자임을 안 것 같았다.[91]

(7) 거북이형이 무어라고 하면서 앞장을 서는 눈치더니, 동네사람들이 울울 밀려내려간다. 성난 황소들 같다. 이 성난 황소들은 바우네 동네사람들뿐만 아닌 듯했다. 아까 거북이형이 누구와 만나 수군거리던 저쪽에서도, 그리고 좀 더 저쪽에서도, 아니 이 남산 전체에 틈틈이 자기네와 같은 사람들이 앉았다가 지금 충주거리를 향해 내려가는 것으로 바우에게는 느껴졌다.

바우는 너무 갑작스러움에 잠시 떨리는 몸을 움직이지 못한다. 바보같은 것, 바보같은 것, 여기까지 와서…… 그제야 바우는 작대기 쥔 손에 힘을 주면서 어른들의 뒤를 쫓아내려가기 시작한다.[92]

인용문 (6)~(7) 속의 주요 인물이 지닌 의지는 10월항쟁이 부르주아 민주주의혁명·반제국주의투쟁의 시발점이어서 전(全)민중이 동참해야 한다는 조선문학가동맹의 로드맵을 따르는 것처럼 보이지만 그 논리의 진의를 제대로 보여주지 않았다는 점에서 가장적인 것으로 이해될 여지가 크다. 황순원은 마치 10월항쟁의 혁명적인 어느 한 순간이 엄밀히 말해서 조선문학가동맹의 로드맵과 어긋남에도 현실의 모든 것을 해결하

91황순원, 〈아버지〉,《황순원전집 2》, 1981., 128~129쪽.
92 황순원, 〈황소들〉,《황순원전집 2》, 1981., 104쪽.

는 초월적인 진리인 것처럼 약간 다른 초점에서 형상화한 것이다.

(6)의 아버지는 10월항쟁을 대구에서 치르다 서울로 피신해 온 대구 사람의 "시커멓게 탄 주름잡힌 얼굴이 어뜨케나 환히" 보임을, 그리고 나는 그 대구사람을 지지하는 아버지를 바라보면서 "늙으실수록 아름다워지는 유의 남자"로 이해됨을 강조한다. 또한 (7)의 바우 역시 아버지와 마을 사람들이 10월항쟁에서 "성난 황소들"처럼 시위하는 것에 동의하고 동참하려고 한다. 이러한 인용 속의 나와 바우는 조선문학가동맹의 로드맵에서 10월항쟁의 한 단면을 이해하는 것이 아니라, 혁명의 어느 한 순간적인 단면에서 드러나는 대구 사람·아버지의 결연한 의지와 그 행동을 현실의 모든 것이 해결되는 초월적인 진리처럼 가장하고 있는 것이다.[93] 황순원이 보여준 인물의 의지는 조선문학가동맹의 계급 논리보다 좀 더 커다란 해방을 상상하고 있는 것으로 이해된다.

황순원의 월남은 그가 좌파보다는 우파 이데올로기가 지배하는 남한 사회를 현실적으로 선택했음을 명백하게 의미한다. 그는 자유주의(자본주의)·반공주의를 주요 원리로 하는 남한 사회의 우파 이데올로기가 월남인이 보기에 만족할 만큼 전적으로 진리가 아님을 잘 앎에도, 현실적인 생존·적응의 필요에 의해서 현실의 모든 것에 우선시하는 초월적인 진리로 가장할 수밖에 없다. 우파 이데올로기를 다른 무엇보다도 우선적으로 인정·긍정·지지하지 않을 수 없는 것이다. 어떤 신념이 현실의 모든 것에 우선시하는 진리로 여기는 가장적인 태도는 황순원의 소설 〈두꺼비〉와 〈목넘이마을의 개〉 속의 인물이 지닌 생명을 형상화할 때에도

---

[93] 이러한 황순원의 서술 방향은 조선문학가동맹의 입장에서 보면 사상 미달이 되는 것은 물론이어서, 이러한 관점에서 기존 연구사의 비판이 있어 왔다. 하지만 본문에서처럼 황순원의 소설 속 인물이 지닌 의지를 현실의 모든 것을 해결하는 초월적인 진리를 드러내는 것으로 해석하면 해석의 방향이 달라짐을 유의하기 바란다.

일정한 영향을 준다.

(8) 어느새가 아니라 그것은 현세네가 고국으로 돌아온 지 얼마 되지 않아 바로 고국이 현세네에게 살아나갈 길을 주지 않은 때부터였다. (중략) 그러자 현세는 몸 어느 한구석에서 속삭이는, 나도 살아야 한다는 소리를 들은 듯하며, 그래야만 한다는 듯이 들고 있는 보퉁이를 꽉 그러쥐어보는 것이었다.[94]

(9) 이 목넘이마을 서쪽 산밑 간난이네 집 옆 방앗간에 웬 개 한 마리가 언제 방아를 찧어보았는지 모르게 겨 아닌 뽀얀 먼지만이 앉은 풍구 밑을 혓바닥으로 핥고 있었다.[95]

(10) 간난이할아버지는 지금 검둥이가 저러는 것은 며칠 동안 수캐 구실을 하고 돌아온 탓이라고 했다. 그랬더니 큰동장은 펄쩍 뛰며, 그 미친가이(신둥이 −필자 주) 하구? 그럼 더구나 안된다고 어서 올가미를 씌우라는 것이었다.[96]

인물의 생명을 현실의 모든 것보다 중요시하고 우선시하는 비교불가능한 초월적인 진리로 가정하는 태도는 인용문 (8)~(10)에 공통적으로 나타나 있다. 엄밀히 말해서 생명의 유지는 공동체적인 법·윤리를 지키지 않는 한에서 진리가 되지 않음을 잘 앎에도, 황순원은 해방 직후 시기에 사회적인 생존의 필요에 따라서 초월적인 진리로 가장할 수밖에 없다. (8)의 현세에게 있어서 생명의 유지는 이러한 초월적인 진리

---

94 황순원, 〈두꺼비〉, 《황순원전집 2》, 1981., 38쪽.
95 황순원, 〈목넘이마을의 개〉, 《황순원전집 2》, 1981., 132쪽.
96 황순원, 〈목넘이마을의 개〉, 《황순원전집 2》, 1981., 146쪽.

로 제시된다. "나도 살아야 한다"는 현세의 내면적인 목소리는 그가 다른 전재민의 터전을 위협하는 두갑이의 사기연극에 동참하거나 그 와중에 두갑이에게 속임을 당하거나 혹은 김장로의 집에서 퇴거를 안 하고 버티는 현실적인 사건들보다 중요시된다. "나도 살아야 한다"는 논리는 현실의 모든 것에 우선시하는 비교불가능한 진리가 되는 것이다. 또한 (9)~(10)에서 신둥이라는 개의 생명 유지 역시 목넘이마을에 와서 남의 집 구유를 몰래 핥거나 마을의 다른 개를 죽게 하는 계기를 만드는 것이 공동체적인 입장에서 문제가 될 수 있는 것이지만 신둥이나 (신둥이를 형상화하는) 작가의 입장에서는 아무 문제가 되지 않을 정도의 진리와 같은 가치로 이해된다.[97] 신둥이와 현세의 생명 유지, 그리고 주요 소설 속의 인물 의지는, 좌우 이데올로기가 필요에 따라 진리로 가장되는 것처럼 현실의 모든 것을 해결하거나 그 모든 것보다 우선시하는 초월적인 진리로 상동구조적으로 형상화되는 것이다.

IV. 특수한 존재로 환각되는 인간 그 자체
─국가 건립 직후 시기의 주요 소설

대한민국 국가의 건립이란 일민(국민)이 아닌 자(비국민)를 만들고 소외·배제시켜서 체제의 유지를 합리화한 이승만 정부의 일민주의 이데올

---

97 이런 인식은 신둥이의 생명을 민족의 생명으로 확대해석하는 김윤식의 논리를 비판적으로 본 것이다. 김윤식의 논리는 엄밀히 말해서 그가 말하는 문협 정통파의 논리를 이 소설에 적용한 것이다. (김윤식, 「원초적 삶과 시대적 삶─황순원론」, 《우리 문학의 넓이와 깊이》, 서재헌, 1979.) 이처럼 개인의 생명을 민족의 생명으로 확대해석하면 황순원이 이해하는 생명이 민족을 포함한 현실의 모든 것을 초월한 진리라는 점을 놓치게 된다. 다음 장에서 논의하게 될 곰녀의 생명을 민족의 생명으로 확대해석하는 것 역시 마찬가지의 비판이 적용된다.

로기가 현실적인 권위를 획득했음을 의미한다. (비)국민의 입장에서 볼 때에 이승만 정부의 일민주의 이데올로기가 자신을 기만함을 잘 알고 있지만 국가 체제의 유지·발전이라는 대의를 위해서는 그 이데올로기를 특수한 절대 진리 혹은 시대정신으로 환각하게 되는 사회문화적인 맥락이 형성되는 것이다. 국가 건립 직후의 주요 소설인 〈황노인〉, 〈병든 나비〉, 〈독 짓는 늙은이〉와 장편소설 〈별과 같이 살다〉 속의 인간을 바라보는 방식은 이러한 사회문화적인 맥락과 구조적으로 상당히 유사하다.

국가 건립 직후의 황순원 소설 중 〈황노인〉, 〈병든 나비〉, 〈독 짓는 늙은이〉에 나타난 주요 인물은 주로 서정적인 분위기를 드러내거나 실존적인 인간을 다룬 것으로 기존 연구사에서 언급돼왔는데,[98] 이런 언급은 대부분의 경우에 작가가 작품 말미에 적어놓은 탈고연도를 기준으로 논의된 것이기 때문에, 국가 건립 직후에 발표되면서 일민주의 이데올로기라는 사회문화적인 배경·맥락 속에서 개고·개작될 가능성이 경시·간과된 측면이 있다.[99] 이 시기의 주요 소설을 국가 건립이라는 동시대적인 사건의 산물로 이해할 때에 소설 속의 인물에 대한 이해는 달라진다.

(11) (환갑을 맞이한 황노인이 동갑 제니에게 해금을 켜달라고 부탁하면서) 황노인도 저도 모르는 새 눈을 감고 있었다.

---

[98] 이 시기 황순원의 소설에 대해서, 이익성은 노인을 주인공으로 등장시켜 서정적인 분위기를 창출함을, 그리고 김영화는 고독한 인간 삶의 의미를 묻고 있음을 지적한 바 있었다. 이익성, 「일제 암흑기 황순원의 창작 단편소설 연구」, 《동아시아문화연구》 61집, 한양대학교 동아시아문화연구소, 2015., 109~285쪽; 김영화, 「황순원의 단편소설 I – 해방 전의 작품을 중심으로」, 《한국언어문학》 23집, 한국언어문학회, 1984., 47~62쪽.
[99] 탈고연도의 기록이 국가 건립 직후의 역사적 조건을 고려했다는 조은정의 주장은 일리가 있다. 조은정, 「1949년의 황순원, 전향과 《기러기》 재독」, 《국제어문》 66집, 국제어문학회, 2015., 37~67쪽.

이런 그들의 앞에는 작은 개울이 나타나고, 개울둑에는 감탕칠을 한 벌거숭이 두 소년이 서서 한 소년은 풀피리를 불고 한 소년은 아직 어린 되잖은 청으로 타령을 부르고 있었다.[100]

(12) 정노인은 무슨 뜻밖의 것이나 발견한 듯이 걸음을 멈추고 그 한곳(계집애가 급한 데로 눈 소변-필자 주)으로 눈을 주는 것이었다. 그러는 정노인은 자기 몸 어느 한군데에서 부르짖는 소리를 들은 듯했다. 꽃! 저게 정년 꽃이 아닐까, 꽃![101]

(13) (아내와 바람난 조수의 독은 잘 구워지는데 자신의 독이 터지자 가마 속으로 들어가 죽음을 결심한-필자 주) 송영감은 조용히 몸을 일으켜 단정히, 아주 단정히 무릎을 꿇고 앉았다. 이렇게 해서 그 자신이 터져나간 자기의 독 대신이라도 하려는 것처럼.[102]

인용문 (11)~(13) 속의 주요 인물은 실제의 현실 속에 있다면 평범한 인간에 불과하겠지만, 작품 속에서는 미적인 환각을 불러일으킬 만한 특수한 존재로 형상화된다. 황순원이 그의 소설 속에서 이러한 인물을 형상화하는 방식은 국민/비국민을 이분법적으로 차별하는 이승만 정부의 일민주의 이데올로기가 실상 기만적임을 잘 앎에도 특수한 절대 진리로 환각되는 것처럼 환각의 상동구조를 통해서 잘 설명된다.

(11)에서 황노인이 추억에 잠겨서 자기 자신을 생동감 있는 소년의 모

---

100 황순원, 〈황노인〉, 《혜성》, 1950. 2., 《황순원전집 1》, 문학과지성사, 1980., 241쪽.
101 황순원, 〈병든 나비〉, 《혜성》, 1950. 2., 《황순원전집 1》, 문학과지성사, 1980., 220쪽.
102 황순원, 〈독 짓는 늙은이〉, 《문예》, 1950. 4., 《황순원전집 1》, 문학과지성사, 1980., 293쪽.

습으로, (12)에서 정노인이 바라본 계집애의 소변을 살아 숨 쉬는 생명의 꽃으로, 그리고 (13)에서 송영감은 자기 자신을 자기가 만든 독으로 환각한다. 황순원은 소설 속의 황노인, 정노인이 바라본 계집애, 송영감이 실상 일상을 살아가는 평범한 노인이거나 소녀인 줄을 잘 알고 있지만, 그들을 일체의 현실적인 연관으로부터 일탈한 특수한 미적 존재로 형상화하고 있는 것이다. 이러한 형상화는 황순원이 국민보도연맹에 가입된 상태에서 일민주의 이데올로기를 지지·수용한다는 대의를 보여주고 자기 생명의 안위를 지키기 위해서, 자신이 좌파 이데올로기와 무관함을 보여주는 방식의 하나로써[103] 이승만 정부의 지원으로 김동리·조연현이 주도한 한국문학가협회의 순수문학 논리에 부합함을 적극적으로 보여주는 것과 밀접하게 관계된다.

이 시기의 황순원 주요 소설에서 일민주의 이데올로기를 특수한 절대 진리로 환각하는 사회문화적인 맥락과 상동구조적으로 인간을 특수한 존재로 환각한다는 점은 장편소설 〈별과 같이 살다〉에서도 잘 나타나 있다. 이 소설 속의 곰녀가 문제적인 인물이 되는 이유 중의 하나는 평생 남에게 해를 끼치지 않고, 손해를 보면서도 그것에 제대로 이의를 제기하지 않으며, 희생당하고 살면서도 자신의 비참한 삶을 긍정적이고 희망적으로 유지하는 비현실적인 혹은 환상적인 인내의 표상이라는 데

---

103 국민보도연맹은 1949년 4월 20일에 결성, 한국전쟁 중에 해소될 때까지 남한 내부의 좌익세력을 색출·관리하고 전향·탈맹을 유도하고자 한 관변 단체였으나, 실제로는 국가보안법이라는 규율에 의해서 사회 구성원들을 효율적으로 통제하는 감시사회를 만드는 데에 일조한 정치 이데올로기적인 제도였다. 이승만 정부가 호명하는 '좌파'가 되지 않기 위해서 좌파로 규정된 자는 물론이고 국민 모두는 국가보안법을 내면화함으로써 스스로 자기 자신을 지속적으로 감시·통제해야 했다. 진실·화해를위한과거사정리위원회, 《국민보도연맹 사건 진실규명결정서》, 진실·화해를위한과거사정리위원회, 2009., 1~251쪽; 미셸 푸코(Michel Foucault), 오생근 역, 《감시와 처벌》, 나남, 1994., 5~465쪽.

에 있다.

(14) 이 애들뿐만 아니라 세상사람이 모두 자기보다는 잘났다고 생각됐다. 그러
    니 자기는 못생긴 값을 해서라도 소처럼 증을 부리거나하지 말고 부지런히
    일을 해야 한다는 생각이었다.[104]

(15) 이런 속에서 곰녀는 종내 병을 얻었다. (중략) 그러나 곰녀는 고통을 참아
    가며 주인에게 눈치채이지 않게 했다.[105]

(16) (해방이 되자 일본군이 부녀자를 겁탈하고 죽인다는 소문에 대해서—
    필자 주) 언젠가 동무들이 말한, 남자란 누구라 할것없이 모조리 짐승과
    같다던 말.
    어쨌든 곰녀는 이 모든 횡포를 그냥 받는 수밖에 다른 도리가 없었다. [106]

(17) 그래 자기가 좋은 데로 시집을 가? 어디로…… 그러면 이렇게 살다 늙어 죽
    는 수밖에 없지 않은가. 그것도 하르반의 아들딸의 눈에 뵈지 않는 데 숨어
    서. 그러는 자기가 어쩐지 죄를 짓는 것같았다.[107]

인용문 (14)~(17)에서는 곰녀가 비현실적이라는 의미에서 환상적인
인내의 표상을 지님을 잘 보여준다. 곰녀는 (14)에서 자신이 못생겼기
때문에 소처럼 부지런히 일해야 함을, (15)에서 성병을 얻으면서도 주인

---

104 황순원, 〈별과 같이 살다〉《황순원전집 6》, 문학과지성사, 1981., 73쪽.
105 황순원, 〈별과 같이 살다〉,《황순원전집 6》, 문학과지성사, 1981., 81쪽.
106 황순원, 〈별과 같이 살다〉《황순원전집 6》, 문학과지성사, 1981., 133쪽.
107 황순원, 〈별과 같이 살다〉,《황순원전집 6》, 문학과지성사, 1981., 169쪽.

1부. 순수라는 이데올로기와 그 다층성   69

에게 비밀로 한 채로 일을 하고자 함을, (16)에서 일본군이 부녀자를 겁탈하고 살해하는 횡포를 그대로 받아들이고 견딤을, 또한 (17)에서 자신을 첩으로 삼았다가 버린 서평양신탄상회 주인에게 애정을 품은 것에 죄의식을 느낌을 보여준다. 이러한 곰녀는 그녀가 식민지와 해방이라는 한국현대사에서 남성적·군사적·여성차별인 폭력을 감당하고 인내하는, 현실에서 거의 실존불가능한 특수한 존재로 환각되는 표상이다. 황순원은 이 곰녀를 현실의 실제 인물이라면 지닐 법한 자기 운명에 대한 고통·슬픔 혹은 반발·저항 대신에 현실의 모든 역경을 수동적·소극적으로 인내하면서 생명을 유지하는, 그래서 일반인의 상식으로 볼 때 이해하기조차 어려운 존재 혹은 지독한 한의 정서를 지닌 특수한 존재로 환각하는 과정을 통해서 형상화한다. 이러한 곰녀와 〈황노인〉, 〈병든 나비〉, 〈독 짓는 늙은이〉 속의 주요 인물은 일민주의 이데올로기가 기만적이면서도 특수한 절대 진리로 환각되는 것처럼 지독한 한의 정서를 지니거나 미적인 특수한 존재로 환각되는 표상인 것이다.

V. 결론

이 글에서 문제 삼는 것은 황순원의 초기 소설에서 시대·계급·현실 초월적인 성격을 지닌 것으로 알려진 순수 관념의 재고였다. 이러한 문제의식에 따라서 황순원 초기 소설 속의 순수 관념이 식민지와 해방 직후와 국가 건립 직후의 시기에 시대·계급·현실 등의 사회문화적인 맥락에 따라서 상동구조적으로 드러나고 다양하게 변화되었음을 규명했다. 순수 관념의 핵심인 미적인 지향을 시대의 사회문화적인 맥락에 따라서 유동하는 것으로 인식한 뒤, 슬라보예 지젝의 이데올로기 구성론을 참조해서 식민지 시기와 해방 직후와 국가 건립 직후의 주요 소설에 나타

황순원과 순수문학 다시 읽기

난 순수 관념의 표출 방식과 그 변화를 분석했다.

첫째, 식민지 시기 소설 〈늪〉, 〈소라〉, 〈피아노가 있는 가을〉 속의 사랑과 〈별〉 속의 모성이 진리의 상징적인 효력을 지닌 것으로 형상화하는 방식은, 현실에서 부재하지만 곧 오리라 여겨지는 근대완성·민족해방을 시대적인 진리로 상징화한 식민지 시기의 식민주의·민족주의 이데올로기의 인식 방식을 개인적인 문학적 차원으로 변형시킨 것으로 이해됐다. 둘째, 해방 직후 시기의 주요 소설인 〈아버지〉, 〈황소들〉 속의 인물 의지와 〈두꺼비〉, 〈목넘이마을의 개〉 속의 생명이 현실의 모든 것을 해결하거나 그 모든 것보다 우선시하는 초월적인 진리로 형상화되는 방식은, 좌우 이데올로기가 필요에 따라 진리로 가장되는 것과 구조적으로 유사했다. 셋째, 국가 건립 직후의 주요 소설인 〈황노인〉, 〈병든 나비〉, 〈독 짓는 늙은이〉와 장편소설 〈별과 같이 살다〉 속의 인간이 지독한 한의 정서를 지니거나 미적인 특수한 존재로 환각되는 방식은, 기만임을 앎에도 특수한 절대 진리로 환각되는 일민주의 이데올로기의 구현 방식과 상동구조적인 특성이 있었다.

이렇게 볼 때 황순원의 초기 소설에 나타난 순수성은 식민지·해방 직후·국가 건립 직후 시기의 사회문화적인 맥락에 따라서 상동구조적으로 형성되고 변화되는 측면이 있음이 확인됐다. 황순원의 소설에서 순수 관념이라는 내부성은 사회문화적인 맥락에 따라서 형성되고 채워지는 특성이 있는 것이다. 따라서 한국문학에서 논쟁되는 순수/비순수의 이분법적인 인식과 차별을 비판적으로 해체하고 순수 관념의 구조를 그 속을 알 수 없는 미적 관념 또는 물 자체에 두지 않고 동시대의 사회 속에서 검토·성찰했다는 점에서 나름의 의미가 있다. 앞으로 이러한 논의는 황순원을 비롯한 순수문학계의 주요 문인과 그 작품으로 확대될 필요가 있다.

해방기에 나타난
문학적인 순수 관념의 다층성

I. 서론

해방기의 문학담론에 대한 기존의 주요 논의들에서는 조선청년문학가협회·한국문학가협회(이하 문협)의[108] 김동리·조연현이 주도한 순수문학론이 조선문학가동맹의 계급문학론과 대립하면서 주도권을 획득했다는 시각을 주로 보여줬는데, 이런 시각은 동시대에 나타났던 문학적인 순수 관념의 다층성·복수성을 간과·무시할 위험이 있다는 점에서 그 문제점이 지적된다. 해방기의 문학담론에서는 순수문학과 계급문학의 경계가

---

[108] 1946년 4월에 생긴 조선청년문학가협회와 1949년 12월에 결성된 한국문학가협회는 그 주도 세력이 김동리·조연현·서정주 등으로 일치하고, "일체의 공식적 노예적 경향을 배격"(조선청년문학가협회)하거나 "모든 비민족적·반국가적 공식주의를 배격"(한국문학가협회)하는 등 반공적·반계급적인 성격의 강령 역시 유사하며, 결성 과정에서 우익 권력의 강력한 지원을 받았다는 점에서 연속성이 분명한 단체로 이해된다. 이 글에서는 두 단체를 합쳐서 문협으로 부르고자 한다.

그 참여구성원과 이데올로기의 면에서 명백하게 분절되지 않은 경우가 있었을 뿐만 아니라,[109] 순수문학계 내부에서도 재외한인 문인의 귀환과 이북 문인의 월남으로 인해서 문협 주도 세력이 지향한 순수 관념 이외의 다양한 순수 관념이 공존했기 때문이다.

지금부터 월남문인 중 하나인 황순원의 해방기 문학이 문협 주도 세력이 보여준 순수 관념의 일의성·단수성을 해체·재구성하면서 순수 관념의 다층성·복수성을 드러내는 양상을 살펴보려 한다. 황순원의 문학은 문협 주도 세력이 지닌 순수 관념과 그 형성·심화·발전 과정의 측면에서 서로 유사하면서도 다른 특성을 지녔는데, 이러한 특성을 세밀하게 규명하고자 하는 본 작업은 문협이 주도한 해방기의 순수문학론이 다양한 순수 관념 논의를 억압·배제·간과·무시했음을 밝히는 것이 된다. 이 글에서는 식민지 시기에 평안도에서 출생·성장하고 일본 유학을 하는 과정에서 문학적인 순수 관념을 형성한 뒤에 해방 직후 월남하여서 문협 주도 세력과 일정한 관계를 맺거나 거리를 두면서 특유의 순수 관념을 드러낸 황순원의 문학을 주목한다.

이 글에서 말하는 순수 관념이란 문학적인 순수를 택한 문인 대부분이 그의 문학에서 보여준 부르주아적인 반계급적·미적인 지향을 의미하

---

109 여기서 해방기란 1945년 8월 15일 해방일부터 1950년 6월 한국전쟁 직전까지의 기간을 (이 용어에 대한 논란의 여지는 다음을 참조할 것. 권영민 편저, 「한국 근대문학과 이데올로기—김윤식과 권영민의 대담」, 『월북문인연구』, 문학사상사, 1989., 361쪽; 박용찬, 《해방기 시의 현실인식과 창작방법 연구》, 경북대박사학위논문, 1997.) 지시하기로 한다. 또한 해방기에 순수문학과 계급문학 사이의 경계는 상당히 모호하고 복잡했다. 문협과 조선문학가동맹 단체의 중심에 있는 문인은 자신의 이데올로기를 분명히 드러냈지만 그 주변에 있는 문인 중에는 두 단체에 모두 참여한 자도 있었기 때문이다. 이들은 해방기에 자의적 혹은 타의적으로 좌우 이데올로기를 선택하거나 회피했다. 자세한 것은 다음을 참조할 것. 류경동, 「해방기 문단 형성과 반공주의 작동 양상 연구」, 《상허학보》 21집, 상허학회, 2007., 11~35쪽.

기로 한다. 엄밀히 말해서 순수 관념이란 반도덕적·비조작적인 성격 혹은 일체의 현실적인 연관으로부터 해방된 정신세계를 뜻하는데, 이런 개념들 자체는 근대 자본주의의 발달·전개 과정에서 일상적인 삶이 안정된 부르주아·중산층이 근대적인 현실의 여러 문제점들—계급, 전쟁, 혁명, 사회·식민지 갈등, 환경 위기 등등—의 일체에서 벗어나서 인간을 그 자체로 혹은 반계급적·미적으로 바라보는 이데올로기다. 문협 주도 세력과 황순원은 이러한 순수 관념을 자신의 정치적·사회적·문화적인 맥락과 전략에 따라서 나름대로 구체화한 것이다.

황순원의 순수 관념은 식민지 시기에 출판한 두 권의 시집 《방가》(동경·학생예술좌문예부, 1934)와 《골동품》(삼문사, 1936)과 단편소설 〈별〉(《인문평론》, 1941. 2.)에서 형성되고, 해방 직후 발표한 단편소설 〈술 이야기〉, 〈아버지〉, 〈두꺼비〉, 〈꿀벌〉, 〈황소들〉, 〈담배 한 대 피울 동안〉, 〈목넘이 마을의 개〉 등 7편을 묶은 단편소설집 《목넘이마을의 개》(육문사, 1948)와 국가 건립 직후 출판된 단편소설 〈맹산할머니〉(《문예》, 1949. 8.), 〈황노인〉(《신천지》, 1949. 9.), 〈노새〉(《문예》, 1949. 12.), 〈기러기〉(《문예》 1950. 1), 〈병든 나비〉(《혜성》 1950. 2), 〈독 짓는 늙은이〉(《문예》, 1950. 4.)와 장편소설 〈별과 같이 살다〉(정음사, 1950.)에서 나름대로 심화·발전된다.

지금까지 해방기의 순수문학에 대한 연구사에서는 주로 문협 주도 세력이 주장했던 순수 관념이 해방기를 대표하는 것처럼 일의화·단수화·중심화 돼온 감이 있었다. 좌익의 계급문학에 맞선 우익의 순수문학이라는 대립 구도를 강조한 김동리의, 그리고 문단의 핵심문제가 좌우 대립·투쟁이라는 조연현의 견해가 해방기의 정치적·사회적·문화적인 맥락에서 우세화·절대화된 것처럼 논의된 뒤로[110] 이들의 논의는 권영민·이재선·정한숙의 문학사론에서 거의 그대로 반복·답습되면서[111] 해방기의 문학사를 바라보는 기본적인 시각으로 이해됐다. 이 과정에서 문협의

황순원과 순수문학 다시 읽기

모태 격인 전조선문필가협회의 적극적인 활동 사항이 없었다는 곽종언의 비판이나, 조선청년문학가협회가 제대로 된 조직력·실천력을 지니지 못했다는 김광주의 평가는 논외의 것이 되었다.[112]

이후 해방기 문협 주도 세력의 순수 관념에 대해서 그 내적 논리를 파악하거나 의미·한계를 지적하는 비평적인 논의들이 제출됐다. 해방기의 순수문학론에 대해서 김윤식이 문협 주도 세력의 정신적·사상적인 구조를, 송희복이 문학비평의 전반적인 성격을, 그리고 임영봉이 문협 주도 세력의 이념·존재 양상·권력화 과정 등 내적 논리를 규명했다.[113] 또한 김철이 문협이라는 보수우익의 형성·전개 과정을 살폈고, 진설아가 문협이 정치적인 목적 아래 자신들의 역사를 창조했음을 검토했으며, 이봉범이 보수주의문학의 역사를 논쟁적으로 재구성했다. 아울러 류경동이 반공주의가 우익 문인들의 문단 주도권 장악을 정당화했음을 분석했다. 이러한 논의들은 모두 문협 주도 세력의 순수문학론이 지닌 배제적이고 보수적·우익적인 이데올로기에 대한 비판들이었다.[114]

---

110 김동리, 「순수문학의 진의-민족문학의 당면 과제로서」, 《서울신문》, 1946. 9. 14.; 김동리, 「창조와 추수-현문단의 이대 조류」, 《민주일보》, 1946. 9. 15.; 조석제(조연현), 「해방문단 5년의 회고」, 《신천지》, 1949. 9~1950. 2., 322~323쪽.

111 권영민, 《한국현대문학사》, 성문각, 1969.; 이재선, 《한국현대소설사》, 홍선사, 1979.; 정한숙, 《한국현대문학사》, 고려대출판부, 1982.

112 곽종언, 「해방문단 10년 총결산」, 《신인간형의 탐구》, 동서문화사, 1955., 176쪽; 김광주, 「예술조선 시절의 희미한 회상」, 《현대문학》, 1965. 8., 233쪽.

113 김윤식, 《한국근대문학사상비판》, 일지사, 1978.; 김윤식, 《한국근대문학사상연구2》, 아세아문화사, 1994.; 송희복, 《해방기 문학비평 연구》, 문학과지성사, 1993.; 임영봉, 《상징투쟁으로서의 한국현대문학사》, 보고사, 2005.

114 김철, 「한국 보수우익 문예조직의 형성과 전개」, 《한국전후문학의 형성과 전개》, 태학사, 1993., 25~26쪽; 진설아, 「한국문단사와 '순수', 그 이면을 찾아서」, 《어문론집》 33호, 중앙어문학회, 2005., 191~215쪽; 이봉범, 「해방10년, 보수주의문학의 역사와 논리」, 《한국근대문학연구》 22호, 한국근대문학회, 2010., 7~67쪽; 류경동, 「해방기 문단 형성과 반공주의 작동 양상 연구」, 《상허학보》 21집, 상허학회, 2007., 11~35쪽.

순수문학론이 문협 중심으로 일의적·단수적으로 이해되면서 해방기의 황순원 문학에 나타난 다층적인 순수 관념 논의는 거의 배제·무시·간과되었다. 황순원의 문학은 해방기에는 거의 언급되지 않았다가 전쟁 직후 종군문인으로 활약하면서 순수문학계의 중요한 일인으로 인정·관심받기 시작했다.[115] 전쟁 이후의 곽종원이 이상주의적·휴머니즘적인 작품으로 논의한 이후[116] 1960년이 넘어서야 서서히 비평되기 시작했다. 조연현·구창환·천이두·김윤식·이태동·이보영 등이 순수·서정으로, 그리고 진형준·허명숙·정수현 등이 동심·모성으로 황순원의 문학적인 특성을 규정했을 뿐,[117] 정작 해방기라는 정치적·사회적·문화적인 맥락에서는 거의 논의되지 않았다.[118] 이외에도 신춘호·현길언·서재원·전흥남·장현숙·신덕룡 등이 단편소설집《목넘이마을의 개》를 대상으로 해서 당대 현실에 대한 적극적인 형상화와 비판을 주목하거나, 홍성식·손미란이 조선문학가동맹 가맹 사실을 눈여겨본 경우도 있었다.[119]

여기서는 황순원 문학의 순수 관념이 그 형성·발전 과정을 비교·분석해 볼 때에 문협 주도 세력이 구도화시킨 순수문학론의 중심성을 해체·재구성함을, 좀 더 구체적으로는 시집《방가》와《골동품》과 단편소설

---

115 황순원은 전쟁 중인 1951년 문협 총회에서 소설분과위원장으로 추대됐고, 1952년에 공군 종군문인단에 추가 단원으로 참여했다. 이 과정에서 문협 회원이자 간부로서 인정받았다. 김동리, 「한국문학가협회」, 한국문인협회 편,《해방문학20년》, 정음사, 1966., 145~149쪽; 최인욱, 「공군종군문인단」, 한국문인협회 편,《해방문학20년》, 정음사, 1966., 97~100쪽.
116 곽종언, 「해방문단 10년 총결산」,《신인간형의 탐구》, 동서문화사, 1955., 176쪽.
117 김철, 「한국 보수우익 문예조직의 형성과 전개」,《한국전후문학의 형성과 전개》, 태학사, 1993., 25~26쪽; 진설아, 「한국문단사와 '순수', 그 이면을 찾아서」,《어문론집》33호, 중앙어문학회, 2005., 191~215쪽; 이봉범, 「해방10년, 보수주의문학의 역사와 논리」,《한국근대문학연구》22호, 한국근대문학회, 2010., 7~67쪽; 류경동, 「해방기 문단 형성과 반공주의 작동 양상 연구」,《상허학보》21집, 상허학회, 2007., 11~35쪽.

황순원과 순수문학 다시 읽기

〈별〉을 대상으로 식민지 시기에 삶의 현실을 나름대로 바라보고 구성하는 평안도 부르주아의 또 다른 환상프레임으로써 순수 관념이 형성되고(Ⅱ장), 단편소설집 《목넘이마을의 개》 속의 인물들이 자기 증명의 차원에서 반계급적인 태도를 지니는데 문협 주도 세력의 반계급성을 상대화·다의화시키는 시뮬라크르(similacre)이며(Ⅲ장), 국가 건립 직후 출간된 단편소설 〈맹산할머니〉, 〈황노인〉, 〈노새〉, 〈기러기〉, 〈병든 나비〉, 〈독 짓는 늙은이〉와 장편소설 〈별과 같이 살다〉 속의 인물들이 문협 주도 세력의 순수 관념을 보충대리(supplement)하는 존재가 됨을(Ⅳ장) 살펴보려 한다.[120]

Ⅱ. 평안도 부르주아의 또 다른 환상프레임

부르주아·중산층이 근대적인 현실의 여러 문제점들 일체에서 벗어나

---

118 여기에는 황순원이 해방기 발표 작품의 말미에 적어놓은 탈고연도가 식민지 시기였다는 점을 들어서 식민지 시기의 작품으로 설명한 경우가 많았던 이유가 있기도 하다. 해방기의 발표 작품에 식민지 시기의 탈고연도를 기입한 황순원의 사정과 전략에 대해서는 다음을 참조할 것. 조은정, 「1949년의 황순원, 전향과 《기러기》 재독」, 《국제어문》 66집, 국제어문학회, 2015., 37~67쪽.

119 신춘호, 「황순원의 〈황소들〉론」, 《중원어문학》, 건국대학교 국어국문학학회, 1985., 7~19쪽; 현길언, 「황순원 소설에 나타난 집과 토지의 문제」, 《동아시아 문화연구》 14집, 한양대학교 한국학연구소, 1998., 446쪽; 서재원, 「해방직후의 황순원 단편소설 고찰-단편집 《목넘이마을의 개》」, 《한국어문교육》 4집, 고려대학교 한국어문교육연구소, 1990., 87~112쪽; 전흥남, 「해방직후 황순원 소설 일고」, 《어문연구》 47집, 어문연구학회, 2005., 89쪽; 장현숙, 「해방 후 민족현실과 해체된 삶의 형상화: 황순원 단편집 《목넘이마을의 개》」, 《어문연구》 21. 1~2쪽, 한국어문교육연구회, 1993., 212쪽; 신덕룡, 「〈술 이야기〉에 나타난 노동운동 양상 연구-해방 직후 노동자 공장관리를 중심으로」, 《한국문예창작》 14.1., 한국문예창작학회, 2015., 35쪽; 홍성식, 「해방기 인민항쟁과 창작실천의 문제」, 《한국문예비평연구》 45집, 한국현대문예비평학회, 2014., 321~339쪽; 손미란, 「10월 인민항쟁(1946. 10)을 통해 본 '시간의 정치학'-조선문학가동맹을 중심으로」, 《비교어문연구》 38집, 비교어문학회, 2014., 423~451쪽.

서 인간을 그 자체로 혹은 반계급적·미적으로 바라보는 이데올로기를 순수 관념이라고 할 때, 이러한 관념은 슬라보예 지젝의 말대로 하면 현실을 바라보고 구성하는 일종의 환상프레임이 된다. 현실이 순수해서 작품 속에 순수 관념이 삽입되는 것이 아니라, 오히려 순수 관념이라는 환상프레임이 먼저 있어야 현실을 순수하게 바라보고 구성할 수 있으며 작품 속에 형상화하는 것이다. 황순원의 해방기 문학에 나타난 순수 관념의 다층성·복수성을 살펴보기 위해서는 식민지 시기의 작품—시집 《방가》와 《골동품》, 단편소설 〈별〉—을 문협 주도 세력의 작품비평과 비교하면서 그 관념의 형성 과정에서 나타난 차이를 검토할 필요가 있다.

우선적으로 검토해 봐야 하는 것은 인간 그 자체를 어떻게 바라보느냐 하는 순수 관념의 핵심 문제 제기에 대한 차이다. 식민지 시기의 문

---

120 이 글에서는 황순원의 해방기 문학이 문협 주도 세력이 구축한 순수 관념의 중심성을 해체·재구성하면서 다층성·복수성을 드러낸다는 점을 규명하기 위해서 자크 데리다와 슬라보예 지젝과 질 들뢰즈가 논의한 탈구조주의론을 핵심방법론으로 적절하게 변용·활용하고자 한다. 슬라보예 지젝은 환상이 없이는 현실을 냉철하게 바라보기는커녕 현실 자체에 접근할 수 없음을, 다시 말해서 이 환상이 비현실 혹은 공상을 의미하는 것이 아니라 현실을 바라보고 구성하는 일종의 관점, 즉 프레임 그 자체가 됨을 논의했는데, 이런 논의는 문협 주도 세력의 반근대적인 순수 관념이나 황순원의 근대적·서양적인 순수 관념이 모두 자기 삶의 현실을 나름대로 바라보는 각각의 환상 프레임임을 의미한다. 그리고 질 들뢰즈는 시뮬라크라(원본의 성격을 부여받지 못한 복제)가 원본(이데아)과 복사물(이데아의 복제), 모델과 재생산을 동시에 부정하는 긍정적인 잠재력을 숨기고 있다고 언급했는데, 해방 직후 황순원 문학 속의 인물들은 문협 주도 세력의 순수 관념(복사물)과 다른 성격으로 반계급적이라는 점에서 복사물의 고유한 원본성을 훼손 혹은 상대화·다의화시키는 시뮬라크르다. 또한 자크 데리다는 보충대리에 잉여·부가라는 뜻의 보충한다는 의미 이외에 기존의 역할을 대신한다는 점에서 대리라는 뜻이 있음을 강조했는데, 국가 건립 직후 황순원 문학 속의 인물들은 문협 주도 세력이 보여준 순수 관념을 보충하면서도 동시에 좀 더 보편적인 순수 관념을 대리한다. 슬라보예 지젝, 이수련 옮김, 《이데올로기라는 숭고한 대상》, 인간사랑, 206~210쪽;토니 마이어스, 박정수 옮김, 《누가 슬라보예 지젝을 미워하는가》, 앨피, 189~194쪽; 질 들뢰즈, 이정우 역, 《의미의 논리》, 한길사, 1999.; 자크 데리다, 김성도 역, 《그라톨라지》, 민음사, 1996.

황순원과 순수문학 다시 읽기

협 주도 세력과 황순원은 근대적인 현실의 여러 문제점들보다는 인간 그 자체에 관심을 갖는다는 점에서 순수 관념을 공통적으로 지니지만, 생명 혹은 생령 등으로 표현되는 인간 그 자체를 바라보고 구성하는 환상프레임이 다르다. 해방기 문학적인 순수 관념의 다층성·복수성이 생기는 중요한 이유 중의 하나는 식민지에 형성된 환상프레임이 서로 다르다는 것이다.

(1) 人間의 生命과 個性의 究竟을 追求한다 함은 보다 더 高次的인 人間의 個性과 生命의 改造를 意味하는 同時 그것의 創造를 指向하는 精神이기도 한 것이다. (중략) 東洋精神의 한 象徵으로서 取한 〈毛化〉의 性格은 表面으로는 西洋精神의 한 代表로서 取한 예수敎에 敗北함이 되나 다시 그 本質世界에 있어 悠久한 勝利를 갖게 된다는 것이다.[121]

(2) 꿈, 어젯밤 나의 꿈, 이상한 꿈을 뛰엿다.
세계를 집밟아 문질은후 생명의 꽃을 가득히 심으로,
그 속에서 마음껏 노래를 불러 보앗다.[122]

(3) 이날에 뛰여나가 고함을 치고 십구나,
새벽 喇叭갓히 宇宙를 깨워노을 고함을 치고 십구나.[123]

---

121 김동리, 「신세대의 정신―문단〈신생면〉의 성격, 사명, 기타―」,《문장》, 1940. 5., 91~92쪽.
122 황순원, 〈나의 꿈〉,《방가》, 동경·학생예술좌문예부, 1934., 1쪽.
123 황순원, 〈異域에서 부른 노래〉,《방가》, 동경·학생예술좌문예부, 1934., 84쪽.

인용문 (1)과 (2)~(3)은 각각 김동리의 자기 작품비평과 황순원의 시다.[124] 이 두 문인은 모두 인간의 생명이라는 키워드를 주목하고 있지만, 그 생명을 바라보고 구성하는 환상프레임이 서로 다르다. (1)에서는 "人間의 生命"은 "더 高次的인 人間의 個性과 生命의 改造를 意味하는 同時 그것의 創造를 指向하는 精神" 즉 유기체적인 민족이 되는 것이고, 이때 민족정신의 추구란 서양정신과 구별되는 조선적·동양(정신)적인 것을 지향함을 뜻한다.[125] 김동리의 단편소설 〈무녀도〉 속 주인공 모화가 바로 서양정신에 대한 대안적·반근대적인 동양정신의 구현물인 것이다.

생명이 서구정신에 대한 대안이 되는 동양정신이라는 사유가 다분히 식민지 시기의 혜화전문대학을 다녔던 김동리와 그 동조자들인 몇몇 남한 부르주아의 환상프레임이었다면, 그 생명이 영원한 생명력을 지닌 것

---

124 이 글의 목적은 황순원 문학의 순수 관념이 그 형성·발전 과정을 비교·분석해 볼 때에 문협 주도 세력이 구도화시킨 순수문학론의 중심성을 해체·재구성함을 검토하고자 하는 것이기 때문에 비교가 필수적이다. 그래서 김동리의 자기 작품비평·순수문학론과 황순원의 작품을 비교하는 방식을 취했다. 본래 김동리와 황순원의 순수문학론을 비교하는 것이 가장 좋은 방식이겠으나, 황순원은 순수문학론을 이 시기에 한 번도 발표한 적이 없었다는 점에서 직접 대응·비교가 불가능하다. 이에 차선의 검토 방식으로 김동리의 순수문학론과 황순원의 시·소설을 비교한 것이다. 비평이 직언인데 반해서 작품은 다의적 해석이 가능하다는 점에서 정확한 비교는 어렵지만, 김동리의 비평을 하나의 고정점으로 놓고 볼 때에 황순원의 작품이 얼마나 차이가 나는가 하는 점은 밝힐 수 있다는 필자의 판단 역시 나름대로 일리가 있다고 본다.
125 이러한 조선 특유의 것 혹은 동양정신적인 것의 추구가 김동리의 조선학이었는데, 이러한 조선학 자체는 1930년대의 일본학 논리를 모방한 것이었다. 그 모방은 일본을 서양정신의 항에 놓을 때에는 일본을 흉내내면서도 위반 하는 반식민주의적·민족주의적인 것이었지만, 일본을 동양정신의 항에 둘 때에는 일본 중심의 동양으로 조선이 흡수되는 친일주의적·대동아공영권적인 것이 된다. 이러한 논리를 혜화전문대학의 관학이 보여준 한계로 설명한 논의에 대해서는 다음을 참조할 것. 류승완, 「1920~1930년대 조선학의 분화에 대한 일 고찰」, 《숭실사학》 31집, 숭실사학회, 2013., 207~242쪽.

이라는 인용문 (2)~(3)의 발상은 분명히 평안도의 한 부르주아인 황순원이 보여준 또 다른 환상프레임에서 비롯된다. 황순원은 일찍이 자신의 시집《방가》에 대해서 "휘트먼의 원시적 生命力에 대한 사랑과 노래가 퍽 좋았다"고 영향 관계를 고백한 바 있었다. 휘트먼은 이 생명력을 영원한 신성·영성으로서 만물에 존재하고 절대자와 동일시되며 시공간을 초월한 절대적·순수적인 능력·의지를 지니는 존재로 이해했는데,[126] 이러한 이해는 (2)에서 "세계를 집밟아 문질은후 생명의 꽃을 가득히 심"겠다거나 (3)에서 "새벽 喇叭갓히 宇宙를 깨워노을 고함을 치고 십"은 시적 화자의 절대적·순수적인 능력·의지를 잘 설명해 준다.

시집《방가》이후에 출판된 시집《골동품》과 단편소설〈별〉에서는 현실 속의 생명을 바라보고 구성하는 환상프레임이 앞서 논의한 김동리의 동양적·반근대적인 것과 다름을 잘 보여준다. 1915년에 태어난 황순원은 그의 부모가 가진 기독교 신앙을 물려받았고, 부유한 부르주아 가문에서 성장해서 평양의 숭실중학교를 졸업하고 만 19살에 일본 유학을 경험할 정도로 당대 사회의 엘리트 코스를 밟았다. 평양과 일본에서 학창시절을 보낸 그가 서양적·근대적인 것에 대한 긍정적인 호감과 관심이 있었다는 점은 전혀 낯선 일이 아니다.

(4) 2/字를/흉내/냇다.[127]

---

126 Walt Whitman, Uncollected Petry and Prose of Walt Whitman, Ed. Emory Holloway. Vol2. Garden City, N. Y; Dobbleday, 1921., p.66; 한명훈, 「휘트먼의 자아와 절대자」,《영미어문학》57집, 한국영미어문학회, 1999., 51~71쪽.
127 황순원,〈오리〉전문,《골동품》, 삼문사, 1936., 16쪽.

(5) 비맞는/마른 넝쿨에/늙은 마을이/달렷다.[128]

(6) 우리 오마니 닛몸은 우리 뉘 닛몸터럼 검디 않구 이뺏디요? 했다. 과수노파
는 아이가 가까이 다가와 어둡다는 듯이 갑자기 인두 든 손으로 아이를 물
러나라고 손짓하고 나서 한결같이 흥없이, 그래앤, 했다. (중략) (소년은-
필자 주) 그러면 그렇지 우리 오마니가 뉘처럼 미워서야 될 말이야고 속으
로 수없이 되뇌었다.[129]

   시인 황순원이 모더니즘에 경도되었음을 보여주는 것이[130] 인용문
(4)~(5)이고, 작품 속의 아이가 자기 가족의 이상상(理想像)을 상상하
는 강박적인 사고를 드러낸 것이 인용문 (6)이다. (4)~(5)의 시적 화자
는 각각 오리와 호박을 구체적인 삶의 연관 없이 그 자체로 보고자 하는
순수 관념을 지닌 자다. (4)에서 오리는 숫자 2라는, 그리고 (5)에서 늙
은 호박은 오래된 마을이라는 유사한 모양으로 연결된다. 다분히 시각적
이라는 점에서 모더니즘(이미지즘)적인 태도를 지닌 것이다. 또한 (6)에

---

128 황순원, 〈호박〉 전문, 《골동품》, 삼문사, 1936., 34쪽.
129 황순원, 〈별〉, 《인문평론》, 1941. 2., 164쪽.
130 인용문 (4)~(5)가 실려 있는 시집 《골동품》은 모더니즘 계열에 속한다는 기존의 연구사가
있어 왔고, 이를 수용·전제한 뒤 논의를 전개하고자 한다. 박양호는 시인이 모더니즘을 수용하
고자 한 三四文學의 동인이라는 점을 근거로 모더니즘의 영향을 받았음을 유추했고(박양호,
《황순원 문학 연구》, 전북대대학원박사학위논문, 1994.), 그 뒤로 이런 논의는 점차 확산되었다.
객관적 관찰을 통해 사물의 특징적 면모를 도출했다(이혜원 「황순원 시 연구」, 《한국시학연구》
3호, 한국시학회, 2000., 235~260쪽), 감정이나 정서가 끼어들 여지가 별로 없다(김윤식, 《신
앞에서의 곡예》, 문학수첩, 2009., 49~70쪽), 심미적 냉정을 지녔다(박수연, 「모던과 향토의 공
동체」, 《비평문학》 55집, 한국비평문학회, 2015., 35~63쪽), 모더니즘과 초현실적 성향의 영향
이 있다(김춘식, 「황순원의 초기 시작 활동과 재일조선인 아나키즘」, 《한국문학연구》 50집, 동국
대학교 한국문학연구소, 2016., 207~238쪽) 등의 평이 뒤따랐다.

서 아이는 죽은 어머니가 못생긴 누이처럼 미워서는 안 된다는 심리를 보여주는데, 이 심리는 자기 어머니의 외모를 유교적·동양적인 현모 이데올로기보다 더 중시여긴다는 점에서 유교적·동양적인 사유와는 다분히 차이가 난다. 이처럼 황순원의 모더니즘적·근대적인 인식은 휘트먼적인 사유와 더불어서 인간 그 자체를 바라보고 구성하는 평안도 부르주아의 환상프레임을 잘 보여준다. 이러한 환상프레임은 문협 주도 세력의 동양정신적·반근대적인 환상프레임과 그 형성부터 다르다는 점에서 해방 직후의 남한에서 서로 유사하지만 다른 순수 관념을 형성하는 중요한 계기가 된다.

III. 해방 직후 문협의 반계급성을 상대화시키는 시뮬라크르

순수문학은 그것을 주창하는 문인의 대부분이 사회주의·좌익 이데올로기를 비판·부정하는 반계급적인 태도를 지니는데, 해방 직후 황순원 문학 속의 반계급성은 문협 주도 세력이 보여준 것과 그 성격이 다르다. 반계급성은 문협 주도 세력의 문학에서 우익적·보수적인 민족문학 혹은 순수문학을 구성하는 이분법적·상극적인 개념인데 반해서, 황순원의 단편소설집《목넘이마을의 개》에서는 해방 직후의 남한 사회에 적응하면서 사회주의·좌익과 일정한 거리가 있음을 보여주기 위한 자기 증명의 한 양상이 된다. 이러한 반계급적인 태도의 상이성은 황순원 문학 속의 주요 인물이 해방 직후의 문협이 보여준 순수문학의 반계급성을 상대화·다의화시키는 시뮬라크르의 역할을 하고 있음을 암시한다.[131]

평안도 부르주아 출신인 황순원은 해방 직후에 북한 사회주의 정치체제 안에서 계급적인 차이로 인한 종교·문학·생존의 위협·불안을 느끼고 1946년 5월 월남을 감행한다. 북한 출신자의 월남이란 미군정이 지배하면서 우익화·보수화되어가는 남한 사회에서 자신이 사회주의·좌익이 싫어서 월남했음을 보여줘야 하는 이데올로기적인 과제를 필연적으로 동반한다. 이 점에서 황순원 문학 속의 반계급적인 태도는 자신이 교사이자 작가인 중상층 월남인으로서[132] 남한 사회에 안착하고자 하는 생존의 전략인 것이다.

(7) 이와 같이 민족 정신을 민족 단위의 휴머니즘으로 볼 때 휴머니즘을 그 기본 내용으로 하는 순수문학과 민족 정신이 기본되는 민족문학과의 관계란 벌써 본질적으로 별개의 것일 수 없다는 것을 알 수 있다.[133]

---

131 시뮬라크르라는 해방 직후 황순원 문학 속의 인물들이 문협 주도 세력의 순수 관념(복사물)과 다른 성격으로 반계급적이라는 점에서 복사물의 고유한 원본성을 훼손 혹은 상대화·다의화시킨다는 점을 강조하기 위한 전략적인 용어다. 이에 대해서 "일반적으로 시뮬라크르는 자기동일성이 없는 복제를 의미합니다. 하지만, 들뢰즈의 시뮬라크르는 복제하면 할수록 원본에서 멀어지는 단순한 복제물이 아니라 이전의 모델이나 모델을 복제한 복제물을 뛰어넘어 새롭게 자신의 공간을 창조해가는 자기정체성, 독립성을 갖는 의미를 담고 있습니다"라는 지적이 있는데, 이러한 지적에 전적으로 동의한다. 따라서 자기동일성이 없는 복제라는 일반적인 의미가 아니라 모델을 복제한 복제물을 뛰어넘는 복제물, 다시 말해서 고유한 원본성을 훼손하면서 대안적인 의미를 갖는 복제물이라는 들뢰즈의 의미로 시뮬라크르를 사용하고자 한다. 황순원의 문학이라는 시뮬라크르는 고유한 원본성을 지닌 복사물(문협 주도 세력의 순수 관념)이 아니라 고유한 원본성을 훼손하면서 대안적이고 상대적·다의적인 의미를 지닌 (그래서 자기 나름의 특성을 지닌) 복사물이 된다.
132 황순원은 중상층 월남인으로 판단된다. 중상층 월남인이란 해방 이후 남한에 와서도 중상층계급의 지위를 누리는 자들을 뜻한다. 이들은 주로 해방 이전의 북한에서 상층계급으로 살았으며 북한사회주의화로 인한 토지몰수와 종교불허와 지주비판 등의 이유로 자신의 일정한 지식·생활 기반을 가지고 1945~1950년 사이에 월남을 한 뒤에 남한 사회에 비교적 잘 적응해 중상층계급 정도의 생활을 누린 자들을 뜻한다. 이 중상층 월남인은 주로 한국전쟁 이후 생활난(경제적 동기)으로 월남하여서 하층민으로 살아간 정착촌 월남인과 비교해 볼 때에 월남동기와 정착과정 면에서 구별되는 유형이다. 김귀옥,《월남민의 생활 경험과 정체성-밑으로부터의 월남민 연구》, 서울대학교출판부, 1999.
133 김동리, 「순수문학의 진의 -민족문학의 당면 과제로서」,《서울신문》, 1946. 9. 14.

황순원과 순수문학 다시 읽기

(8) 준호는 서성리 나까무라 양조장을 접수 경영함에 있어 대표로 뽑히였다. 나이로나 경력으로 보아 그래야만 옳을 일이었다. (중략) 또 8.15 이후 이 나까무라 양조장이 아무 상함받음 없이 간수해질 수 있었다는 데에도 준호의 힘이 대단했다.[134]

(9) 이날 준호는 사무실에 나가자 건섭이를 만나서, 짤막히, 자본 대일 사람을 하나 구했다는 말을 했더니, (중략, 건섭이 말하기를 – 필자 주) 요새 그러지 않아도 자칫하면 조선사람이 어느 공장이나 회사의 책임자로 들어가 앉으면 곧 전의 일본인 나까무라면 나까무라가 된 거나처럼 생각하는 축이 많은데, 그런 개인이 자본까지 대놓으면 큰일나리라는 말로, 우리 양조장만은 조합에 맡겨서 하자는 말을 했다.[135]

김동리와 황순원이 보여준 사회주의·좌익 이데올로기에 대한 반계급적인 태도는 인용문 (7)과 (8)~(9)에 잘 나타나 있는데, 그 특성이 서로 다르다. 김동리에게 있어서 반계급적인 태도란 해방 직후에 문학권력을 상당히 확보한 조선문학가동맹의 좌익 이데올로기에 맞서서 대결·대립구도를 형성하고 문학계의 권력 중심이 되기 위한 일종의 전략이었다. 반계급적인 태도를 견지한 자신의 순수문학이 (부르주아적·우익적·보수적인) 민족문학이 된다는 말 자체가 민족(전체)의 문학을 전유하는 것이고, 조선문학가동맹의 계급적·좌익적인 민족문학을 배제·척결하거나 황순원의 문학을 비롯한 다양한 순수문학을 간과·무시하는 것이 된다.

김동리의 순수문학론에서 엿보이는 반계급적인 태도가 다양한 사유

134 황순원, 〈술 이야기〉, 《신천지》, 1947. 2., 《목넘이마을의 개》, 육문사, 1948., 7쪽.
135 황순원, 〈술 이야기〉, 《신천지》, 1947. 2., 《목넘이마을의 개》, 육문사, 1948., 36쪽.

의 문학을 배제·척결 혹은 간과·무시하는 절대적·단의적인 논리였다면, 황순원의 작품에서 드러난 반계급적인 태도는 그러한 논리를 상대화·다의화시키는 것이다. 인용문 (8)~(9)에 드러난 반계급적인 태도는 중상층 월남인이 사회주의·좌익에 혐오함을 드러내고자 하는 목적에서 나온 것이다. 북한에서 해방을 맞이한 준호는 일본인의 양조장을 누가 차지하느냐 하는 사회 문제 앞에서 공동소유를 지향한 (사회주의 이데올로기를 드러낸) 건섭의 욕망에 맞서서 자본주의적인 사적 소유의 욕망을 드러낸 자다. 나이와 경력을 참조할 때에 자신이 경영 대표로 선출되고 자본 댈 사람을 구해서 대표를 유지해야 한다는 말을 하기 때문이다. 소설 속의 준호는 월남인 작가인 황순원의 분신으로서 남한 사회에서 자본주의 사적 소유의 논리를 긍정하는, 그리고 북한의 사회주의를 혐오·부정하는 반계급적인 태도를 지닌 자다.

평안도 부르주아였던 중상층 월남인인 황순원이 서서히 좌익에서 우익으로 그 세가 역전돼가는 남한 사회의 이데올로기적인 대립 구도 속에서 그 어느 쪽에도 분명하게 속하지 못하는 상황 또한 그만의 특유한 반계급적인 태도를 보여주는 중요한 이유가 된다. 북한에서 순수문학을 했던 월남문인이란 대중화운동을 펼치는 좌익 계열의 조선문학가동맹에서 보면 사회 부적응 상태 속에서 비판세력으로 흡수·연대가 가능하지만, 폐쇄적인 분위기를 지닌 우익 계열의 조선청년문학가협회에서 살펴보면[136] 이데올로기가 의심스럽고 문화적인 분위기가 이질적이어서 동반하기 어려운 자가 된다. 이 곤란한 상황에서 황순원은 자신의 이데올로기를 표출할 때에 소극적일 수밖에 없다.

---

136 문협의 이데올로기적·집단적인 폐쇄성에 대한 다음을 참조할 것. 송희복,《해방기 문학비평 연구》, 문학과지성사, 1993., 85~86쪽.

(10) 사실은 다 쓸어져가는 (막둥이네 – 필자 주) 오막사리만은 매매계약에 들지 않았다. 집터와 채전뿐이었다. 그리고 값만 해도 소문과는 틀리는 것이었다. 동리사람들의 추측처럼 헐값으로 된 게 아니고, 이지음 시세치고 제값을 넉넉히 되는 것이었다. 여기가 지주 전필수의 의량이 보통사람의 의량과 다른 점이었다.[137]

(11) 큰 동장은 (자기네 집에 몰래 들어와 궁이(구유)를 핥고 있는 굶주린 – 필자 주) 신둥이의 눈이 있을 위치에 이상히 빛나는 푸른빛을 보았다, 정말 미친개다, 하는 생각이[138]

(12) 오늘밤에 그 산개(지금에 와서까지 크고 작은 동장도 그 개를 미친개라고는 하지 않았다. 그것은 그 개가 정말 미친개였더라면 벌써 아무것도 먹지 않고 나중에 제가 제다리를 물어뜯고 죽었을 것이라는 걸 알기 때문에.)를 지켰다가 때려잡자는 것이었다. 새끼를 가졌다면 그게 승냥이와 붙어서 된 새낄테니 그렇다면 그 이상 없는 보양제라고 하면서, (하략)[139]

인용문 (10)~(12)에서는 황순원이 자신의 작품 속에서 반계급적인 이데올로기를 드러내는 소극적인 방식을 잘 보여준다. 좌익 계열 잡지에 발표된 (10)에서는 빈농(프롤레타리아)으로 전락한 막둥이네의 몰락을 막둥이네의 불운과 투전으로 볼 것인가, 아니면 지주(부르주아)인 전

---

137 황순원, 「집 혹은 꿀벌이야기」, 《신조선》, 1947. 4., 《목넘이마을의 개》, 육문사, 1948., 107쪽.
138 황순원, 〈목넘이마을의 개〉, 《개벽》, 1948. 3., 《목넘이마을의 개》, 육문사, 1948., 248쪽.
139 황순원, 〈목넘이마을의 개〉, 《개벽》, 1948. 3., 《목넘이마을의 개》, 육문사, 1948., 260쪽.

필수의 모략으로 볼 것인가 하는 계급적인 문제의식을 드러내지 않는다는 점을 눈여겨볼 필요가 있다. 작가 황순원은 전필수의 의량이 상당히 넓다는 점을 강조함으로써 조선문학가동맹의 계급주의 논리와 다른 말을 하고 있다. 또한 (11)~(12)에서 신둥이가 미친개가 아님에도 미친개로 몰리는 상황을 형상화하는데, 이러한 형상화는 신둥이를 중상층 월남인으로, 미친 상태를 사회주의·계급주의의 경도로, 그리고 미친개로 모는 것을 월남인을 사회주의자·좌익으로 여기는 미군정·우익의 행위로 알레고리화한 것으로 이해된다. 황순원은 그의 문학 속에서 남한 사회 속의 좌우 이데올로기적인 혼란과 급변 속에서 일관되게 자기가 사회주의·좌익과 일정한 거리가 있다는 증명의 목적으로 인해서 소극적이지만 분명한 반계급적 태도를 드러냄으로써 문협 주도 세력이 지닌 이분법적·상극적인 반계급적 태도를 상대화·다의화시키는 시뮬라크르적인 인물들을 보여준다.

Ⅳ. 문협 주도 세력의 순수 관념을 보충대리하기

순수 관념은 부르주아·중산층이 자신을 둘러싼 근대적인 현실의 여러 문제점들을 경험하면서도 판단중지하려는 역설적인 기획임에도 그것이 나름대로 의미를 갖는 이유 중의 하나는 미적·예술적인 열정의 표출이 있기 때문이다. 현실의 문제점들을 잠시 판단중지해 놓고서 인간을 그 자체로 아름답게 바라보려는 열정이 순수의 정수인 것이다. 국가 건립 직후의 황순원 문학—장편소설 〈별과 같이 살다〉와 단편소설 〈산골아이〉, 〈맹산할머니〉, 〈황노인〉, 〈노새〉, 〈기러기〉, 〈병든 나비〉, 〈독 짓는 늙은이〉—은 이러한 미적·예술적인 열정을 간직한 순수 관념을 잘 보여주는데, 이 순수 관념은 문단권력·정치를 추구하면서 민족적(조선적)·동양정신적인 사고로 치우친 문협 주도 세력의 순수문학 논리를 보충하고 대리한다는 점에서 중요한 의미가 있다.

황순원의 장편소설 〈별과 같이 살다〉가 한국문학가협회가 창립된 1949년 12월 직후인 1950년 2월에 출판됐다는 사실은 눈여겨볼 필요가 있다. 황순원은 조선문학가동맹의 가맹 사실로 인해서 국가 건립 직후의 이승만 정부가 기획한 국민보도연맹의 가맹대상자였다. 이 시기의 황순원이 스스로 사회주의자·좌익이 아님을 증명해야 생존할 수 있는 절박한 상황 속에서 장편소설을 출간했다는 사실은, 국가와 그 관련·협조단체인 한국문학가협회의 지배·권력 논리에 적어도 거슬리지 않았음이 혹은 나름대로 호응··동조했음이 추측된다.

(13) 그러나 문화부면, 특히 문단관계의 사람들을 보도연맹에 맡겨 '자수 또는 전향'을 시키는 것은 여러 가지로 가혹한 일이라 하여, 거기엔 準罪人視하였다. 이들을 다른 방법으로 救濟라기보다—일부에서는 구제란 용어를 썼지만—해결할 길이 없을가 하고, 적극적으로 대책을 강구하고 나선 것이 지금까지의 소위 우익문단인들이었던 것이다. 같은 우익문단인들 가운데 특히 한국청년문학협회 계통의 문인들이었다고 하는 편이 더욱 정확할 것이다.[140]

(14) (해방이 되자 일본군이 부녀자를 겁탈하고 죽인다는 소문에 대해서-필자 주) 언젠가 동무들이 말한, 남자란 누구라 할것없이 모조리 짐승과 같다던 말.
어쨌든 곰녀는 이 모든 횡포를 그냥 받는 수밖에 다른 도리가 없었다.[141]

---

140 김동리, 「한국문학가협회」, 한국문인협회 편,《해방문학20년》, 정음사, 1966., 146~147쪽.
141 황순원,《별과 같이 살다》, 정음사, 1950.,《황순원전집 6》, 문학과지성사, 1981., 133쪽.

(15) (곰녀의 기둥서방인 서평양신탄상회 주인과 헤어지고 민호단으로 가기로 결심하는 마음의 소리를 들으면서 – 필자 주) 곰녀 자신의 가슴속으로부터 속삭여진 소리였다. 이 소리가 이어 속삭이는 것이다. 주심이언니한테로 가그라, 주심이언니한테로 가그라. (중략) 그 당장 자기보다 굶주리고 헐벗은 사람들을 위해서는……142

인용문 (13)에서는 문협 주도 세력의 문단권력·정치 논리가, 그리고 (14)~(15)에서는 현실에 대한 주인공 곰녀의 순응적인 태도가 잘 드러나 있다. (13)에서 김동리는 한국문학가협회의 창립이 사회주의자·좌익으로 낙인 찍힌 전향문인을 함께 가입시켜서 국민보도연맹원(죄인)에서 벗어나 문인으로 활동하는 기회를 주는 역할을 했음을 강조한다. 이러한 강조 속에는 김동리를 비롯한 문협 주도 세력이 문학계 권력의 유일한 중심임을 전제하고 있음이 물론이다.

황순원이 한국문학가협회에 가입한 직후 출간한 장편소설 〈별과 같이 살다〉 속의 인물인 곰녀는 식민지·해방의 시기를 경험하면서 국가·남성 등의 지배·권력 앞에서 순종하고 사회적인 약자들에게 헌신하고자 하는 순응적인 인간이다. (14)~(15) 속의 곰녀는 해방 직후 일본군의 횡포를 그대로 받을 수밖에 없다고 생각한다는 점에서 자신의 현실에서 존재하는 권력과 그 부조리·폭력마저 수용·인내하는, 그리고 그 상황 속에서 전재민 수용소인 민호단에서 봉사·헌신하고자 하는 스타일의 인간이다. 이러한 인간은 국가와 그 관련·협조단체의 (문단)권력·정치 논리를 거의 비판 없이 그대로 수용하는, 또한 이 점에서 (문단)권력·정치

---

142 황순원, 《별과 같이 살다》, 정음사, 1950., 《황순원전집 6》, 문학과지성사, 1981., 170쪽.

황순원과 순수문학 다시 읽기

의 논리가 구현된 구체적인 인간상(人間像)을 보충하는 표상인 것이다.

이 시기의 황순원 문학은 문단권력화·정치화되면서 민족적(조선적)·동양정신적인 것을 추구한 문협 주도 세력의 협소한 순수 관념을 좀 더 보편적인 미적·예술적 열정으로 대리한다는 점에서 더욱 주목된다. 이 시기 문협 주도 세력의 순수 관념은 인간의 생명을 유기체적인 민족의 생명으로, 다시 민족의 생명을 (우익)국가의 생명으로 전유하면서 상당히 권력적·정치적인 논리로 변해버린다. 황순원은 그의 단편소설에서 동시대의 권력·정치에서 판단중지된 (혹은 판단중지돼 보이는) 인간의 생명 그 자체를 형상화한다.

(16) (할머니의 여우 구슬 설화를 듣다가 – 필자 주) 꿈속에서 애는 꽃같은 색시가 물려주는 구슬을 삼키지 못한다. 살펴보니 아슬아슬한 여우고개 낭떠러지 위이다. 꽃같은 색시는 여우가 분명하다. 할머니가 그건 다 옛이야기가 돼서 그렇다고 했지만 이게 분명히 여우에 틀림없다.[143]

(17) 정노인은 무슨 뜻밖의 것이나 발견한 듯이 걸음을 멈추고 그 한곳(계집애가 급한 데로 눈 소 – 필자 주)으로 눈을 주는 것이었다. 그러는 정노인은 자기 몸 어느 한군데에서 부르짖는 소리를 들은 듯했다. 꽃! 저게 정년 꽃이 아닐까, 꽃![144]

(18) (아내와 바람난 조수의 독은 잘 구워지는데 자신의 독이 터지자 가마 속으로 들어가 죽음을 결심한 – 필자 주) 송영감은 조용히 몸을 일으켜

---

143 황순원, 〈산골아이〉,《민성》, 1949. 7.,《황순원전집 1》, 문학과지성사, 1980., 177쪽.
144 황순원, 〈병든 나비〉,《혜성》, 1950. 2.,《황순원전집 1》, 문학과지성사, 1980., 220쪽.

단정히, 아주 단정히 무릎을 꿇고 앉았다. 이렇게 해서 그 자신이 터져나간 자기의 독 대신이라도 하려는 것처럼.[145]

인간의 생명 그 자체를 바라보기 위해서는 근대적인 현실의 여러 문제점들을 판단중지해야 하는데, 이 과정에서는 문학적·미적인 환상성이 동반되기 쉽다. 황순원은 인용문 (16)~(18)에서 인간의 생명 그 자체를 현실과 비현실 사이의 구별이 모호할 정도로 환상적으로 바라봄으로써 특유의 미적·예술적인 열정을 드러낸다. (16)에서 아이는 꿈속에서 여우를 바라보고, (17)에서 징노인은 계집애의 소변 자국을 꽃으로 환각하며, (18)에서 송영감은 자신의 몸을 독이 되는 것처럼 착각한다. 이러한 꿈·환각·착각은 모두 근대적인 현실의 여러 문제점을 판단중지한 상태에서 인간의 생명을 순간적이지만 영원한 것, 일상적이면서도 비일상적인 것, 혹은 추하면서도 아름다운 것으로 여긴 미적·예술적인 열정에서 비롯된다. 이러한 황순원의 순수 관념은 문협 주도 세력의 민족적·동양정신적인 순수 관념을 넘어서는 혹은 그 관념보다 더 본질적·근원적인 미적·예술적인 열정을 지닌 것이라는 점에서 나름의 보편성을 확보한다.[146] 황순원의 순수 관념은 문협 주도 세력의 권력·정치 논리를 보충하면서도 민족적·동양정신적인 순수 관념을 좀 더 보편적인 미적·예술적 열정으로 대리하는 것이다.

---

145 황순원, 〈독 짓는 늙은이〉, 《문예》, 1950. 4., 《황순원전집 1》, 문학과지성사, 1980., 293쪽.
146 황순원은 생명 혹은 생령 등으로 표현되는 인간 그 자체를 바라보고 구성하는 환상프레임이 문협 주도 세력과 달라서 해방기 문학적인 순수 관념의 다층성·복수성을 만들어내는데, 그러한 추가 사례가 인용문 (16)~(18)이다.

V. 결론

지금까지 황순원 문학의 순수 관념이 그 형성·발전 과정에서 문협 주도 세력이 구도화시킨 순수문학론의 중심성을 해체·재구성하고 다양화했음을 검토했다. 기존의 주요 논의들에서는 문협 주도 세력의 문학에 나타난 민족적(조선적)·동양정신적·우익적·보수적인 순수 관념을 일의적·단수적으로 살펴봤거나 해방기 황순원 문학의 정치적·사회적·문화적인 맥락을 간과·경시한 경향이 있었지만, 여기서는 황순원의 해방기 문학에서 순수 관념이 문협 주도 세력과 유사하면서도 서로 다른 특성을 지녔음을 자크 데리다(Jacques Derrida)와 슬라보예 지젝과 질 들뢰즈(Gilles Deleuze) 등의 탈구조주의론을 활용해서 세 가지의 측면에서 분석했다.

먼저, 황순원의 문학적인 순수 관념은 문협 주도 세력과 비교할 때에 평안도 부르주아의 또 다른 환상프레임에서 형성됐음을 검토했다. 시집 《방가》와 《골동품》과 단편소설 〈별〉에서는 문협 주도 세력의 동양정신적·반근대적인 것과 달리 모더니즘적·근대적인 환상프레임을 보여줬다. 그리고 해방 직후 황순원 문학에 나타난 주요 인물들의 반계급적인 태도는 문협 주도 세력이 지닌 우익적·보수적이고 이분법적·상극적인 반계급적 태도를 상대화·다의화시키는 시뮬라크르적인 것이었다. 황순원은 그의 단편소설집 《목넘이마을의 개》에서 일관되게 자기가 사회주의·좌익과 일정한 거리가 있다는 증명의 목적으로 문협 주도 세력과는 상이한 반계급적인 태도를 강조했다. 마지막으로 국가 건립 직후의 황순원 문학은 문단권력화·정치화를 추구하면서 민족적·동양정신적인 사고로 치우친 문협 주도 세력의 논리를 보충하면서도 대리하는 역할을 했다. 장편소설 〈별과 같이 살다〉 속의 곰녀는 문협 주도 세력의 권력·정치 논리를 보충하는 순응적인, 또한 단편소설 〈산골아이〉, 〈병든 나비〉, 〈독 짓는 늙은이〉 속의 주요 인물들은 문협 주도 세력의 민족적·동양정신적인 순수 관념을 좀 더 보편적인 미적·예술적 열정으로 대리하는 인간상들이었다.

이렇게 볼 때에 황순원의 해방기 문학에 나타난 순수 관념은 평안도 부르주아의 또 다른 환상프레임에서 형성됐고, 사회주의자·좌익이 아니라는 증명의 목적으로 반계급적인 태도를 드러내고 문협 주도 세력의 순수문학 논리를 보충대리하면서 발전됐다는 점에서 해방기의 문학에 다층적·복수적인 순수 관념들이 있었음을 보여주는 한 증거가 된다. 황순원 이외의 해방기 문학들에 나타난 다양한 순수 관념을 살펴보는 일은 후속 과제로 돌린다.

황순원과 순수문학 다시 읽기

2부

1930년대 초중반
문학적 순수 관념의 형성:
동요·동시에서 시로

1930년대 초반의
황순원 동요·동시에 나타난
순수 관념의 특성

I. 서론

이제 1931~32년에 발표된 황순원의 동요·동시에 나타난 순수성이 당대의 문학계에서 논의된 순수 관념에 영향을 받은 뒤에 자연의 생태·변화를 나름대로 탐구하는 과정을 통해 만들어진 것임을 분석하고자 한다. 이러한 분석은 한국 문학사에서 지속적으로 등장한 참여문학과 순수문학의 이분법적인 대립에서 순수문학을 대표하는 황순원의 문학적인 특성이 동요·동시에서부터 형성되고 있음을, 그리고 미와 예술적인 열정을 중시여기면서 일체의 현실적인 연관으로부터 해방되려는 지향을 핵심기제로 한 순수 관념이 당대의 지배적인 문학 경향인 계몽주의·휴머니즘과 계급주의와 구별되는 인식론적인 틀의 확보를 통해 현실을 재구성하는 역설적인 태도에서 나온 경우가 있음을 증명하는 일이 된다.

1930년대 초반의 문학계에서는 방정환·윤석중 등의 계몽주의·휴머니즘과 카프의 계급주의 사이의 대립과 그에 반발하는 시문학파의 순수 관념이 막 등장하는 변화의 시기를 맞이했다. 이때 1915년생인 황순원이 이러한 변화의 분위기를 자신의 동요·동시에 잘 수용했다는 점은 주목할 만하다. 황순원은 그의 동요·동시 48편 중에서 계몽주의·휴머니즘 경향, 계급주의 경향, 순수 관념의 경향으로 뚜렷이 구별되는 작품을 각각 14편, 12편, 22편 발표했다. 이것은 그가 당대 동요·동시인의 문학적인 주요 경향을 모작·창작하는 가운데에서 실제 자신과 구별되는 아동 화자와 세계[147]를 설정하고자 했음을, 나아가서 현실을 바라보는 당대의 문학적인 주요 경향에 따라서 시적 분위기와 내용을 서로 다르게 구성해야 함을 이해했음을 추측하는 단서가 된다.

특히 계몽주의·휴머니즘·계급주의보다 순수 관념의 작품 경향이 무게중심을 이룬다는 점은, 황순원이 순수 관념의 경향을 의식적으로 선택·선호했음을 의미한다. 다시 말해서 그는 동시대에 지배적인 문인 집단의 문학적인 경향들을 충분히 알고 있었고 모작·창작했지만, 그보다는 막 새롭게 부상한 순수 관념의 경향에 상당히 경도됐다는 것이다. 더욱이 그는 1930년대의 강소천, 박영종, 김영일, 목일신, 박경종, 김성도 등과 유사하게 이러한 순수 관념을 적극 수용·전유해서 사회적인 관계를 벗어난 것처럼 보이는 아동과 세계를 형상화했으며,[148] 유사한 경향의

---

147 조동일은 문학 속에서 의식과 행동의 존재를 인물로 설정하고, 그 인물을 세계와 자아로 구분했다. 여기에서 세계란 바로 이 인물에 해당된다. (조동일, 《한국소설의 이론》, 지식산업사, 1977., 66~136쪽) 이 글에서는 작품 속의 인물과 구별되는 실제의 의식·행동 존재를 인간으로 표현했다. 아울러 현실이라는 표현은 시공간 범주와 그 범주 위에서 존재하는 작품 속의 인물(자아·세계)이나 작품 밖의 인간·자연 등의 상호작용을 총칭하는 개념으로 이해하고자 한다. 별다른 표현이 없을 때의 현실은 작품 밖의 현실을 의미한다.
148 1930년대 순수 관념의 표출과 아동문학계의 전유, 그리고 사회적 관계를 벗어난 지극히 사적인 아동 논의에 대해서는 다음을 볼 것. 강정구·김종회, 「1930년대 강소천의 동요·동시에 나타난 동심성」,《현대문학의 연구》 55집, 한국문학연구학회, 2015. 2. 28., 373~400쪽.

동료들 중에서 식물의 생태와 자연현상의 변화를 집중적으로 탐구하는 특성을 보여준다.

이 글에서 다루고자 하는 황순원의 동요·동시 48편은 생전에 조명을 거부한 황순원의 소망으로 인해 학계에 제출되지 않았다가, 그의 사후인 2011년에 황순원문학관의 황순원문학연구센터에 의해서 학술상의 목적으로 발굴된 작품의 일부다.《황순원 초기문학 발굴 작품집》에는 동요·소년시·시 65편이 발굴·게재되어 있는데,[149] 이 중에서 10편은 판독이 불가하고 4편은 소년시·시에 해당되며 나머지 동요·동시 51편 중 5편이 유사한 수정 작품으로 제외되어서 46편이 남는다. 이 46편 중 44편은 당대 동요의 형식적인 특징인 7·5조 3음보의 정형률을 갖췄고, 〈소낙비〉 1편은 3·4조의 파격을 지녔으며, 〈단시삼편〉 1편은 동시와 시의 경계에 놓인 작품 〈바람〉·〈저녁〉·〈달빛〉을 모아놓았으니까 실제로는 48편이 되는 셈이다. 이제 이 48편의 작품이 아동과 그의 세계를 주로 형상화했고, 동요의 전형적인 정형률을 대부분 지녔으며, 당대 소년문예운동을 본격적으로 지원했던 〈매일신보〉에 대부분 발표됐다는 점에서 동요·동시로 장르의 성격을 규정·전제한 뒤에 논의를 전개하고자 한다.

지금까지 황순원의 동요·동시 48편에 대한 기존의 연구사에서는 주로 작품의 목록을 제시하거나 대략적인 언급을 한 것이 하나 있었을 뿐이었고, 황순원 순수문학의 출발점으로써 본격적으로 검토한 연구는 없

---

149 《황순원 초기문학 발굴 작품집》(황순원문학관의 황순원문학연구센터, 2011., 발굴책임자 김종회·김주성·문승묵, 발굴기간: 2010. 9.~2011. 8.)을 참고할 것. 이 작품집은 아직까지 공식적으로 출판되지 않았으니, 구체적인 검토를 원하면 황순원문학관에 문의 바란다. 참고로 이 글의 논의는 황순원문학관 황순원문학연구센터 대표발굴책임자인 김종회 교수의 양해와 관용을 계기로 진행되었다. 이 지면을 빌려서 황순원 동요·동시의 학문적인 연구를 가능하게 해준 데에 대해서 감사를 표한다.

황순원과 순수문학 다시 읽기

었다. 2011년에 황순원문학관 황순원문학연구센터에서 초기 문학으로 명명한 총 71편을 발굴하기까지는 권영민이 찾은 몇 편을 제외하고는 학계에 보고되지 않았기 때문이었다.[150] 이후 2012년에 최명표가 동요·동시 작품의 목록을 자신의 저서에 게재했고, 2015년에 박수연이 동요·동시를 비롯한 1930년대 초중반의 시를 대상으로 향토에 대한 시대적 정열과 심미적 냉정을 검토했다.[151] 다만 두 편의 연구사는 기존의 발굴 사실을 몰랐는지 발굴의 성과에 대한 언급이 전혀 없었고, 후자의 연구 경우에 동요·동시에 나타난 식민지적 삶의 현장을 주목해 그 주제를 분류했기에 정작 작품 수의 비중이 가장 큰 순수 관념의 경향을 아예 도외시했다는 점에서 균형 있고 신뢰를 주는 연구가 되기 어려웠다.

황순원의 순수문학에 대한 연구사로 논의를 확대해보면, 순수문학의 순수성 혹은 서정성·생명성·모성성에 대한 언급은 많이 있었고 의미 있는 성과도 제시되었지만 그것이 어떻게 형성되었는지에 대해서는 그동안 주목하지 않았다. 이러한 순수성·서정성·생명성·모성성은 주로 시를 대상으로 하여서 힘의 노래(주요한), 자연발생적인 감정(조연현), 강한 생명력(김주연), 예술가적 고뇌와 집념의 표현(최동호), 견고한 생명의지(유성호)로,[152] 그리고 문학 전반을 대상으로 해서 한국적 아름다움과 인간의 숙명적인 고독의 추구 노력(천이두), 인간 내면에 대한 집중(김병익), 인간

150 황순원문학관 황순원문학연구센터,《황순원 초기문학 발굴 작품집》, 2011.; 권영민, 「새로 찾은 황순원 선생의 초기 작품들」,《문학사상》, 2010. 7.
151 최명표,《한국근대소년문예운동사》, 경진, 2012.; 박수연, 「모던과 향토의 공동체」,《비평문학》 55집, 한국비평문학회, 2015., 35~63쪽.
152 주요한, 「신시단에 신인을 소개함」; 조연현, 「황순원 단상」,《현대문학》, 1964. 11; 김주연, 「싱싱함, 그 생명의 미학」,《시선집-황순원전집 11》, 문학과지성사, 1985.; 최동호, 「동경의 꿈에서 피사의 사탑까지」,《황순원-새미작가론총서 8》, 새미출판사, 1998.; 유성호, 「견고하고 역동적인 생명의지」,《한국근대문학연구》 23호, 한국근대문학회, 2011. 4., 229~251쪽.

정신의 확대에서 오는 미학적 현현(이태동), 사회성보다 내면성이 짙은 휴머니즘 문학(이보영), 모성본능과 순수함으로 인해 찬양이 되는 동물의 세계(진형준), 존재의 아름다움과 외로움에 대한 섬세한 지각(이남호), 역사의식 내용의 서정(송하섭), 아름다움으로 통합(김동선), 현실을 어떤 시적인 정신의 차원으로 환원시키려는 미학적 욕망(박혜경), 순수한 삶의 모습 추구(임채욱), 이상적 세계가 속악한 현실을 포용하는 통합의 구조(박진)로 논평되었다.[153] 여기서는 황순원 문학의 순수성을 실존론적·존재론적·시대적인 측면에서 살펴본 이런 논평들을 참조·수용하여 논의를 전개하되, 그 기원과 형성에 대해서 주목하고자 한다.

이 글은 황순원의 동요·동시에 나타난 순수성이 당대의 지배적인 문학 경향인 계몽주의·휴머니즘·계급주의와 구별되는 인식론적인 틀의 확보를 통해 현실을 나름대로 탐구·재구성한 것임을 분석하고자 하는 목적을 지닌다. 먼저 황순원이 당대 동요·동시의 주요 세 경향을 구별하여 모작·창작했고 순수 관념에 비중을 뒀다는 점과 그 의미를 살펴보고자 한다(II장). 그러고 나서 순수 관념의 경향 작품을 중심으로 해서 사회적인 관계를 벗어난 것처럼 보이는 아동과 세계가 현실을 부분적으로 재구성했음을 검토하고자 한다(III장).

---

153 천이두, 「종합에의 의지」, 《현대문학》, 1973. 8.; 김병익, 「순수문학과 역사성」, 《한국문학》, 1976.; 이태동, 「실존적 현실과 미학적 현현」, 《현대문학》, 1980. 11.; 이보영, 「작가로서의 황순원」, 오생근 편, 《황순원 연구》, 문학과지성사, 1993.; 진형준, 「모성으로 감싸기, 그 안에 안기기」, 《세계의 문학》, 1985. 가을호; 이남호, 「물 한 모금의 의미」, 《문학의 偽足》 제2권, 민음사, 1990.; 송하섭, 《한국 현대소설의 서정성 연구》, 단국대출판부, 1989; 김동선, 「황고집의 미학, 황순원 가문」, 오생근 편, 《황순원 연구》, 문학과지성사, 1993.; 박혜경, 「황순원 문학 연구」, 동국대대학원박사학위논문, 1994.; 임채욱, 「황순원 소설의 서정성 연구」, 전남대 대학원 박사학위논문, 2002; 박진, 「황순원 소설의 서정적 구조 연구」, 고려대 대학원 박사학위논문, 2002.

황순원과 순수문학 다시 읽기

II. 동요·동시 48편의 세 경향과 그 의미

1931~32년 사이에 발표된 황순원의 동요·동시 48편은, 당대의 지배적인 문학 경향인 방정환·윤석중 등의 계몽주의·휴머니즘과 카프의 계급주의, 그리고 막 새로운 경향으로 부각된 순수 관념의 주제로 비교적 뚜렷하게 삼분된다. 이렇게 삼분되는 이유는 황순원이 당대의 문학적인 주요 세 경향을 구별하여 모작·창작했기 때문인 것으로 추측된다. 이러한 추측은 황순원이 문학적인 주요 세 경향의 화자 성격과 시적 분위기·내용을 구별했음을, 다시 말해서 계몽주의·휴머니즘, 계급주의, 순수 관념의 경향에 따라 서로 다르게 현실을 재구성하고 서로 차이가 있음을 부지불식간에 이해하고 있었음을 암시한다.

먼저, 동요·동시 48편 중 당대의 지배적인 문학 경향인 방정환·윤석중 등의 계몽주의·휴머니즘과 카프의 계급주의에 영향을 받아 쓴 작품을 중심으로 두 경향을 분명히 구별했음을 검토하고자 한다. 방정환·윤석중 등이 주도한 계몽주의·휴머니즘 경향의 작품은 1920년대 초반부터 동요·동시의 지배적인 주류를 형성했고, 카프의 구성원과 동조자들이 창작한 계급주의 경향의 작품은 1920년대 후반부터 계몽주의·휴머니즘과 길항하면서 또 다른 지배적인 주류가 되었다. 아동에 대해서 전자는 주로 불행한 현실을 살아가는 나약하고 불쌍한 존재로, 그리고 후자는 계급 모순에 피해를 입거나 투쟁하는 존재로 재현했다. 황순원의 동요·동시는 이러한 두 경향의 작품을 각각 잘 보여준다.

각각의 경향을 보인 작품은 다음과 같다(발표연도는 부록 참조).

①계몽주의·휴머니즘 경향의 작품 14편: 〈누나생각〉, 〈형님과 누나〉, 〈달마중〉, 〈비오는 밤〉, 〈버들피리〉, 〈칠성문〉, 〈시골저녁〉, 〈할머니무덤〉, 〈살구꽃〉, 〈회상곡〉, 〈우리 형님〉, 〈외로운 등대〉, 〈잠자는 거지〉, 〈봄밤〉

②계급주의 경향의 작품 12편: 〈북간도〉, 〈우리학교〉, 〈하날나라〉, 〈거지

아희〉, 〈나〉, 〈우리옵바〉, 〈종소래〉, 〈단오명절〉, 〈걱정마세요〉, 〈모힘〉, 〈나는 실허요〉, 〈묵상〉

(1) 황천간우리누나 /그리운누나/ 비나리는밤이면/ 더욱그립죠// 그리운누나얼 굴/ 생각날때면/ 창밧게비소리도/ 설게들니오[154]

(2) 비오는 어둔밤에/ 조용히안저/ 어려서 놀든째를 생각하면은/ 하엽업는 눈 물이/ 줄을지여서/ 여윈얼골 두 쌤에/ 흘러집니다 (하략)[155]

(3) 지게꾼 우리옵바/ 힘센옵바는/ 조밥에 장덩어리/ 먹고지내나/ 이밥먹고 잘 노는/ 게름뱅보다/ 맷곱이나 마음이/ 억세답니다// 아츰부터 밤까지/ 쉬지 도안코/ 무거운짐 지고서/ 단니지만은/ 걱정업고 일업는/ 그놈보다는/ 튼튼 함이 몟배나/ 더하답니다[156]

(4) (상략) 우리동무우리강산/ 왜니즈려만/ 괴로움이 하도만히/ 써남이로다/ 지 금에는 가지가지/ 시름이 되어/ 보보행진 거름마다/ 눈물쑤리나// 다시올 쌘 승리의긔/ 들고오리니/ 동무들아 깃븜으로/ 다시맛나세[157]

인용문 (1)~(2)는 계몽주의·휴머니즘의 경향에, 그리고 인용문 (3)~(4)는 계급주의의 경향에 영향을 받아 쓴 작품이다. 황순원은 그의 동요·동시 48편에서 1930년대 초반에 이 두 경향을 분명히 구별했고,

154 황순원, 〈누나생각〉, 〈매일신보〉, 1931. 3. 19.
155 황순원, 〈회상곡〉, 〈매일신보〉, 1931. 6. 9.
156 황순원, 〈우리옵바〉, 〈매일신보〉, 1931. 6. 27.
157 황순원, 〈북간도〉, 〈매일신보〉, 1931. 4. 19.

자신이 살아가는 현실에서 계몽주의·휴머니즘과 계급주의의 경향에 알맞은 소재를 취사·선택했다. 계몽주의·휴머니즘의 경향을 보인 작품에서는 주로 누나·형님·할머니 등의 가족과 동무의 부재·이별로 인한 화자의 슬픔을 보여준다. 이러한 형상화는 "웬일인지 별 하나/ 보이지 않고,/ 남은 별이 둘이서/ 눈물 흘린다."[158]라는 방정환의 계몽주의·휴머니즘의 경향이 식민지 현실과 그 슬픔을 주목한 것과 달리, 가족과 친구의 부재와 그 슬픔에 집중한다는 특징이 있다. (1)에서 누나가 죽었고 (2)에서는 친구와 이별했다. 자기 주변에서 찾아볼 수 있는 인간의 부재가 주요 관심사였던 것이다.

또한 계급주의 경향을 보인 작품에서는 주로 가난한 자신·가족·동네 거지와 부자 사이의 대립과 갈등을 보여준다. 이러한 대립과 갈등은 "바람 불고 눈 오는/ 추운 겨울에/ 가엾은 부엌데기/ 쫓겨났어요/ 심술궂은 마님한테/ 쫓겨났어요"[159]라는 윤복진의 계급주의 경향이 지닌 시적 분위기·내용과 유사했다. 화자는 (3)에서 오빠와 부자 놈의 대립을 재현했고, (4)에서는 현실의 괴로움을 극복하고 승리의 깃발을 들고 오는 모습을 형상화했다. 이렇게 볼 때 황순원은 계몽주의·휴머니즘과 계급주의의 경향에 따라서 화자와 시의 분위기·내용이 구별됨을, 그리고 현실이 다르게 재구성됨을 알았던 것으로 추측된다.

이제 동요·동시 48편 중에서 가장 큰 비중을 차지하는 순수 관념의 경향에 영향을 받아 쓴 작품 22편을 대상으로 해서 계몽주의·휴머니즘·계급주의와 구별되는 화자의 성격과 시적 분위기·내용을 표현했음을 살펴보고자 한다. 황순원의 동요·동시에 나타난 순수 관념의 경향은

---

158 방정환, 〈형제별〉, 《어린이》 1. 8., 1923. 8.
159 윤복진, 〈쫓겨난 부엌데기〉, 1927.,《현대조선문학선집 18》, 문예출판사, 2000.

계몽주의·휴머니즘·계급주의와 확연하게 다르게 현실을 바라보는 인식론적인 틀의 변화를 분명히 경험했음을 짐작게 한다. 나아가서 동시대의 순수 관념 경향을 지향한 다른 시인들 중에서 나름의 개성을 찾아야 하는 과제를 인식했음을 의미하기도 한다. 황순원은 그의 동요·동시에서 사회적인 관계를 벗어난 것처럼 보이는 아동이 주로 식물과 자연현상이라는 자연에 관심을 지니는 방식으로 개성을 확보한다.

순수 관념의 경향 22편은 다음과 같다(발표연도는 부록 참조).

①식물 소재의 작품 10편: 〈봄싹〉, 〈문들네꽃〉, 〈버들개지〉, 〈할연화〉, 〈갈닙쪽배〉, 〈수양비들〉, 〈딸기〉, 〈꽃구경〉, 〈살구꽃〉, 〈할미꽃〉

②자연현상 소재의 작품 12편: 〈단시삼편〉, 〈이슬〉, 〈별님〉, 〈봄노래〉, 〈소낙비〉, 〈여름밤〉, 〈가을〉, 〈가을비〉, 〈봄이 왔다고〉, 〈봄노래〉

(5) (할연화 꽃이-필자 주) 아츰해가 써올째/ 나가서면은/ 발숙웃으며/ "어제 밤에 잘잣소/ 문안하고요[160]

(6) 산골작 쌓인눈/ 봄이 왔다고/ 쪼르르 물방울/ 흘려 낳어요[161]

인용문 (5)~(6)에서는 공통적으로 사회적인 관계를 벗어난 것처럼 보이는 아동 화자가 나타나 있다. (5)에서 아침 해는 나에게 인사하고, (6)에서는 봄이 와서 물방울이 흐른다. 황순원이 당대의 지배적인 문학 경향인 계몽주의·휴머니즘·계급주의에 영향 받은 시편뿐만 아니라 새롭게 부상한 순수 관념을 추구한 시편을 이처럼 창작했다는 것은, 문학의

---

[160] 황순원, 〈할연화〉, 〈매일신보〉, 1931. 5. 27.
[161] 황순원, 〈봄이 왔다고〉, 〈동아일보〉, 1932. 4. 6.

세 경향에 따라서 화자의 성격과 시적 분위기·내용을 달리해야 함을, 그리고 현실이 각각 다르게 재구성됨을 충분히 인식하고 있었다는 중요한 증거가 된다. 황순원이 큰 비중을 둔 순수 관념의 경향 작품은 미와 예술에 대한 즉자적·자연발생적인 열정에서 비롯되는 것이 아니라, 계몽주의·휴머니즘·계급주의 경향의 작품처럼 현실을 바라보는 일정한 인식론적인 틀을 지녀야 창작됨을 의미한다. 쉽게 말해서 그의 동요·동시에 나타난 순수 관념은 불행하게 혹은 계급 모순적으로 현실을 재구성한 문학의 선배들처럼 현실을 새롭게 재구성하는 흐름에 의식적으로 동참한 것이 된다. 동요·동시 48편에서 표상된 아동과 세계는 곧 현실의 변용된 이미지로 이해되어야 하는 것이다.

Ⅲ. 순수 관념 속의 재구성된 현실

이 장에서는 1930년대의 순수 관념에 영향을 받은 황순원 동요·동시 22편 속의 순수성이 어떻게 구체적인 작품 속에서 나타나는가 하는 점을 검토하고자 한다. 1930년대의 순수 관념은 사회적인 관계를 벗어난 아동과 세계를 형상화한다는 절대적인 믿음이 있어야 가능한 것이다. 황순원 자신도 이러한 믿음에서 순수 관념의 경향을 수용했겠지만, 여기에서는 이러한 믿음에도 불구하고 일체의 현실적인 연관으로부터 해방된 것처럼 보이면서도 현실을 역설적으로 재구성하고 있음을 아동 화자와 세계로 구분하여 분석하고자 한다.

1. 사회적인 관계를 부분적으로 지닌 아동 화자

순수 관념의 경향을 보이는 동요·동시 속의 순수성은, 사회적인 관계를 벗어난 것처럼 보이지만 실제로는 부분적으로 지니는 아동 화자의 역설적인 모습을 통해서 잘 드러난다. 1930년대의 순수 관념에 영향을 받은 아동문학계에서 채택한 아동 화자는 사회적·도덕적·관습적·계급적인 가치와 전혀 무관하게 순수한 혹은 순진무구한 존재로 상상되는 인식론적인 틀의 전환을 통해서 만들어졌지만, 실상 이렇게 만들어진 아동 화자 역시 현실 속의 인간과 부분적으로 관계를 맺는 경우가 있다. 황순원의 동요·동시에서 아동 화자가 바라보고 관찰하며 관계 맺는 대상인 식물이 대부분 의인화의 방법으로 서술되었는데,[162] 그 까닭은 식물이 현실 속의 인간을 주로 비유하기 때문이다.

황순원의 동요·동시에서 식물은 아동 화자가 관찰하거나 관계를 맺는 대상으로 표현된다. 이 식물은 사회적·도덕적·관습적·계급적인 가치를 중시여기는 상식적인 인간이 바라보는 것과 달리, 무관심적인 미의 영역 속의 존재 혹은 호기심 어린 아동의 관찰 대상처럼 보이기도 한다. 그렇지만 실제로는 의인화의 방법을 통해서 아동 화자가 그의 현실 속에서 관계 맺고 바라볼 법한 아동(인간)을 형상화하는 것이다. 아동 화자는 식물이 표상하는 현실 속의 아동을 통해서 비사회적인 것처럼 보이면서도 사회적인 관계를 지닌 자로 드러난다.

(7) 양지쪽따스한곳 누른 잔디로/ 파릇한풀싹하나 돋아나서는/ 봄바람살랑살랑 장단을 맞춰/ 보기좋게춤추며 개웃거리죠 (하략)[163]

(8) 시냇가에 늘어진/ 수양버들이/ 머리풀어 물속에/ 적시고잇네[164]

---

162 예외적인 작품으로 〈문들네꽃〉과 〈갈닙쪽배〉가 있다.
163 황순원, 〈봄싹〉, 〈동아일보〉, 1931. 3. 26.
164 황순원, 〈수양버들〉, 〈매일신보〉, 1931. 7. 7.

황순원과 순수문학 다시 읽기

(9) 하이한 살구꽃/ 바람을 타고/ 팔락락 팔락락/ 떨어집니다/ 풀뜯는 토끼와/ 같이 놀려고/(하략)[165]

(10) 복사꽃 피엿다가/ 문을열고서/ 안는몸니르키여/ 내다봤드니/ 할쑥— 복사꽃 /나를보고서/ "엇지하여알느냐"/ 문안을하네[166]

인용문 (7)~(10)에서 아동 화자는 봄싹, 수양버들, 살구꽃, 복사꽃 등의 식물을 하나같이 의인화해서 바라보고 있다. 이때 이 식물을 보고 경험하는 아동 화자는 표면적으로 사회적·도덕적·관습적·계급적인 가치와 전혀 무관한 자로 보일 수 있다. 그렇지만 이 아동 화자는 식물을 인간이 이해할 수 없는 초자연적인 정령이거나 자연 그 자체의 생명이 아니라, 실제의 현실에서 만나고 놀며 대화할 만한 아동으로 비유한다. 작품 속의 공간을 비현실적인 공간으로 배경화했을 뿐이지, 실제로는 아동 화자가 경험할 수 있는 현실 속의 아동이 지닌 특징을 형상화해 놓은 것이다.

아동 화자는 인용문 (7)~(9)에서 봄싹이 장단을 맞춰 춤춘다거나, 수양버들이 물속에 머리를 푼다거나, 살구꽃이 떨어지면서 토끼와 놀려 한다고 말한다. 인용문 (10)에서는 복사꽃의 문안을 듣는 자로 서술된다. 봄싹, 수양버들, 살구꽃, 복사꽃은 모두 아동 화자의 현실 속 친구를 비유하는 것이다. 아동 화자는 1930년대의 구체적인 현실 서술 대신 작품 속의 자연 공간을 새롭게 창조했을 뿐이지, 현실 속의 아동을 바라보고 자신과 관계 맺는 양상을 거의 그대로 옮겨놓고 재현한 것이다. 이렇

---

[165] 황순원, 〈살구꽃〉, 〈동아일보〉, 1932. 3. 15.
[166] 황순원, 〈꽃구경〉, 〈매일신보〉, 1931. 9. 13.

게 볼 때 순수 관념의 경향을 지닌 시편은 사회적인 관계를 벗어난 것처럼 보이지만 실제로는 부분적으로 지닌 아동 화자에 의해서 가능하게 된 것이다. 아동 화자는 현실을 변용한 자연 공간에 현실 속의 아동을 초대·형상화한 것이다.

황순원의 동요·동시에서 아동 화자는 식물을 관찰하거나 관계를 맺는 차원을 넘어서서 식물의 감정을 아는 자로 표상되기도 한다. 아동 화자는 자신이 표현하고자 하는 식물의 감정을 느낄 때에 사회적인 관계를 벗어나 있는 것처럼 보인다. 아동 화자가 재현한 식물은 그가 위로해야 할 정도로 불쌍하고 연약해 보이거나 계급모순에 의한 불만과 고통을 지닌 자 정도는 아니지만, 현실의 삶에서 쉽게 볼 수 있는 인간을 비유한 것으로 추측된다.

(11) 다음봄에 눈쓰니/ 왼머리흰털/ 누가볼가 붓그러/ 머리숙이니/ 압집총각 솔나무/ 청청하여서/ "엇지하여 늙엇나"/ 돌녀주엇네[167]

(12) 오망졸망 딸기알/ 매여달인게/ 골이나고 분하여/ 빨개잇슬까// 아니아니/ 햇님이/ 내려쏘여서/ 고흔얼골 힌얼골/ 붉어붓헛소[168]

(13) 지난해도 늙엇드니/ 올해도 늙어/ 언제나 00만은 /늙어 잇지만/ 마음만은 젊어서/ 우슴만 웃소[169]

---

167 황순원, 〈버들개지〉, 〈매일신보〉, 1931. 4. 26.
168 황순원, 〈딸기〉, 〈동아일보〉, 1931. 7. 10.
169 狂波, 〈할미꽃〉, 〈중앙일보〉, 1932. 4. 17.

황순원과 순수문학 다시 읽기

인용문 (11)~(13)의 공통점은 아동 화자가 자신의 현실에서 쉽게 만날 수 있는 처녀, 또래 아동, 할머니를 식물로 의인화하여서 그들의 감정을 살펴보고 있다는 것이다. 이렇게 재현하기 위해서는 식물이 본래 가지고 있는 생태와 특성을 모두 지워버리고, 철저하게 인간처럼 그 모습을 새롭게 관찰·상상해야 한다. 이 관찰·상상의 과정은 현실 속의 인간과 식물의 이미지가 교차됨으로써 가능해진다. 버들가지로 의인화된 처녀가 부끄러워하고, 딸기로 비유된 또래 아동이 골이 나고 분해하며, 할미꽃으로 표현된 할머니가 육체와 달리 마음만 젊어 웃는다는 내용은 모두 현실 속의 인간을 아동 화자의 상상공간에 삽입시킴으로써 만들어진다. 이때 주목해야 할 것이 바로 아동 화자가 말하는 식물은 실상 현실에서 가장 멀리 있는 환상계처럼 보이지만 현실 속 인간의 이미지 일부분을 재현한 표상이라는 점이다. 황순원이 순수 관념의 경향을 지향한 동요·동시 중 식물 소재의 시 10편은, 사회적인 관계를 벗어난 것처럼 보이지만 실제로는 부분적으로 지닌 아동 화자의 역설적인 모습을 통해서 황순원 특유의 순수성을 드러내는 것이다.

2. 존재의 힘을 가진 세계

황순원의 동요·동시에 나타난 순수성은 일기나 계절의 변화를 다룬 자연현상 소재의 작품 12편에서도 잘 나타나 있다. 이 작품에는 식민지 민중의 혹독한 삶이나 계급모순에 의한 고통을 겪는 인간 대신에 존재의 힘을 가진 자연현상이라는 세계가 중심을 이루고 있다. 그렇지만 그 세계가 현실과 일체의 연관이 없는 미와 열정의 대상으로 국한되는 것이 아니라, 힘이 강하고 그 힘을 발산하는 성향의 존재로 형상화된다는 점을 파악하는 것은 상당히 중요하다. 이 점에서 순수 관념 속의 세계란 인간과 명백히 분리된 자연현상의 서경이라기보다는, 마치 생명체처럼 힘을 지니고 타자에게 직접적·간접적인 영향을 끼치는 인격화된 자연현상으로 이해되는 측면이 있다.

황순원의 동요·동시에서 아침, 먼동, 바람, 저녁, 먹구름 등의 자연현상은 주로 존재의 힘을 지니고 그 힘으로 인한 인과적인 변화를 만드는 세계로 표상된다. 1930년대의 시문학파와 그 영향을 받은 아동문학계 작품 속의 세계는 계몽주의·휴머니즘·계급주의와 달리 비실용적·무관심적인 존재로 서술되었다. 주로 "물/ 한/ 모금/ 입에 물고// 하늘/ 한번/ 처다 보고"나 "깜둥 송아지./ 젖 한통 머익고/ 또 한통 머익고/ 나비 나비 잡으로/ 강 건네 갔았다"라는 구절의 닭과 송아지처럼 실제로 일체의 현실적인 연관을 찾기 힘든 경우가 많았다.[170] 그렇지만 황순원 동요·동시 속의 세계는 존재의 힘과 그로 인한 인과적인 변화를 강조한다는 점에서 다르다.

(14) 풀납우에 매달린/ 은구슬은요/ 어제밤에 하날서/ 선물온게죠// 반작반작 해볏체/ 비츨내고는/ 방울방울 짱속에/ 숨어바리죠[171]

(15) 금빗햇님 슬며시/ 먼동이트면/ 밤새도록 쩰든별/ 달님그리워/ 하나둘식 뒤싸라/ 사라집니다[172]

---

170 일체의 현실적인 연관을 찾기 힘든 아동문학계의 작품과 그 분석에 대해서는 다음을 참조할 것. 강정구·김종회, 「1930년대 강소천의 동요·동시에 나타난 동심성」,《현대문학의 연구》55집, 한국문학연구학회, 2015. 2. 28., 373~400쪽; 강정구·김종회, 「1930년대의 주요 동요·동시에 나타난 아동 관념의 변화」,《한국사상과 문화》77집, 한국사상문화학회, 2015. 3., 403~425쪽.
171 황순원, 〈이슬〉, 〈매일신보〉, 1931. 5. 23.
172 황순원, 〈별님〉, 〈매일신보〉, 1931. 5. 24.

(16) 바람이 분다/ 네나 나나 보지는 못하나/ 나무닙을 흔들고 간다[173]

(17) 햇발이 서산을 넘엇다/ 우주는 황혼이 되고/ 산넘어 가마귀 제집을
   찻네[174]

(18) 먹장가튼구름쩨/ 몰리여서날드니/ 툭탁— 소낙비/ 우박가티나리네/ 연한
   나무가지는/ 점반이나누엇고/ 도랑에는흙골이/ 쏜살가티흐르네[175]

   인용문 (14)~(18)에서는 일기(日氣)의 변화를 중심 소재로 하고 있는
데, 주로 그 변화로 인한 사물과 사물의 관계를 인과적으로 살펴보고 있
다는 점이 특징적이다. (14)에서는 아침이 되자 이슬이 풀잎에 매달린다
는 것을, (15)에서는 먼동이 트자 별이 사라진다는 것을, (16)에서는 바
람이 불어 나뭇잎을 흔든다는 것을, (17)에서는 저녁이 되자 황혼이 찾
아오고 까마귀가 귀소한다는 것을, 그리고 (18)에서는 먹구름이 몰려들
더니 소나기가 내리고 그 뒤 도랑이 생긴다는 것을 아침, 먼동, 바람, 저
녁, 먹구름의 힘과 그 인과적인 변화를 중심으로 서술하고 있다.
   황순원의 동요·동시에서 이러한 인과성의 발견이 시상 전개의 중요한
논리가 되는 이유는 그가 현실 속의 자연현상에서 자연과학적인 인과성
을 관찰하거나 서경을 주목한다는 설명보다는, 인간과 자연의 세상 만
물이 그 자체로 존재의 힘을 지니고 그 힘으로 타자를 변화시킨다는 인

173 황순원, 〈바람〉, 〈매일신보〉, 1931. 5. 15.
174 황순원, 〈저녁〉, 〈매일신보〉, 1931. 5. 15.
175 황순원, 〈소낙비〉, 〈매일신보〉, 1931. 6. 27.

식의 획득 때문이라는 설명이 더 타당성이 있다.[176] 다시 말해서 그는 삶의 현실이 여러 존재의 힘과 그 힘의 인과적인 변화로 이루어짐을 깨닫고 성찰하는 만 16~17세의 청소년인 것이고, 나아가서 그러한 인식을 바탕으로 자연현상을 바라본 것으로 이해된다. 이 점에서 그가 바라본 자연현상은 현실을 인식·성찰하고 재구성한 것으로 볼 여지가 충분하다.

봄, 여름, 가을 등의 계절을 소재로 한 작품 역시 자연현상의 힘과 그 순환적인 변화를 보여주는 세계로 형상화된다. 계절은 본래 순환적인 특성을 지니고 있음이 물론이겠지만, 황순원 동요·동시 속의 계절 표상은 그 자체의 존재적인 힘과 그로 인한 순환적인 변화를 잘 형상화하고 있다. 이 점에서 그의 동요·동시에 나타난 순환성은 실제 초등학교 수준의 아동이 자신의 눈으로 본 계절의 변화에서 찾아지는 것보다는, 만 16~17세의 황순원이 상상·발견한 자연현상의 힘에서 주로 나타난다.

　(19) 나리고 싸힌눈/ 녹아흐르고/ 짜스한 봄바람/ 불어옵니다// 뜰안에 곱게핀/

　　　매화꽃우에/ 범나븨 한나븨/ 춤을춥니다[177]

　(20) 무더운 여름밤은/ 잠안오는 밤/ 모기색기 앵—앵/ 날어단니고/ 밤개골이

　　　와글그/ 짓그려대죠[178]

　(21) 옭웃붉웃 나무닢/ 병이 들면은/ 귀뜨람이 쓰르르/ 울어 줍니다// 가을달

---

176 이때 황순원의 동요·동시를 대상으로 해서 계급·성·부·인종의 차별이 심각한 현실의 특수성을 간과한다는 비판은 거의 의미 없는 비평으로 여겨진다. 만 16~17세의 청소년 시인임을 고려해야 할 필요가 있다.

177 황순원, 〈봄노래〉, 〈매일신보〉, 1931. 6. 12.

178 황순원, 〈여름밤〉, 〈동아일보〉, 1931. 7. 19.

　　　　　　　　　　　　　황순원과 순수문학 다시 읽기

빛 고웁게/ 비쳐 이면은/ 기러리떼 줄지여/ 날어 옵니다[179]

　인용문에 나타난 화자는 봄, 여름, 가을이라는 자연현상이 그 자체의 존재적인 힘으로 인해서 다른 사물들을 변화시키고 있음을 주목한다. 인용문 (19)에서는 봄이 되자 눈이 녹고 봄바람이 불며 나비가 날아다니고, (20)에서는 여름이 되자 모기가 윙윙대고 개구리가 시끄럽게 울며, (21)에서는 가을이 되자 나뭇잎이 떨어지고 귀뚜라미가 울며 기러기가 날아가는 계절의 힘과 그 순환적인 변화를 형상화하고 있다. 이러한 형상화는 봄이 만물을 생동하게 하고 여름이 인간을 힘들게 하며 가을이 만물을 쇠락하게 한다는 계절의 힘을 단적으로 제시·강조하는 것이다. 이러한 힘의 제시·강조는 황순원의 동요·동시가 순수 관념의 경향에 따르면서도, 그 경향의 문학적인 동료들보다는 비교적 현실에 대해서 부분적인 연관을 맺는 독특한 순수성을 지님을 보여준다. 엄밀히 말해서 존재의 힘과 그로 인한 변화는 자연현상뿐만 아니라 인간 사회의 현실에서도 유사하게 작용하는 원리이기 때문이다. 사회적인 관계를 벗어난 것처럼 보이지만 실제로는 부분적으로 지닌 아동 화자와 세계에서 드러난 황순원 동요·동시의 순수성은, 그가 스무 살의 청년으로 성숙해지고 사회·시대에 대한 관심이 더 심화되며 작품 속에 구체적인 현실을 수용해야 할 때에는 유지하기 어려운 것이 아닐 수 없다. 그가 동요·동시에서 시로 장르를 변경한 까닭은, 이러한 사정과 밀접한 관계가 있을 것이다.

---

[179] 황순원, 〈가을〉, 《동아일보》, 1931. 10. 14.

Ⅳ. 결론

　지금까지 1930년대 초반의 황순원 동요·동시가 당대의 지배적인 문학 경향인 계몽주의·휴머니즘과 계급주의뿐만 아니라 그와 구별되는 순수 관념에 많은 영향을 받았고, 사회적인 관계를 벗어난 것처럼 보이지만 실제로는 부분적으로 지닌 작품 속의 아동과 세계 표상이 현실을 나름대로 재구성한 것이었음을 검토했다. 이러한 검토는 황순원의 순수 문학이 1930년대 초반의 동요·동시에서 출발하고 있음을, 나아가서 순수문학에서 말하는 순수성이 일체의 현실적인 연관으로부터 해방되려는 지향일지라도 경우에 따라서는 현실을 해체·재구성하는 과정을 거치면서 일정한 현실적인 연관이 숨어 있음을 보여주고자 한 것이다.

　먼저, 황순원이 당대 동요·동시의 주요 세 경향을 구별하여 모작·창작했고 순수 관념의 경향에 비중을 뒀다는 점과 그 의미를 검토했다. 황순원은 그의 동요·동시에서 계몽주의·휴머니즘, 계급주의, 순수 관념의 경향을 모작·창작할 때에 그 경향에 알맞은 소재, 화자의 성격과 시적 분위기·내용을 구별했다. 각 경향에 따라서 현실을 바라보는 일정한 인식론적인 틀이 있음을 알았고, 그 틀에 따라 재구성했던 것이다.

　그리고 순수 관념의 경향 작품을 중심으로 해서 사회적인 관계를 벗어난 것처럼 보이는 작품 속의 아동과 세계 표상이 현실을 부분적으로 재구성한 것이었음을 살펴봤다. 동요·동시 속의 순수성은 사회적인 관계를 벗어난 것처럼 보이지만 실제로는 부분적으로 지닌 아동 화자의 역설적인 모습에서 잘 드러났다. 아동 화자는 봄싹, 수양버들, 살구꽃, 복사꽃 등의 식물을 그의 현실 속에서 관계 맺고 바라볼 법한 아동의 비유물로, 그리고 버들개지, 딸기, 할미꽃 등의 식물을 그의 현실에서 쉽게 만날 수 있는 인간의 비유물로 표현했다. 또한 동요·동시 속의 순수성은 작품 속에서 표현된 존재의 힘을 가진 세계에서도 엿보였다. 아침, 먼동,

　　　　　　　　　　　　　황순원과 순수문학 다시 읽기

바람, 저녁, 먹구름 등이나 봄, 여름, 가을 등의 세계는 그 자체로 아동이 바라볼 법한 서경이면서, 동시에 존재의 힘을 드러내어서 타자를 변화시키는 현실 공간의 특징을 지녔다.

　이렇게 볼 때에 1930년대 초반의 황순원 동요·동시에 나타난 순수성은 순수 관념에 영향을 받아 일체의 현실적인 연관으로부터 벗어나려는 지향을 지니면서도 현실을 해체·재구성하는 역설적인 태도에서 잘 찾아진다. 이러한 그의 태도는 순수성과 순수문학이라는 용어의 의미를 근본적으로 재고하게 만들고, 나아가서 순수문학이 그 출현 시대의 이데올로기와 밀접하고 역설적인 연관이 있음을 암시해준다.

황순원 시집 《방가》의 재탐색

I. 서론

황순원이 1934년에 일본 동경에서 출간한 처녀시집 《방가》는 서정을 드러냈다는 평가부터 민족주의·사회주의·아나키즘의 이념을 지녔다는 의견들까지 분분하게 해석되어 왔지만, 정작 1930년대의 문학담론에서 어떤 경향에 속하는가 하는 것은 제대로 밝혀지지 않았다. 1930년대 초중반의 문학담론에서는 1920년대의 낭만주의·민족주의 문학을 비판하면서 출현한 계급주의 문학에서 벗어나려는 순수시파·주지시파·생명시파 등의 탈계급주의의 경향이 나타났는데, 이 글은 황순원이 그의 시집 《방가》에서 1930년대 초중반의 탈계급주의의 경향에서 월트 휘트먼의 문학사상에 나름대로 영향을 받아 존재의 본성을 탐구했음을 증명하고자 한다.

황순원의 시집 《방가》를 탈계급주의 문학 경향에 속하는 것으로 설명하려는 이유는, 이 시집을 1930년대 초중반의 문학담론에 재배치하기

황순원과 순수문학 다시 읽기

위해서다. 시집 《방가》는 시적 화자의 힘·의지·꿈·생명 등과 같은 추상적인 내용이 중심을 이루기 때문에, 자칫 문학사적인 맥락을 간과한 채로 논의자의 의도대로 전유되기 쉽다. 이렇게 되면 황순원이 1930년대 초반의 동요·동시부터 미와 예술적인 열정을 중시여기면서도 "당대의 지배적인 문학 경향인 계몽주의·휴머니즘과 계급주의와 구별되는 인식론적인 틀의 확보를 통해 현실을 재구성하는"[180] 특유의 순수성을 지향한 면모를 놓치게 된다. 따라서 이런 시도는 존재의 본성을 탐구하는 황순원 순수문학의 기원과 그 특성을 파악하는 중요한 의미가 있다.

시집 《방가》에서 가장 주목되는 것은, 탈계급주의적인 경향에서 자아(시적 화자, 주체)와 세계(시적 화자 이외의 인물·만물, 객체)를 구성하고 그 주객(主客) 안에 내재된 순수한 의지 또는 존재의 본성을 탐구했다는 점이다. 이러한 탐구는 주객을 초월한 모든 존재 속에 내재된 생명력·신성·영성을 노래한 월트 휘트먼의 문학사상을[181] 나름대로 활용한 데에서 비롯된다. 1920년대의 일본과 식민지 조선에서는 이미 월트 휘트먼에 대한 관심이 지대했었는데,[182] 황순원은 1930년대 초중반의 탈계급주의 경향 속에서 월트 휘트먼의 영향을 나름대로 받을 가능성이 농후하다.

황순원의 《방가》는 그의 나이 만 19세인 1934년에 창작시 27편을 묶

---

180 강정구, 「1930년대 초반의 황순원 동요·동시에 나타난 순수성 고찰」, 《한국아동문학연구》 30호, 한국아동문학회, 2016., 31쪽.

181 이 글에서는 황순원의 시집 《방가》에 나타난 '존재의 본성' 탐구를, '진정한 자아' 또는 '순수한 의지'를 지닌 인간의 탐구와 '진정한 존재성' 인식으로 구분해서 논의를 전개하고자 한다. 이러한 논의는 황순원이 휘트먼을 나름대로 수용하여서 자신의 문학세계를 형성해 나아가는 과정을 잘 보여줄 것으로 기대된다.

182 일본과 식민지 조선에서 1919년 이후 1920년대에 휘트먼의 시가 번역되고 인물과 생애에 대한 소개가 있었다. 자세한 것은 다음 저서를 참조할 것. 김병철, 《한국근대번역문학사연구》, 을유문화사, 1975., 430~431쪽.

어서 '동경·학술예술좌'가 발행소가 되어서 출간한 시집이다. 이 시집에는 각각의 시 말미에 1931~34년 사이의 년도가 붙어 있어서 그 창작시기가 확인된다. 시집의 출간년도인 1934년 9월에 쓴 시 〈異域에서 부른 노래〉를 제외하고는 1931년에 5편, 1932년에 10편, 그리고 1933편에 11편을 창작했다. 주로 황순원의 나이 만 16~18세 사이, 즉 청소년기에 쓴 시편인 것이다. 이 시편은 동시대에 그가 쓴 동요·동시가 신문에 게재된 것과 달리 거의 지면을 찾지 못한 채로 바로 출간됐다. 이러한 사정은 달리 생각하면 시 27편 모두 1934년 출간 당시에 시인의 의도대로 일관된 수정·편집을 거친 것으로 이해된다. 이 시집에서 화자의 의지적·격정적인 어조, 운율보다 내용을 중시하는 산문체, 같은 문장·생각의 반복 등처럼 월트 휘트먼의 시 스타일을[183] 거의 그대로 빼다 박은 것도 이러한 사정과 관련이 있는 것으로 판단된다.

지금까지 시집 《방가》에 대한 연구사는 서정주의라는 시 장르의 특성으로, 현실비판·저항의식의 표출로, 혹은 사회주의·아나키즘의 이념 등으로 다양하게 해석되어 왔으면서도, 정작 1930년대 초중반 문학담론의 어떤 경향에 속하는가 하는 점은 제대로 규명되지 않아왔다. 1930년대 문학담론인 순수시파·주지시파·생명시파 등이 주로 탈계급주의적인 경향을 형성하면서 전개되어 왔고, 황순원이 시 27편의 창작 시기에 함께 쓴 동요·동시 48편 역시 주로 탈계급주의적인 경향인데도, 이러한 문학사적인 맥락의 고려 없이 다소 연구자의 자의에 따라서 살펴본 감이 있었다.

황순원의 시에 대한 기존 연구에서는 처음에는 주로 그의 서정적인 특성을 논의하는 것이었지만, 차츰 민족주의적인 인식·해석이 스며들

---

183 윤명옥, 〈해설〉, Walt Whitman, 윤명옥 역, 《휘트먼 시선》, 지식을만드는지식, 2010., 9~14쪽.

황순원과 순수문학 다시 읽기

기 시작했다. 시집 《방가》에 대해서 주요한은 힘의 노래를 들려줬다고 했고, 양주동은 청년시대의 꿈·이상·희망·열정을 노래했다고 했으며, 조연현은 자연발생적인 감정을 보여줬다고 했다.[184] 이러한 연구사와 달리, 1970년대의 천이두부터는 서정적인 특성을 인정하면서도, 식민지 현실을 비판적으로 바라보거나 해방을 희망한다는 민족주의적인 시각을 지니고서 검토했다. 조국광복의 염원이 함축되어 있다(천이두), 강력한 현실 비판 인식이 문학적 모티프이다(김주연), 역사의 적극적 참여자가 되자는 것이다(최동호), 일제에 대한 역사의식·저항의식이 있다(고현철), 견고한 생명의지는 민족적 울분으로 옮겨간다(유성호), 또는 순수한 낭만성·서정성 못지않게 현실에 대한 선명한 자각과 비판을 드러내며 그 이유는 공동체적 윤리가 투철하기 때문이다(이혜원) 등의 해석이 바로 그런 논리였다.[185]

　이러한 논의에서 좀 더 나아가면 시집 《방가》에서 사회주의와 아나키즘의 이념을 찾았다. 노승욱은 황순원이 창립멤버였던 동경학술예술좌가 당시 좌익적 성향을 내포한 운동단체였음을 중시여겨서 시집 《방가》가 일본에 대한 좌익적 저항의식의 발로인 것으로 추측했고,[186] 김춘식은 시집의 인쇄소인 삼문사 사장 최낙종과 동경학생예술좌가 사상적으

---

184 주요한, 「신시단에 신인을 소개함」, 《동광》, 1932. 5.; 양주동, 〈서〉, 황순원, 《방가》, 동경·학생예술좌문예부, 1934., iii쪽; 조연현, 「황순원 단상」, 《현대문학》, 1964. 11.
185 천이두, 「고전의 경지에 도달한 한국적 서정」, 《황순원문학전집7》, 삼중당, 1973.; 김주연, 「싱싱함, 그 생명의 미학」, 《시선집-황순원전집 11》, 문학과지성사, 1985.; 최동호, 「동경의 꿈에서 피사의 사탑까지」, 《황순원-새미작가론총서 8》, 새미출판사, 1998.; 고현철, 「황순원 시 연구-시집 《방가》에 나타난 역사의식을 중심으로」, 《한국문학논총》 11집, 한국문학회, 1990., 379~395쪽; 유성호, 「견고하고 역동적인 생명의지」, 《한국근대문학연구》 23호, 한국근대문학회, 2011. 4., 229~251쪽; 이혜원, 「황순원 시와 타자의 윤리」, 《어문연구》 71집, 어문연구학회, 2012., 393~415쪽.
186 노승욱, 《황순원 문학의 수사학과 서사학》, 2010., 지교, 54~65쪽.

로 아나키즘에 가까웠음을 검토하면서 황순원과 아나키즘의 관계를 설명했다.[187] 이러한 논의들은 시집 《방가》에 대한 다양한 해석을 보여줬다는 점에서 그 의미가 있었으나, 1930년대 초중반 문학담론의 탈계급주의 경향에 영향을 받은 황순원이 동요·동시를 발표하면서 동시에 시를 창작했다는 문학사적·개인사적인 고려가 부족했다는 점에서 아쉬웠다.

이 글에서는 황순원의 시집 《방가》가 1930년대 초중반 문학담론의 탈계급주의적인 경향에서 휘트먼의 문학사상에 나름대로 영향을 받아 존재의 본성을 탐구했음을 증명하고자 한다.[188] 먼저, 1930년대 초중반 문학담론의 탈계급주의적인 경향과 그 경향 속에 위치하는 황순원의 문학적인 대응을 살펴보고자 한다(II장). 그 뒤에 휘트먼의 문학사상에 나름대로 영향을 받아서 존재의 본성을 탐구하는 양상에 대해서 시적 화자의 순수한 의지를 나와 우리로 드러내는 경우와(III장 1.) 세계가 지닌 진정한 존재성을 주목하는 경우로(III장 2.) 나누어 분석하고자 한다.

II. 1930년대 초중반 문학담론의 탈계급주의 경향과 황순원의 문학적인 대응

1930년대 초중반 문학담론의 주요 경향과 황순원의 문학적인 대응은 어떠했는가라는 질문은, 시집 《방가》의 출현을 이해하는 중요한 배경이

---

187 김춘식, 「황순원의 초기 시작 활동과 재일조선인 아나키즘」, 《한국문학연구》 50집, 동국대학교 한국문학연구소, 2016., 207~238쪽.

188 이 글은 황순원의 시집 《방가》의 기존 해석이 지닌 문제점을 지적한 뒤에 황순원의 고백("휘트먼의 원시적 生命力에 대한 사랑과 노래가 퍽 좋았"다)이 작품 속에 구체적으로 어떻게 드러나 있는가 하는 점 혹은 황순원이 월트 휘트먼의 문학사상에 어떤 영향을 받았는가 하는 점을 살펴보는 의도를 가진다. 따라서 이러한 의도를 해명하기 위해서 월트 휘트먼의 문학사상을 참조해서 황순원의 시편을 다시 읽는 비교의 방법으로 진행되었다.

황순원과 순수문학 다시 읽기

된다. 시집 《방가》는 황순원이 문학적인 자의식에 눈을 뜨고 창작을 시작한 1931~34년 사이의 작품을 모아놓았다. 이 시집을 살펴볼 때에는 이 시기의 문학담론이 순수시파·주지시파·생명시파 등의 탈계급주의적인 경향을 지녔고, 황순원이 시 창작을 시작한 1931년에 주로 순수 관념을 드러내는 동요·동시를 함께 창작했다는 배경을 주의 깊게 고려할 필요가 있다. 한 시집의 제작은 동시대 문학담론의 주요 경향을 날줄로, 그리고 개인사적인 대응을 씨줄로 해서 이루어지는 경우가 많기 때문이다.

이제 1930년대 초중반 문학담론의 주요 경향을 살펴보기로 한다. 이 시기에는 무엇보다 1920년대 문학담론과 구별되는 특성이 있다. 1920년대에는 한인 차별로 인해 확산된 유기체적인 민족 개념을 주창한 국민문학파를 비판했던 카프의 계급주의가 급격하게 확산된 바 있었다. 1930년대의 문학담론은 이러한 계급주의를 벗어나는 경향 속에서 다양한 유파가 형성됐다.[189] 인간의 순수한 정신을 순수한 리듬으로 표현한 순수시파, 근대적인 인간의 부조리한 상황과 그 극복을 보여준 주지시파, 적극적 니힐리즘에 영향 받은 생명시파는 모두 이러한 분위기에서 나타난 것이었다.

> (1) 그(프롤레타리아 시인임을 선언한 인텔리겐차 시인 - 필자 주)가 쓰는 시는 결국은 일단 〈인텔리겐차〉의 시각을 여과하지 않으면 아니된다. 즉 그 시 속에 있는 것은 〈프롤레타리아〉의 생활의 전투성과 정의성을 바라보는 순간의 〈인텔리겐차〉의 내적 흥분 말고 무엇이랴.[190]

---

189 강정구·김종회, 「식민지 시기의 시단(詩壇)의 민족 표상에 관한 시론(試論)」, 《한민족문화연구》 49집, 한민족문화학회, 2015., 535~563쪽.
190 김기림, 「시인과 시의 개념 - 근본적 의혹에 대하여」, 〈조선일보〉, 1930. 7. 24.~7. 30.

(2) 맑스주의가 우리 심리에 따라 예술의 사회적 기초를 설명하는 데는 적지 않은 성공을 얻었으나 그 반면에 예술의 생리학이라고 부를만한 예술의 특성—웨 많은 사회현상 가운데 예술 현상이 분화되어 오는가 웨 한 계급의 예술적 표현이 특히 甲이라는 예술가를 통해서 이루어지는가 웨 예술가 乙은 예술가 丙보다 더 강한 표현력을 가졌는가—에 대한 고구가 아즉까지 부족하여 예술발생학으로서의 완성을 보지 못하고 있다.[191]

(3) 이땅의 경향문학이 '물질'이란 이념적 우상의 전제하에 인간의 개성과 생명을 예속내지 봉쇄시켰드라는 사실과를 아울러 생각할 때 이 경향문학 퇴조 이후의 이땅의 문단신생면이 그러한 이념적 우상에서 예속으로부터 인간의 개성과 생명의 해방을 고조하며 나아가서는 그것의 구경적 의의를 추구하게 된다는 것도 그리 곤란한 일은 아닐 줄 생각한다.[192]

인용문 (1)~(3)에서는 1930년대 초중반의 탈계급주의 경향을 드러낸 주지시파·순수시파·생명시파의 논리들이 나타나 있다. 이 유파들의 논리는 모두 계급주의를 벗어나서 혹은 보다 근원적인 인간 그 자체(의 보편성)를 탐구하려는 공통적인 의도를 지녔다. 이러한 탈계급주의적인 경향은 근대(적 인간)의 보편성을 찾아가는 1930년대 인문학의 커다란 흐름이었는데,[193] 카프의 해체와 더불어 1930년대 초중반 거의 전(全)문단적인 현상이 되었다.

인용문 (1)에서 카프 시인의 시가 프롤레타리아가 아닌 인텔리겐차 시

---

191 박용철, 「효과주의적비평론강」, 《문예월간》, 1931. 11.
192 김동리, 「신세대의 정신」, 《문장》, 1940. 5.
193 1930년대 인문학에서 근대적 인간의 보편성을 탐구해 나아가는 양상은 다음을 살펴볼 것. 송효정, 「식민지 후반기 문학의 근대 기획 양상」, 고려대학원박사학위논문, 2010., 1~229쪽.

인의 시각에서 쓴 것이라는 것, (2)에서 맑스주의가 예술의 특성을 제대로 주목하지 못했다는 것, 그리고 (3)에서 경향문학이 이념적 우상이라는 주장은 모두 탈계급주의적인 경향에서 자신의 유파 논리를 펼친 것이다. 이러한 논리는 1930년대 초중반의 문학담론에 탈계급주의라는 일정한 경향이 있었다는 것, 그리고 이러한 경향 속에서 다양한 유파가 나타났다는 것을 보여준다.

1930년대 초중반의 탈계급주의 경향은 황순원이 창작을 시작할 때에 일종의 배경이 된다. 이 점에서 1930년대 초중반의 황순원이 이런 경향 속에서 어떻게 자신의 문학적 특성을 만들었는가 하는 점을 살펴볼 필요가 있다. 이 말은 16세의 청소년이 1931년에 습작에 가까운 창작을 할 때에 동시대의 주요 경향을 일탈·위반하는 특이점을 만들어낸다는 것이 극히 힘든 일이었음을 전제한 것이다. 황순원의 동요·동시는 1931~32년 사이에 신문 〈매일신보〉·〈동아일보〉 등에 48편이 발표됐다. 이 1931~32년 사이가 동요·동시와 시를 동시에 썼던 시기라는 점을 고려하는 것은 상당히 중요하다.

(4) 황천간우리누나 /그리운누나/ 비나리는밤이면/ 더욱그립죠// 그리운누나얼굴/ 생각날때면/ 창밧게비소리도/ 설게들니오[194]

(5) 지게꾼 우리옵바/ 힘센옵바는/ 조밥에 장덩어리/ 먹고지내나/ 이밥먹고 잘노는/ 게름뱅보다/ 맷곱이나 마음이/ 억세답니다// 아츰부터 밤까지/ 쉬지도안코/ 무거운짐 지고서/ 단니지만은/ 걱정업고 일업는/ 그놈보다는/ 튼튼

---

[194] 황순원, 〈누나생각〉, 〈매일신보〉, 1931. 3. 19.

(6) 양지쪽따스한곧 누른 잔디로/ 파룻한풀싹하나 돋아나서는/ 봄바람살랑살
랑 장단을 맞춰/ 보기좋게춤추며 개웃거리죠 (하략) [196]

황순원은 이 시기의 동요·동시에서 계몽주의·휴머니즘 경향의 (4),
계급주의 경향의 (5), 순수 관념 경향의 작품 (6)을 분명하게 구별해 모
작·창작했고, 특히 순수 관념의 경향이 22편으로 그 경향의 중심을 형
성했다. (4)는 시집간 누나를 그리워하는 휴머니즘 경향을, (5)는 그놈
(부자 아이)보다는 튼튼한 가난한 아이가 더 낫다는 계급주의 경향을, 그
리고 (6)에서는 푸른 풀에 봄바람이 분다는 순수 관념의 경향을 보여
줬다.

1931~32년에 황순원이 순수 관념 중심의 동요·동시를 주로 썼다는
사실은, 1930년대 초중반의 문학담론에서 황순원의 문학적인 대응이
지니는 주요 특성을 분명히 확인시켜준다. 이런 사실을 염두에 둔다면,
1931~34년 사이에 창작된 시집 《방가》 시편의 창작 시기가 동요·동시
의 발표 시기와 겹친다는 점은 작품 경향의 유사성을 조심스럽게 고려
하는 한 근거가 된다. 황순원은 1931년에 동요·동시와 시를 함께 창작
하기 시작했고, 1932년이 지나면서 차츰 시 장르를 주로 택했다. 이러한
사정은 1930년대 초중반 문학담론의 탈계급주의 경향에서 황순원의
문학적인 대응이 어느 정도의 일관성을 지닐 가능성이 큼을 암시한다.
1930년대 문학담론의 탈계급주의 경향과 동요·동시의 대응을 전반적

---

195 황순원, 〈우리옵바〉, 〈매일신보〉, 1931. 6. 27.
196 황순원, 〈봄싹〉, 〈동아일보〉, 1931. 3. 26.

으로 고려하면, 동요·동시와 시 장르 사이의 장르적인 차이가 구별됨에 불구하고 작품 경향의 유사성이 있음을 충분히 생각해 볼 여지가 있기 때문이다. 중요한 점은 황순원의 시집《방가》는 이러한 탈계급주의 경향과 순수 관념의 동요·동시 창작을 배경으로 하여 출현한 시집이라는 것이다.

III. 월트 휘트먼의 영향으로 인한 존재의 본성 탐구

1. 화자의 순수한 의지와 그 무한성

황순원 시집《방가》속의 시적 화자는 월트 휘트먼의 자아론에 영향을 받아서 구상된, 순수한 의지를 무한하게 지닌 인간으로 표상된다. 월트 휘트먼은 일상적인 자아에서 그 배면에 있는 진정한 자아를 발견해 나아가는 자아론을 지녔다. 이때의 진정한 자아는 영원한 생명력·신성·영성으로서 만물에 존재하고, 절대자와 동일시되며, 시공간을 초월한 절대적·순수적인 능력·의지를 지니는 존재다.[197] 황순원은 그의 시집《방가》에서 시 속의 화자인 나와 우리를 구성할 때에 이러한 휘트먼의 자아론을 시작의 방법으로 적극 활용한다.

시집《방가》에서 주목되는 시 속의 화자인 나는 순수한 의지를 무한하게 지닌 인간이다. 이러한 인간은 월트 휘트먼의 진정한 자아와 상당히 유사하다. 월트 휘트먼의 자아론은 일상적인 자아 속에서 진정한 자

---

[197] Walt Whitman, Uncollected Petry and Prose of Walt Whitman, Ed. Emory Holloway, Vol2. Garden City, N. Y: Dobbleday, 1921., p.66; 한명훈, 「휘트먼의 자아와 절대자」, 《영미어문학》 57집, 한국영미어문학회, 1999., 51~71쪽.

아를 발견하는 것, 그리고 그 진정한 자아의 영원한 생명력·신성·영성이 일상적인 자아 속에 존재한다는 것이 그 핵심을 이룬다.[198] 이러한 발상은 1920년대의 슬픔·탄식의 어조를 지닌 낭만주의 시나 계급해방을 주창한 계급주의 시와 상당한 차이점을 지닌다. 황순원은 이러한 차이점 위에서 시를 창작하기 시작한다.

(7) 꿈, 어젯밤 나의 꿈, 이상한 꿈을 꾀엿다.

세계를 집밟아 문질은후 생명의 꽃을 가득히 심으로,

그 속에서 마음껏 노래를 불러 보앗다.[199]

(8) 마츰내 나는 길을 쩌낫다.

등에는 무거운 짐을 지고, 오늘도 래일도 걸을 나그네의 길이다.

(중략)

내가 바라고 기다리는 그곳 까지 가서

억매인 신스들매를 풀고, 그짐을 내리려 한다.[200]

---

198 이 글은 본래 강정구의 논문 「1930년대 황순원의 초기문학에 나타난 순수성 고찰」이 출간되기 이전에 집필되었으나, 여러 사정으로 논문 출간 이후에 투고·게재 확정되었다. 이 글은 황순원의 시집 《방가》가 1930년대의 탈계급주의적인 경향 속에서 월트 휘트먼의 문학사상에 영향을 받아 존재의 본성을 탐구했음을 검토한 것이었고, 논문 「1930년대 황순원의 초기문학에 나타난 순수성 고찰」에서는 동요·동시48편과 시집 《방가》와 시집 《골동품》으로 분절되는 황순원의 초기문학에서 순수가 일관되면서도 다양성을 지니는 특성을 보인다는 점을 살펴본 것이었다. 전자가 월트 휘트먼의 영향을 주목한 것이었다면, 후자는 초기문학에 나타난 순수성의 일관성·다양성을 종합적으로 검토한 것이었다. 따라서 후자의 논문에서 시집 《방가》를 논의하는 부분 (「3. 존재의 생명력을 탐구하는 의지·신념·성찰」)의 논의는 연구대상·내용의 유사성이 있을지라도, 논의의 문제의식·연구목적 혹은 방향이 다름을 밝힌다.
199 황순원, 〈나의 꿈〉, 《방가》, 동경·학생예술좌문예부, 1934., 1쪽.
200 황순원, 〈나의 노래〉, 《방가》, 동경·학생예술좌문예부, 1934., 55쪽.

(9) 이날에 쒸여나가 고함을 치고 싶구나,

새벽 喇叭갓히 宇宙를 깨워노을 고함을 치고 싶구나.[201]

인용문 (7)~(9)에서는 시집《방가》속의 화자가 월트 휘트먼의 자아론에 영향을 받았음을 잘 보여준다. 시 속의 화자가 지닌 공통점은 현실을 살아가는 일상적인 자아가 아니라 그 배면에 존재하는, 월트 휘트먼이 말하는 진정한 자아에 가깝다. 그 자아는 숭실중학과 일본 와세다 제2고등학원에 다닐 정도로 부유했고, 순수 관념을 주로 드러내는 동요·동시 48편을 쓸 정도로 문학에 관심이 지대한 황순원의 실제 일상적인 모습은 거의 없이, 오직 순수한 의지를 무한하게 지닌 인간으로 재현된다.

시적 화자는 인용문 (7)~(9)에서 1930년대의 초중반 현실—1929년 광주학생운동, 1931년의 만주사변, 1932년 이봉창·윤봉길 의거 등등—과는 거의 무관하게 16~19살 먹은 청소년의 순수한 의지를 무한하게 드러내는 모습으로 표상된다. (7)에서 "세계를 집밟아 문질은후 생명의 꽃을 가득히 심으로,/그 속에서 마음껏 노래를 불러 보앗다" 하는 구절 속의 화자는 마치 신처럼 세계를 주재한다. 세계가 부정적인 모습일 때에는 모두 파괴한 후에 새로운 생명을 부여하려는 신성하고 순수한 의지의 존재다. (8)에서 "내가 바라고 기다리는 그곳 짜지 가서/억매인 신ㅅ들매를 풀고, 그짐을 내리려 한다."와 (9)에서 "새벽 喇叭갓히 宇宙를 깨워노을 고함을 치고 싶구나."라는 구절 속의 화자 역시 일상적인 자아보다는 현실의 질서를 초월해서 그 배면에 있는 순수한 의지를 드러내는 자아로 표현된다. 시적 화자는 자신이 바라는 곳에서 자신의 짐을 내

---

201 황순원, 〈異域에서 부른 노래〉,《방가》, 동경·학생예술좌문예부, 1934., 84쪽.

려놓거나 우주의 생명을 깨우고 세상·우주의 질서를 재구성하려는 순수한 의지를 보여준다. 이러한 황순원 시 속의 화자는 영원한 생명력·신성·영성을 드러내고 우주의 생명을 깨우려는 순수한 의지를 지닌 존재인 것이다.

이러한 시적 화자는 우리라는 집단으로 확대되기도 하는데, 이 우리라는 집합명사에는 나를 시적 화자로 취할 때보다는 1930년대 초중반의 현실을 살아가는 일상적인 자아의 모습이 좀 더 구체화되어 있다. 그 일상적인 자아는 식민지 현실 속의 피식민자로서 정치적·계급적인 의식과 행동을 보여주는 자라기보다는, 16~19세의 청소년으로서 경험할 만한 다소 추상적인 심정과 모습—삶의 고통에 시달리거나고, 막연하게 미래를 두려워하며, 우수에 젖은 나약한 모습—이다. 황순원은 이러한 일상적인 자아 속에서 진정한 자아를 발견하고 그 의미를 부여하고자 한다.

(10) 그까짓 고통은 세상에 흔히 잇는 일이다.

    (중략)

    젊은 우리는 굿세인 意志를 갓고,

    몸과 마음을 던저 이 世紀와 싸워 나갈 이 땅의 勇士가 안이냐, 健兒가 안이냐.202

(11) 不安한 黑雲이 쩌도는 一九三三年의 宇宙여.

    (중략)

    자, 어서 젊은 우리의 손으로 一九三三年의 車輪을 힘껏 돌리자.203

황순원과 순수문학 다시 읽기

(12) 젊은 우리가 湄江의 優秀에 눈물을 지여서는 안된다.

　　우리는 異域에 간 남편을 기다리는 안해의 마음이 되어,

　　湄江의 속 優秀를 간절히 살펴, 풀어내야 한다.[204]

(13) 그러타, 우리는 太陽에게 反抗한다.

　　우리를 버린 너와의 인연을 끈흐련다.[205]

(14) 八月의 太陽아, 우리를 녹켜라.

　　雄宏한 音響이어, 우리를 넘어치라.

　　우리는, 참 일꾼은 調音을 바쏜 八月의 莊嚴한 노래로 너이를 놀래줄 것이다.[206]

　황순원의 시적 화자는 인용문 (10)~(14)를 참조하면, 삶의 고통에 빠져 있고 불안한 현실의 분위기를 두려워하며 우수에 빠진 일상적인 자아에서 영원한 생명력·신성·영성을 지니고 세상 만물을 주재하는 순수한 의지를 지닌 진정한 자아를 발견하고자 한다. 이 일상적인 자아는 에릭슨에 따르면 정체감 혼미의 위험에 빠져 있는 청소년의 시기에 해당되는데,[207] 주로 세상을 고통스럽게 여기거나 불안하게 자각하거나 가난하다고 생각한다. (10)~(12)에서 시적 화자인 우리는 이러한 모습을 감싸안아서 진정한 자아를 찾고자 우리 자신을 새롭게 호명한다. 고통을 지

202 황순원, 〈젊은이여〉,《방가》, 동경·학생예술좌문예부, 1934., 5~6쪽.
203 황순원, 〈一九三三年의 車輪〉,《방가》, 동경·학생예술좌문예부, 1934., 49~50쪽.
204 황순원, 〈湄江의 優秀에 눈물을 짓지 마라〉,《방가》, 동경·학생예술좌문예부, 1934., 35쪽.
205 황순원, 〈떠러지는 이날의 太陽은〉,《방가》, 동경·학생예술좌문예부, 1934., 480쪽.
206 황순원, 〈八月의 노래(太陽에게 불러 보내는 詩)〉,《방가》, 동경·학생예술좌문예부, 1934., 43쪽.
207 에릭 에릭슨(E. Erikson), 윤진·김인경 역,《아동기와 사회》, 중앙적성출판사, 1988., 27~28쪽.

닌 자들에게 "젊은 우리는 굿세인 意志를 갓고" 있다고 하고, 불안한 자들에게 "어서 젊은 우리의 손으로 一九三三年의 車輪을 힘껏 돌리자"라고 말하며, 우수에 빠진 우리에게 "젊은 우리가 浿江의 優秀에 눈물을 지여서는 안된다"고 말한다.

나아가서 (13)~(14)에서는 일상적 자아를 둘러싼 세상의 부조리를 나름대로 극복하려는 순수한 의지를 보여준다. "太陽에게 反抗"한다거나 "우리는, 참 일꾼은 調音을 바꾼 八月의 莊嚴한 노래로 너이를 놀래줄 것"이라는 구절은, 세상만물 중의 하나인 태양을 신처럼 마음대로 주재하려는 시적 화자의 순수한 의지를 분명하게 드러낸다. 우리의 이러한 순수한 의지는 구체적인 삶의 현실·시대나 일본에 대한 비판·저항의식 이전에 제기되는, 좀 더 핵심적·근본적이고 존재론적인 의식의 일종이다.[208] 시적 화자 우리는 나와 함께 1930년대 초중반의 탈계급주의 경향에서 순수한 의지를 무한하게 드러내는 존재로 표상되는 것이다.

2. 세계가 지닌 진정한 존재성 탐구

황순원은 시집《방가》에서 시 속의 세계(인물·만물)가 진정한 자아의 특성인 진정한 존재성(혹은 존재의 본성)을 지녀야 한다고 주창하거나 이미 지녔음을 탐구한다. 월트 휘트먼은 진정한 자아가 지닌 영원한 생명

---

[208] 이러한 필자의 논의는 기존 해석과 상반된다. 천이두를 비롯해서 기존 논자들은 인용문 (10~(14)에 대해서 역사·현실 비판·저항의 시로 해석했다. 그렇지만 황순원이 시집《방가》 출간 이전에 1930년대 초중반의 현실—1929년 광주학생운동, 1931년의 만주사변, 1932년 이봉창·윤봉길 의거 등등—과 직간접적으로 관련을 지녔다는 기록이 없었다는 점, 일본 유학을 간 16~19세의 청소년이었다는 점, 1930년대 초중반에 발표한 동요·동시 48편이 순수 관념의 경향 위주라는 점, 그리고 시집《방가》가 1920년대의 낭만주의·민족주의·계급주의 시와 그 경향이 상당히 다르고 존재의 본성을 탐구한다는 점 등을 종합적으로 고려하면, 기존 논의와 다른 필자의 논의가 제기·부각될 만하다.

황순원과 순수문학 다시 읽기

력·신성·영성을 인물·만물에 내재하는 초월적인 것으로 이해했다.[209] 이러한 이해는 황순원 시 속의 세계를 검토할 때에 중요한 참조사항이 된다. 시 속의 화자는 일상 속의 인물·만물이 이러한 생명력·신성·영성을 존재의 본성으로 본래 지녔음을 탐구하거나, 혹은 지녀야 함을 주창하기 때문이다. 이 점에서 황순원의 1930년대 초중반 시는 탈계급주의 경향에서 월트 휘트먼의 자아론을 참조하여서 인물·만물이 지닌 진정한 존재성을 이미지화하는 것이다.

시집《방가》속의 세계는 일상적인 모습에서 진정한 존재성을 지녀야 하는 것으로 서술된다. 마치 시적 화자가 일상적인 자아에서 그 배면에 있는 진정한 자아를 발견하는 것처럼, 시적 화자는 일상 속의 세계(인물·만물)가 진정한 존재성을 지녀야 함을 명령·요구·강조한다. 이때 진정한 존재성을 지녀야 하는 세계는 주로 동무, 사공, 젊은이, 자식 등의 인물로 표상된다. 시적 화자는 나약하고 힘이 없는 일상적인 인물 속에서 진정한 존재성을 탐구하고, 그 존재성을 회복하라고 명령·요구·강조한다.

  (15) 나는 지금 다시 그대를 향하여 외치나니,

     더한층 意志가 굿세라, 굿세라.[210]

  (16) 荒海를 건느는 사공아, 피끓는 젊은아,

     어서 손빨리 風波와 싸울 준비를 하여라.[211]

---

209 한명훈, 「휘트먼의 자아와 절대자」,《영미어문학》57집, 한국영미어문학회, 1999., 51~71쪽; 조규택, 「휘트먼의 초절주의적 자연관」,《영미어문학》53집, 한국영미어문학회, 1998., 103~132쪽.
210 황순원,〈동무여 더한층 意志가 굿세라〉,《방가》, 동경·학생예술좌문예부, 1934., 9~10쪽.
211 황순원,〈荒海를 건느는 사공아〉,《방가》, 동경·학생예술좌문예부, 1934., 62쪽.

(17) 무섭다 爭鬪여, 소름 끼친다 殺氣여.

　　그러나 사람의 참 힘은, 거즛 업는 威力은 이곳에 숨어 잇는 것이 안이냐?[212]

(18) 그러타, 아들은 아버지를 보내야 한다, 人生의 싸움터에서 除名을 당한 어

　　버이를 보내야 한다.

　　그리고 그의 눈에 어리운 새파란 幻像과 함께 옛힘을 보아야 한다.

　　어버이의 엽혜 안저 老衰한 몸의 脈을 집고잇는 자식아[213]

　진정한 자아의 영원한 생명력·신성·영성이 그 자아뿐만 아니라 다른 인물에도 존재한다는 월트 휘트먼의 문학사상에 영향을 받아서 시 속의 세계를 구성했음을 인용문 (15)~(18)은 잘 보여준다. (15)~(18) 속의 동무, 사공, 젊은이, 아들은 나약하고 힘이 없는 일상적인 인물에서 그 배면에 있는 진정한 존재성을 찾아야 하는 인물로 재현된다. (15)에서 동무('그대')는 "더한층 意志가 굿세"어야 하거나, (16)에서 사공은 "어서 손빨리 風波와 싸울 준비를 하여"야 하거나, (17)에서 젊은이는 "거즛 업는 威力은 이곳에 숨어 잇"음을 알아야 하거나, 혹은 (18)에서 아들은 노쇠한 아버지 대신 "그의 눈에 어리운 새파란 幻像과 함께 옛힘을 보"고 자신의 힘을 자각해야 하는 인물로 서술된다.

　이처럼 황순원이 시 속에서 구성한 세계는 1930년대 초중반의 사회·시대를 살아가는 구체적인 동무, 사공, 젊은이, 아들이라기보다는, 의지·

---

212 황순원, 〈젊은이의 노래(피, 熱이 식은 젊은이에게 보내는 詩)〉, 《방가》, 동경·학생예술좌문예부, 1934., 65쪽.
213 황순원, 〈늙은 아버지를 보내며〉, 《방가》, 동경·학생예술좌문예부, 1934., 13쪽.

　　　　　　　　　　황순원과 순수문학 다시 읽기

위력·힘 등의 자기 존재성을 지녀야 하는 다소 추상적·관념적인 인물이 중심을 이룬다. 이런 인물은 엄밀히 말해서 화자 자신과 그리 다르지 않다. 화자 자신처럼 순수한 의지를 드러내어서 진정한 자아를 회복해야 하는 자인 것이다. 이런 맥락에서 시집 《방가》 속의 세계는 1930년대 초중반의 현실 속에서 만나볼 수 있는 민족주의자 혹은 사회주의자·아나키스트와는 거의 무관하게 시인의 구상 속 이미지인 것이다. 시인 황순원이 시에서 핵심적으로 겨냥하는 것은 민족·계급 등의 현실참여·비판·저항적인 이념 이전에 근원적으로 있어야 하는, (영원한 생명력·신성·영성과 같은) 존재의 본성 탐구다. 설사 기존 논자들이 말하는 현실참여·비판·저항 논의가 나름 일리가 있다고 하더라도, 그 논의는 존재의 본성 탐구가 전제되고 매개된 것이다.[214]

시집 《방가》 속의 세계는 시적 화자의 예리한 시선에 의해서 세계(인물·만물)가 진정한 존재성을 이미 지녔음을 표현하기도 한다. 이러한 시 속의 인물·만물은 주로 어머니, 갓난애, 잡초 등으로 이미지화된다. 이 인물·만물은 모두 시적 화자에 의해서 진정한 자아처럼 진정한 존재성이 탐구된다. 이때의 탐구란 알려지지 않은 사실을 찾는 것이 아니라, 본래 있던 것을 인지·인식하는 것이다. 시인은 자신의 주변에서 흔히 볼 수 있

---

[214] 이 글에서 "더한층 의지가 굿세"다거나 "끝없는 위력은 이곳에 숨어 있"음을 알아야 한다거나 "어서 손빨리 風波와 싸울 준비를 하여"야 한다는 등의 구절이 진정한 존재성 탐구이면서도 계급주의적 의지의 힘으로도 충분히 읽힐 수 있다는 지적이 있었다. 충분히 일리가 있는 발상이다. 이 글은 현실비판적·참여적인 시각으로 논의·비판했으며, 이러한 해석의 가능성은 황순원의 시편에는 이러한 발상 이전에 좀 더 근본적인 사유, 특히 진정한 자아가 지닌 영원한 생명력·신성·영성을 인물·만물에 내재하는 초월적인 것으로 이해한 월트 휘트먼의 철학이 내재해 있다는 것을 주장하는 것이지, 현실비판적·참여적인 시각을 아예 배제하는 것이 아님을 참조 바란다.

는 인물·만물에서 진정한 존재성을 인지·인식하는 순간을 서술한다.[215]

(19) 자식은 아직 弱하나,

그러나 그를 기를 어머니는 强하다.[216]

(20) 눌리워 쫄어 들엇든 우리의 가슴이 터지는째, 아하, 그때

그대는 이쪽 움ㅅ속에서 갓난애의 힘찬 울음 소리를 들을 것이다.[217]

(21) 그리고 거미줄 엉킨 쑤리여, 멋업는 새엄이어.

그러나 도로혀 그곳에 줄기찬 生命이 숨어잇지 안은가,

온 들판을 덥흘 큼힘이 용솟음 치지 않는가.[218]

　인용문 (19)~(21) 속의 어머니, 갓난애, 잡초는 모두 시적 화자에 의해서 진정한 존재성을 드러내는 인물 혹은 만물이다. 이때 이러한 진정한 존재성은 월트 휘트먼이 자아와 세계[비아(非我)]를 막론하고 발견된다고 하는 영원한 생명력·신성·영성과 상당히 유사하다. (19)에서 어머니는 자식을 기를 때에는 '强' 한자로, (20)에서 갓난애는 "움ㅅ속에서 갓난애의

---

215 물론 예외도 있다. 시 〈우리안에 든 독수리〉에서 독수리라는 대상은 "아하, 쇠 사슬에 억매우듯이 우리 안에 자치움이어"라고 표현되어 있는데, 이 표현은 현실에 얽매이는 세계의 일상적인 모습을 재현한 것이지 독수리의 진정한 존재성을 탐구한 것이 아니다. 물론 시의 문맥을 보면 독수리가 곧 시적 화자를 억압하는 권력자이어서, 권력자의 말로는 곧 시적 화자의 진정한 자아 회복과 대립·대조된다. 이처럼 시적 화자와 세계가 대립구조를 형성한 시편은 이 외에도 〈떠러지는 이 날의 太陽은〉, 〈八月의 노래(太陽에게 불러 보내는 詩)〉 등이 있었다.
216 황순원, 〈强한 女性〉, 《방가》, 동경·학생예술좌문예부, 1934., 17쪽.
217 황순원, 〈鴨綠江의 밤이어〉, 《방가》, 동경·학생예술좌문예부, 1934., 23쪽.
218 황순원, 〈雜草〉, 《방가》, 동경·학생예술좌문예부, 1934., 39쪽.

힘찬 울음 소리"를 내는 자로, 그리고 (21)에서 잡초는 "온 들판을 덮흘 큰힘이 용솟음 치"는 사물로 표상된다. 이러한 인물·만물의 강함·(큰)힘은 존재 그 자체가 지니고 있는 영원한 생명력·신성·영성이자 본성인 것이다. 이러한 시인 황순원의 발상은 그가 주객을 바라보는, 탈계급주의적이자 월트 휘트먼적인 고유한 시선을 잘 보여준다. 황순원은 시 속의 세계가 민족·계급·조직의 면모보다 우선하여서 진정한 존재성을 지녀야 한다고 주창하거나 이미 지녔음을 탐구하는 자다.

Ⅳ. 결론

이 글에서는 그동안 민족주의·사회주의·아나키즘의 이념을 지닌 것으로 주로 알려져 왔던 황순원의 시집《방가》가 1930년대 초중반의 탈계급주의 경향에서 월트 휘트먼의 문학사상에 나름대로 영향을 받았음을 논증했다. 이러한 논증은 존재의 본성을 탐구하는 황순원 순수문학의 기원과 그 특성을 파악하는 의미가 있었다. 기존의 연구사에서는 주로 현실비판·저항의식 또는 사회주의·아나키즘 이념의 표출이 강조되었지만, 여기서는 1930년대 초중반 문학담론의 탈계급주의 경향에서 황순원이 어떤 문학적인 특성을 보였는가 하는 점을 주목했다.

우선, 1930년대 초중반 문학담론의 주요 경향과 황순원의 문학적인 대응을 살펴보았다. 1930년대 초중반 문학담론은 국민문학파·계급주의로 대표되던 1920년대 문학담론에 대한 반발로써 순수시파·주지시파·생명시파 등의 탈계급주의 경향이 주요 경향을 이루었고, 황순원은 순수 관념의 경향이 중심이 된 동요·동시 48편을 모작·창작했다. 그러고 나서, 황순원이 탈계급주의 경향 속에서 월트 휘트먼의 문학사상에 나름대로 영향을 받아 존재의 본성을 탐구하는 양상을 그의 시집《방가》

에서 검토했다. 첫째, 시 속의 화자는 순수한 의지를 무한하게 지닌 인간으로 표상됐다. 이 순수한 의지를 지닌 시적 화자는 나와 우리로 표현됐는데, 일상적인 자아의 배면에 있는 (월트 휘트먼이 지향하는) 진정한 자아에 가까웠다. 둘째, 시 속의 세계는 진정한 존재성을 지녀야 하거나 이미 지닌 인물·만물로 재현됐다. 시 속의 세계는 인물·만물의 일상적인 모습에서 진정한 존재성을 지녀야 하는 것으로 이미지화됐거나, 이미 진정한 존재성을 지닌 것으로 포착됐다.

이렇게 볼 때, 시집 《방가》는 1930년대 초중반 탈계급주의 경향에서 월트 휘트먼의 문학사상에 나름대로 영향을 받아서 영원한 생명력·신성·영성과 같은 존재의 본성을 탐구한 것으로 판단된다. 이러한 판단은 시 속의 주객이 민족주의·사회주의·아나키즘의 이념을 구현했다는 기존의 논의 이전에 존재의 본성을 표출한 것이 더 핵심적·근본적인 이해임을 의미하고, 나아가서 황순원 순수문학의 문제의식이 시작되는 지점을 분명하게 보여준다. 시집 《방가》가 존재의 본성을 탐구한 시집이라는 본 연구의 결과는 앞으로 시집 《골동품》, 그리고 소설과 어떤 영향관계에 있는지를 검토할 필요가 있다.

황순원 시집 《골동품》의
동시적(童詩的)인 특성

I. 서론

황순원의 시집 《골동품》은 그동안 객관적·시각적인 이미지를 중시여기는 모더니즘 계열의 시편을 실은 것으로 주로 논의되어 왔지만,[219] 이러한 논의는 시집에서 엿보이는 동시적인 특성을 제대로 언급하지 않았다는 점에서 재고의 여지가 있다. 물론 시집 속의 시편은 이 시집 출간 2년 전에 출판된 시집 《방가》에 비해서 상당히 감정이 절제되어 있고, 사물을 객관적·시각적으로 포착하려는 태도를 보여준다는 점에서 모더니즘에 속하는 것으로 이해된다. 그럼에도 이 시집 《골동품》에는 모더니즘이라는 문학용어로 포섭하기 어려운 내용적·표현적으로 중요한 요소

---

[219] 모더니즘은 김훈에 따르면 객관적이고 시각적인 이미지를 사물에 고착시킴으로써 궁극적으로 언어 자체를 사물화하려는 문예사조다. 이러한 특성 때문에 감정의 표출은 제한되고 회화적 이미지가 부각된다. 김훈, 〈이미지즘편〉, 오세영 편, 《문예 사조》, 고려원, 1983., 263~264쪽.

들이 숨어 있는데, 이러한 요소들은 대부분 동시적인 특성과 밀접하게 관련된다.

지금부터 황순원의 시집 《골동품》이 당대 아동문학계에서 형성된 '순수=동심'의 논리를 잘 보여주고 아동에게 쉽게 읽힌다는 점에서 동시(童詩)로서 이해될 가능성이 있음을 증명하고자 한다. 동시란 이재철에 따르면 아동문학의 하위 장르로서 "어린이다운 심리와 감정을 제재로 하여 성인이 어린이를 위해 쓴 시"를 뜻한다.[220] 시집 《골동품》 속의 시편은 그동안 성인 독자를 위한 시로 이해됐지만, 이 동시의 개념을 놓고서 보면 아동다운 심리와 감정, 즉 동심을 지닌 시로 규정해도 크게 무리가 없을 정도다. '오리', '지도', '공', '빌딩' 등의 제목은 아동의 생활에서 쉽게 접하는 것들이고, 시의 내용 역시 오리가 2자를 닮았다거나(시 〈오리〉) 빌딩을 보고 하모니카를 불고 싶다(시 〈빌딩〉) 등처럼 많은 경우에 동심을 드러낸 것들로 생각되기 때문이다.

시집 《골동품》의 동시적인 특성을 좀 더 심도 있게 검토하기 위해서는, 동심의 개념을 정치하게 따질 필요가 있다. 동심이란 기본적으로 근원적·원초적인 상태, 양심, 선 등으로 언급되지만, 엄밀히 말해서 그것을 말하는 자에 따라서 다르게 표현되는 일종의 역사적·사회적인 구성물이다.[221] 따라서 시집 속의 동심을 검토하기 위해서는 이 시집이 출간된 1930년대의 아동문학계에서 논의된 '순수=동심'의 논리를 살펴보는 작업이 수반되어야 한다. 그래야만 시집 《골동품》이 1930년대 (아동)문학계에서 영향 받은 문학사적인 맥락을 제대로 살펴보게 되고, 시집 속

---

220 나아가서 성인 독자를 위해서 쓴 시이기도 하다. 이재철, 《아동문학개론》, 서문당, 1983., 124쪽.
221 동심에 대한 기존의 연구사는 다음의 논문을 참조할 것. 강정구·김종회, 「1930년대 강소천의 동요·동시에 나타난 동심성」, 《현대문학의 연구》55집, 한국문학연구학회, 2015., 373~400쪽.

에 나타나 있는 '순수=동심'의 논리와 표현을 그 맥락 속에서 탐구하게 된다.

이 점에서 시집 《골동품》을 살펴보는 일은 1930년대 황순원 서정시의 전개를 동시대의 문학사적인 맥락 속에 정위시키고, 나아가서 아동뿐만 아니라 성인도 읽고 즐길 수 있는 동시의 효시로 추정되는 작품을 찾아보는 작업이 된다. 이러한 작업은 지금까지 아동문학사에서 조명 받지 못했지만 아동문학사적인 의미·가치가 있는 이 시집을 학계에 새롭게 알리고, 황순원 연구사에서 관심의 대상이 된 문학적 순수성이 형성되는 초기의 흐름을 지적·재구해 내는 행위가 된다.

시집 《골동품》은 시집 속의 설명과 판권에 따르면 황순원이 그의 일본 유학 시절인 1935년 5월부터 12월 사이에 창작한 시 22편을 묶어서 이듬해인 1936년 인쇄소 삼문사에서 발행한 책이다. 시집 첫 페이지에는 "나는 다른 하나의 실험관이다."라는 다소 도전적·실험적인 문구가 있어서 그 이전 시집 《방가》, 그리고 동시대의 다른 작품집과 차별성을 지니려는 노력을 짐작게 한다. 이 시집은 동물초, 식물초, 정물초로 나뉘어 있고 각각에 7편, 8편, 7편이 실려 있다. 총 22편의 작품 중에서 시 〈반디불〉을 제외한 나머지는 모두 한 문장으로 되어 있는 짧은 시다. 문장이 하나여서 단순한 한 이미지를 서술한 형태를 지니게 되어서 복잡한 시상 전개 없이 쉽게 읽힌다.

지금까지 시집 《골동품》에 대해서는 시집 《방가》와 내용·표현상 다르다는 점을 강조하면서 문학계[222]에서 다뤘을 뿐, 중요한 동시적인 특성이 있는 데에도 불구하고 아동문학의 일종으로는 검토되지 않아서 아쉬

---

[222] 편의상 문학과 아동문학이란 표현을 구분하기로 한다. 문학이란 성인들의 일반 문학을, 아동문학이란 일반 문학과 구별되어서 아동의 동심을 소재로 한 문학을 뜻하기로 한다.

왔다. 우선《골동품》의 짧은 문장과 재치 있는 발상은 기지와 위트로 주목되었다. 조연현이 감정의 자연발생적 문자와 달리 기교와 기치로써 조직화된 계획적인 문자가 씌었고, 천이두는 황순원이 지적인 위트를 훈련한 것이며 이러한 위트는 쥘 르나르의 저서《박물지》와 밀접한 관계가 있다고 평가한 이후로,[223] 이러한 평가는 이 시집을 바라보는 기본적인 시각이 되었다. 위트가 있다(최동호), 철저한 기교실험의 소산이다(박혜경), 재치와 직관의 언어이다(장석남)라는 후속논의를 생산했다.[224]

이러한 논의가 1930년대의 문학사적인 맥락과 거의 무관했다는 점에서 시집《골동품》이 모더니즘 계열에 속한다는 언급은 좀 더 의미가 있었다. 박양호는 시인이 모더니즘을 수용하고자 한《三四文學》의 동인이라는 점을 근거로 모더니즘의 영향을 받았음을 유추했고,[225] 그 뒤로 이런 논의는 점차 확산되었다. 객관적 관찰을 통해 사물의 특징적 면모를 도출했다(이혜원), 감정이나 정서가 끼어들 여지가 별로 없다(김윤식), 심미적 냉정을 지녔다(박수연), 모더니즘과 초현실적 성향의 영향이 있다(김춘식) 등의 평이 뒤따랐다.[226]

이러한 여러 논의에도 불구하고 시집《골동품》이 지닌 순수성과 동심성에 대해서 동시적인 특성으로 언급한 논의는, 이혜원이 이 시집에는

---

223 조연현, 「황순원 단상」,《현대문학》, 1964. 11; 천이두, 「종합에의 의지」,《현대문학》, 1973. 8.

224 최동호, 「동경의 꿈에서 파사의 사탑까지」,《황순원-새미작가론총서 8》, 새미출판사, 1998.; 박혜경, 「황순원 문학 연구」, 동국대 대학원 박사학위논문, 1994; 장석남, 「황순원 시의 변모 양상에 대한 고찰」,《한국문예창작》 6권 1호, 한국문예창작학회, 2007., 57~84쪽.

225 박양호, 「황순원 문학 연구」, 전북대대학원박사학위논문, 1994., 1~212쪽.

226 이혜원, 「황순원 시 연구」,《한국시학연구》 3호, 한국시학회, 2000., 235~260쪽; 김윤식,《신 앞에서의 곡예》, 문학수첩, 2009., 49~70쪽; 박수연, 「모던과 향토의 공동체」,《비평문학》 55집, 한국비평문학회, 2015., 35~63쪽; 김춘식, 「황순원의 초기 시작 활동과 재일조선인 아나키즘」,《한국문학연구》 50집, 동국대학교 한국문학연구소, 2016., 207~238쪽.

동화적 상상력이 깔려 있다고 간단히 언급을 한 이외에는[227] 없었다. 아울러 그동안 황순원 문학의 본질로 언급된 순수성·동심성·생명성·모성성에 대한 많은 논의들이 있었지만, 그러한 본질을 이 시집에서 찾으려는 시도는 거의 없었다. 이러한 연구사를 검토해 볼 때에 1930년대의 아동문학계에서 형성된 '순수=동심'의 논리가 수용된 동시집으로써 시집《골동품》을 분석하고자 한다.

시집《골동품》에 나타난 동시적인 특성을 분석하기 위해서는 1930년대의 아동문학계에서 '순수=동심'의 논리를 형성했고, 그 과정에서 시집《골동품》출간 이전에 황순원이 보여준 문학적인 대응을 살펴볼 필요가 있다(Ⅱ장). 그리고 나서 시집에 나타난 '순수=동심'의 논리를 활용해서 동심으로 상상된 인물의 표현과(Ⅲ장), 아동이 쉽게 이해할 만한 한 문장 시의 언어적인 형태와 수사를 분석할 필요가 있다(Ⅳ장).

Ⅱ. 1930년대 아동문학계의 주요 논리와 황순원의 문학적인 대응

1930년대의 아동문학계에서는 어떤 논리가 주로 형성됐으며, 황순원은 시집《골동품》출간 이전까지 어떻게 문학적으로 대응했는가? 이러한 질문은 그의 시집《골동품》을 시집 자체에 대한 주관적인 평가로 규정지으려는 것이 아니라, 1930년대 (아동)문학계의 맥락 속에서 파악하고 그 맥락 속에 위치시키려는 의도를 지닌다. 이 시기 황순원 문학의 전개는 다양한 이념과 사조를 수용한 것처럼 보이기도 하지만, 일관되게 1930년대 탈계급주의적인 경향 위에서 형성된 아동문학계의 '순수=동심' 논리와 직·간접적으로 관계가 있기 때문이다.

---

227 이혜원, 「황순원 시 연구」,《한국시학연구》3호, 한국시학회, 2000., 235~260쪽.

1930년대의 아동문학계, 특히 동요·동시계에서는 1920년대의 계몽주의적·계급주의적인 경향과 달리 탈계급주의적인 경향을 주로 보여줬다. 이 탈계급주의적인 경향을 주로 보여준 시인들이란 이 시기의 동요·동시를 내용적·표현적으로 부흥시킨 강소천, 박영종, 김영일, 그리고 이 글에서 언급하고자 하는 황순원 등이다. 이들은 1920년대의 동요·동시가 방정환과 윤석중의 경우처럼 주로 계몽주의적·휴머니즘적인 경향이거나 신고송처럼 계급주의적인 경향을 드러낸 것과 달리, 1930년대의 순수 관념을 지닌 이른바 시문학파 동인의 문학적인 인식을 수용해서 '순수=동심'의 논리를 형성했다.[228]

(1) 맑스주의가 우리 심리에 따라 예술의 사회적 기초를 설명하는 데는 적지 않은 성공을 얻었으나 그 반면에 예술의 생리학이라고 부를만한 예술의 특성—웨 많은 사회현상 가운데 예술 현상이 분화되어 오는가 웨 한 계급의 예술적 표현이 특히 甲이라는 예술가를 통해서 이루어지는가 웨 예술가 乙은 예술가 丙보다 더 강한 표현력을 가졌는가—에 대한 고구가 아즉까지 부족하여 예술발생학으로서의 완성을 보지 못하고 있다.[229]

(2) 美의 追求………우리의 감각에 녀릿녀릿한 깃븜을 일으키게 하는 刺戟을 傳하는 美[230]

---

228 1930년대의 순수 관념과 아동문학계의 전유·수용에 대해서는 다음의 논문을 참조할 것. 강정구·김종회, 「1930년대 강소천의 동요·동시에 나타난 동심성」, 《현대문학의 연구》 55집, 한국문학연구학회, 2015. 2. 28., 373~400쪽. 이 부분에서는 이 논문을 참조하였다.
229 박용철, 「효과주의적비평론강」, 《문예월간》, 1931. 11.
230 「편집후기」, 《시문학》 3, 1931. 10., 32.

황순원과 순수문학 다시 읽기

(3) 언니언니 어째서/오늘 아침엔/붕글둥글 햇님이/아니뚭니까//올아올아 알앗 수/이제 알앗수/오늘이 오늘이/노는 날이죠[231]

(4) 숨은 아가 찾으러/제비제비 온단다[232]

　　인용문 (1)~(2)에서는 1930년대의 문학계에서 순수 관념을 추구한 시문학파 동인의 논리를, 그리고 (3)~(4)에서는 1920년대의 계몽주의적·계급주의적인 경향과 달리 시문학파 동인의 순수 관념을 수용해서 '순수=동심'의 논리를 형성한 강소천과 박영종의 동요·동시를 제시한 것이다. 1930년대 시문학파의 순수 관념은 (1)에서처럼 계급주의 이데올로기를 명백하게 거부하고 사회의 모순·타락에 대한 비판·지적을 삼가거나, (2)와 같이 미에 대한 열정을 중시여긴 것으로 구체화되었다.

　　1930년대의 아동문학계에서는 이러한 시문학파의 순수 관념을 수용해서 1920년대의 방정환, 윤석중, 신고송 등이 보여준 계몽주의적·계급주의적인 동심과는 다른 순수한 동심을 발견했다. 인용문 (3)에서 강소천이 포착한 시적 소재 '햇님'은 그 자연적인 기능을 보여주는 것이 아니라 그야말로 현실적인 연관으로부터 해방됐다는 의미에서 순수한 해였다. (4)에서 박영종이 주목한 '제비' 역시 봄이 되면 오는 현실 속의 생리에 따른 것이 아니라 아가를 찾으러 온다는, 실제 현실 속의 제비와 거의 무관한 존재였다. 1930년대의 아동문학계에서는 시문학파 동인의 순수 관념을 나름대로 수용해서 '순수=동심'의 논리를 만들고 순수한 동심의 문학을 형성했던 것이었다.

---

231 강소천, 〈흐린날아침〉,《아이생활》, 1933. 5., 35쪽.
232 박영종, 〈제비 마중〉,《신가정》, 1933. 4.

황순원이 1930년대 초중반에 발표·출간한 동요·동시 48편과 시집 《방가》의 시편 27편은 1930년대의 아동문학계가 탈계급주의적인 경향이 중심이었다는 점에서 그 영향 관계를 따져볼 필요가 있다. 동요·동시 48편은 1931~32년에 발표됐고, 시집 《방가》는 시 〈異域에서 부른 노래〉를 제외하고는 1931~33년에 창작됐다. 모두 청소년기에 씌어진 작품들이었다. 시집 《골동품》 이전의 문학활동은, 주로 청소년기에 행해졌다는 점에서 (아동)문학계에서 자기 개성을 분명히 드러내고 새로운 화두를 던진다기보다는, 당대에 유행하던 탈계급주의라는 신경향을 추수하여 모작·습작하면서 자기 개성을 만들어나가는 과정이었음을 암시한다.

(5) 시냇가에 늘어진/ 수양버들이/ 머리풀어 물속에/ 적시고잇네[233]

(6) 하이한 살구꽃/ 바람을 타고/ 팔락락 팔락락/ 떨어집니다/ 풀뜯는 토끼와/
   같이 놀려고/(하략)[234]

(7) 꿈, 어제ㅅ밤 나의 꿈, 이상한 꿈을 쒸엿다.
   세게를 집밟아 문질은후 생명의 꽃을 가득히 심으로,
   그 속에서 마음껏 노래를 불러 보앗다.[235]

(8) 이날에 쒸여나가 고함을 치고 십구나,
   새벽 喇叭갓히 宇宙를 깨워노을 고함을 치고 십구나.[236]

---

233 황순원, 〈수양버들〉, 〈매일신보〉, 1931. 7. 7.
234 황순원, 〈살구꽃〉, 〈동아일보〉, 1932. 3. 15.
235 황순원, 〈나의 꿈〉, 《방가》, 동경·학생예술좌문예부, 1934., 1쪽.
236 황순원, 〈異域에서 부른 노래〉, 《방가》, 동경·학생예술좌문예부, 1934., 84쪽.

황순원의 작품 활동이 동시대의 탈계급주의적인 경향과 밀접하게 관계가 있음은 인용문 (5)~(8)에서 확인된다. (5)~(6)은 황순원이 만 16~17세에 주로 〈매일신보〉·〈동아일보〉에 발표했던 작품들 중에서 뽑은 것이다. 이 작품들은 1930년대 초중반의 아동문학계에서 형성되던 '순수＝동심'의 논리를 나름대로 수용한 것이다. (5)에서 수양버들이 머리를 풀어서 물속에 젖는다는 것이나 (6)에서 살구꽃이 바람을 타고 떨어진다는 시인의 관찰은 동시대에 유행한 순수한 동심의 맥락 속에서 이해되는 것이다.

또한 인용문 (7)~(8)은 황순원이 시집《방가》에 실은 시편 중에서 고른 것이다. 이 인용문에서는 당대에 유행했던 월트 휘트먼의 진정한 자아론에 영향을 받은 순수한 의지를 지닌 인간의 존재가 형상화돼 있다. 월트 휘트먼은 모든 존재 속에 내재된 순수한 생명력·신성·영성을 지닌 진정한 자아를 일상적 자아의 배면에서 발견할 수 있음을 주창했는데, 황순원은 시집《방가》에서 그러한 진정한 자아의 특성을 지닌 순수한 자아의 의지를 서술했다. (7)에서 세계를 짓밟고서 새로운 생명의 꽃을 가득 심거나 (8)에서 우주를 깨워 고함을 치고 싶은 자아는 모두 이러한 진정한 자아의 특성을 지닌 순수한 의지의 자아로 이해된다. 이렇게 볼 때, 시집《골동품》출간 이전의 황순원은 1930년대 아동문학계의 주요 흐름인 탈계급주의적인 경향 위에서 순수한 동심과 의지를 표현했음이 확인된다.

III. '순수＝동심'으로 상상된 인물

이제부터 황순원의 시집《골동품》이 내용의 측면에서 '순수＝동심'의 논리를 지녔다는 점에서 동시적인 특성을 보인다는 점을 분석하고자 한다. 이런 분석을 위해서는 시집《골동품》속의 인물[237]은 어떻게 재현되는가 하는 점을 살펴볼 필요가 있다. 이 시집에서는 시적 화자가 주로 작품 밖에 위치한 숨은 화자가 되어서 중심 제재인 세계에 대해서 나름 대로 상상하는 방식으로 서술된다. 이때 시적 화자가 어떤 존재이고 그가 주로 어떤 제재를 다루고 상상하는가 하는 것을 살펴보는 일은, 이 시집의 내용적인 특성을 검토하는 것이 된다. 시집《골동품》속의 인물은 객관적·시각적으로 포착된 이미지라고 설명하는 것보다는 아동의 마음, 즉 동심으로 상상된 존재로 살펴보는 편이 그 성격을 더 잘 보여준다.

시 속의 인물은 무엇보다도 강소천과 박영종 등 1930년대의 주요 동요·동시인이 보여준 바 있는, 현실적인 연관으로부터 해방된 시적 화자와 그가 동심으로 바라본 세계다. 1930년대 강소천과 박영종의 동요·동시는 1920년대의 동요·동시에 견주어볼 때에 아동을 유교적 교육의 대상 혹은 시대를 선도할 근대적·계급적인 소년으로 보지 않았다. 이러한 현실적인 연관으로부터 해방된, 다시 말해서 현실적인 실용·의무·교육을 의도적으로 최대한 배제한 모습을 포착했던 것이었다. 황순원의 시집《골동품》에 제시된 시적 화자와 세계는 바로 이러한 순수한 동심으로 상상된다.

(9) 나래만/하늑이는게/꽃에게/수염붙잡힌/모양야.[238]

---

237 여기서 인물이란 조동일의 용어다. 조동일은 문학 속에서 의식과 행동의 존재를 인물로 설정하고, 그 인물을 자아(시적 화자)와 세계로 구분한다. 조동일,《한국소설의 이론》, 지식산업사, 1977., 66~136쪽.
238 황순원, 〈나비〉,《골동품》, 삼문사, 1936., 12쪽.

황순원과 순수문학 다시 읽기

(10) 나를/혀우에/굴리엇다.[239]

(11) 이 초롱엔/불나비가/안 몰인다.[240]

(12) 별을/쓸래기/세엿다.[241]

(13) 하모니카/불고싶다.[242]

  인용문 (9)~(13)에 나타난 시적 화자와 세계는 동심을 지니거나 표상
한다는 공통점이 있다. 인용문 속의 화자는 아동이거나 아동의 순수한
마음(동심)을 지닌 성인으로 이해된다. (9)에서 나비가 날갯짓을 하는
것이 꽃에게 수염을 붙잡힌 모양으로 본 것, (10)에서 앵두인 나를 누군
가가 혀 위에 굴렸다는 것, (11)에서 꽈리가 초롱처럼 보이는데 불나비
가 모이지 않는다는 것, (12)에서 갈대가 별을 쓴다는(청소한다는) 것, 그
리고 (13)에서 빌딩을 보니 하모니카를 불고 싶다는 것은 모두 아동이
화자이거나 동심을 지닌 성인이 화자가 되어서 상상할 법한 내용이다.
  이처럼 동심으로 상상된 세계는 현실적인 연관이 거의 없는 순수한
존재성을 보여주게 된다. 인용문 (9)의 나비는 객관적 관찰을 통해 생물
의 생태를 포섭하는 것이나 현실적인 이익·목적과 무관한 순수한 존재
성을 드러낼 뿐이다. (10)의 앵두와 (11)의 꽈리와 (12)의 갈대와 (13)
의 빌딩 역시 실생활 속의 음식·관상·사무실 용도와는 무관하게 그 자

239 황순원, 〈앵두〉, 《골동품》, 삼문사, 1936., 24쪽.
240 황순원, 〈꼬아리〉, 《골동품》, 삼문사, 1936., 32쪽.
241 황순원, 〈갈대〉, 《골동품》, 삼문사, 1936., 34쪽.
242 황순원, 〈삘딩〉, 《골동품》, 삼문사, 1936., 44쪽.

체로 존재하는 것이다. 이처럼 황순원이 시 속의 세계를 포섭할 때에 객관적·시각적인 이미지를 중시여기는 모더니즘적인 방법을 사용한다는 표현보다는, 현실적인 연관으로부터 해방된 순수한 동심을 지닌 화자와 그 화자가 동심으로 상상한 세계를 형상화하는 방법을 활용한다고 말하는 것이 더 작품의 실체에 가깝다.[243]

이때 현실적인 연관으로부터 해방되면서 포착된 시집 속의 주요 소재란, 구체적인 현실적 삶이 추상화·단편화된 순수한 세계를 의미하는 것이다. 이러한 순수한 세계는 1930년대 구체적인 현실적 삶을 의도적으로 배제·간과한 채로 문학 속에서 존재하는 가상·환상의 존재인데, 1930년대 순수 관념을 추구한 시문학파 동인이나 '순수＝동심'의 논리를 지향한 동요·동시인은 이러한 세계의 형상화를 미적인 것으로 이해 중시여겼다. 1930년대 탈계급주의적인 경향 위에서 구체적인 현실적 삶에서 동떨어진 미적인 세계는 나름대로 존재성을 부여받게 되는 것이다.

(14) 點은/넓이와 기리와 소래와 움직임 있다.[244]

(15) 外接한/두개의/球体의/굴쌓은/奇蹟을/보아라.[245]

(16) 〈이곳입니다,/이곳입니다,/당신의/무덤은.〉[246]

---

243 시집《골동품》에서 순수한 동심을 다루지 않는 경우도 있다. 필자의 조사에 따르면 그 예로는 시 〈종달새〉, 〈대〉, 〈공〉 등이다.
244 황순원, 〈종달새〉, 《골동품》, 삼문사, 1936., 6쪽.
245 황순원, 〈공〉, 《골동품》, 삼문사, 1936., 52쪽.
246 황순원, 〈반디불〉, 《골동품》, 삼문사, 1936., 8쪽.

황순원과 순수문학 다시 읽기

(17) 땅의/해에는/黑點이/더 많다.[247]

(18) 때가 감긴다.[248]

　시집 《골동품》 속의 세계는 인용문 (14)~(18)에서 보이듯이 1930년
대의 구체적인 현실적 삶—1929년 광주학생운동, 1931년의 만주사변,
1932년 이봉창·윤봉길 의거 등등—에서 상당히 거리를 지닌다는 점
에서 미적인 것이고, 그 미적인 것 자체로 작품의 존재의의를 부여받는
다. 동심으로 상상된 세계가 그 자체로 존재의 논리를 지니게 되는 것이
다. 인용문 (14)~(15)에서는 종달새가 점으로 규정되고 공이 커다란 공
인 지구와 접한 것으로 표현되는데, 이러한 표현은 모두 그 자체로 미적
인 것으로 이해된다. 아울러 인용문 (16)의 반딧불의 깜박임이 무덤으
로 서술되고 (17)의 해바라기가 땅의 해로 재현되며 (19)의 팽이가 때가
감기는 것으로 형상화되는 것 역시 구체적인 현실적 삶과는 거의 무관
하고 연관을 찾을 수 없는 미적인 것으로 규정된다. 이처럼 현실적 삶이
추상화·단편화되어서 그 상황이 지워지고 그 의미가 상실될 때에 남아
있는 개별적인 이미지들은 그 자체로 미적인 것으로 규정되며, 그 자체
의 존재성이 생기게 되는 것이다. 황순원의 시집 《골동품》의 인물(화자·
세계)은 이처럼 동심을 지닌 화자와 동심으로 상상된 세계로 표상되
는 것이다.

---

247 황순원, 〈해바라기〉, 《골동품》, 삼문사, 1936., 26쪽.
248 황순원, 〈팽이〉, 《골동품》, 삼문사, 1936., 40쪽.

Ⅳ. 한 문장 시의 표현 특질

시집 《골동품》에 나타난 표현상의 특질은 무엇인가? 《골동품》 속의 시편은 대부분의 경우에 한 문장으로 되어 있는데, 이 한 문장 시의 가치와 의미가 그동안의 연구사에서는 좀 경시된 측면이 있었다. 시집의 시편 전체가 한 문장 시로 되어 있는 경우는 근현대 한국(아동)문학사에서 이 시집이 유일한데다가, 일정한 미적인 수준을 지닌다는 점에 대한 논의가 결여되어 있었기 때문이다. 이 시집의 시편은 아동이 이해할 수 있는 행·운율 등의 언어적인 형태를, 그리고 선명하고 단순한 사상·감정을 담을 수 있는 의인·은유의 수사를 갖추고 있다는 점에서 표현적인 측면에서 동시와 깊은 관련이 있다.

황순원이 시집 《골동품》에서 아동이 편하게 이해할 수 있을 정도로 쉬운 한 문장 시를 개발·창조했다는 점은 주목할 만하다. 이러한 시 형태는 일본의 단시 하이쿠와 쥘 르나르의 저서 《박물지》의 복합적인 영향에 힘입은 것으로 판단된다. 황순원은 17음을 기본으로 하고 계절을 나타내는 키고와 구의 매듭을 짓는 키레지를 지니는 하이쿠의 정형율을 한 문장의 자유시형(自由詩形)으로 바꾸고, 동식물을 대상으로 비유와 시정(詩情)을 곁들인 《박물지》의 짧은 이야기를[249] 한 문장의 서정시로 압축·재구성했기 때문이다. 황순원은 시집 《골동품》의 시편이 짧고 쉽게 읽히게끔 하기 위해서 행의 배치와 운율을 기존의 시와 다르게 한다.

(19) 2/字를/흉내/냇다.[250]

---

249 쥘 르나르, 이가림·윤옥일 역, 《홍당무/박물지/르나르 일기》, 동서문화사, 2013.
250 황순원, 〈오리〉, 《골동품》, 삼문사, 1936., 16쪽.

황순원과 순수문학 다시 읽기

(20) 사막으로/이끄는/사슬[251]

(21) 끊어진/거미줄이/무지갤/기워맷다.[252]

(22) 거꾸로 선 발이/머릴 헛 만진다.[253]

(23) 목아질/비트니/푸득이는 대신에/밑까지 피뭉친다.[254]

인용문 (19)~(23)의 공통점은 한 문장으로 되어 있는 시라는 것이다. 황순원은 이 한 문장 시가 나름의 형태를 갖추고 시집 전체가 한 문장으로 통일성을 지니게 하기 위해서 나름대로 행의 배치와 운율에 대해서 고려한다. 이때 가장 중요한 것은 아동에게 쉽게 읽히고 분명하게 의미를 파악할 수 있는 행의 배치다. (19)에서 오리의 모습을 표현하기 위해서 2라는 숫자를 한 행으로 배치하고, (20)에서는 선인장의 딱딱한 형태와 모난 느낌을 암시하기 위해서 한 구절마다 행갈이를 하며 명사로 종결을 한다. 각각 오리와 선인장다운 느낌이 들게 행을 배치한 것이다.

또한 인용문에서는 아동이 쉽게 읽을 수 있는 운율이 제시돼 있다. 인용문 (21)에서 "끊어진/거미줄이"와 "무지갤/기워맷다."가 각각 3·4조로 배치가 되어서 운율감이 살아나 있고, (22)에서 "거꾸로 선 발이/머릴 헛 만진다."에서는 첫 행과 둘째 행의 글자 수가 똑같아서 운율감이 형성되어 있다. (23)에서는 "목아질/비트니"처럼 1~2행에서 3·3조가 나타나

---

251 황순원, 〈선인장〉, 《골동품》, 삼문사, 1936., 36쪽.
252 황순원, 〈지도〉, 《골동품》, 삼문사, 1936., 46쪽.
253 황순원, 〈사람〉, 《골동품》, 삼문사, 1936., 18쪽.
254 황순원, 〈맨드레미〉, 《골동품》, 삼문사, 1936., 22쪽.

다가 "푸득이는 대신에/밑까지 피뭉친다."와 같이 3~4행에서는 3·4조가 반복되어서 유사하면서도 상이한 운율이 만들어진다. 이 상이한 운율 덕분으로 닭의 모가지를 비트는 짧은 순간과 닭이 퍼덕이는 상대적으로 긴 상황이 대조된다. 이처럼 황순원은 아동이나 동심을 가진 성인이 읽기 쉬운 한 문장 시를 발명한 것이다.

이러한 한 문장 시는 선명하고 단순한 사상·감정을 드러내기 위해서 주로 의인과 은유의 수사를 사용한다. 황순원은 그의 동요·동시에서 "봄바람살랑살랑 장단을 맞춰/보기좋게춤추며 개웃거리죠"[255]나 "오망졸망 쌀기알/ 매여달인게/ 골이나고 분하여/ 쌜개잇슬까"[256]처럼 의인의 수사를 주요 표현방법으로 활용한 바 있었다.[257] 이후 시집《방가》에서는 의인의 수사가 거의 보이지 않다가, 시집《골동품》에 오면 다시 은유와 함께 의인의 수사가 주요 표현방법으로 등장한다.

(24) 이ㅅ몸/들어 내고/웃는다.[258]

(25) 한중간에 헤일적마다/능먹어진 소릴/하나 속여 처 본다.[259]

(26) 당적집 소악에/비누물박아지 든/굶은애가 산다.[260]

---

255 황순원, 〈봄싹〉, 〈동아일보〉, 1931. 3. 26.
256 황순원, 〈쌀기〉, 〈동아일보〉, 1931. 7. 10.
257 이 점에 대해서는 다음의 논문을 참조할 것. 강정구, 「1930년대 초반의 황순원 동요·동시에 나타난 순수성 고찰」, 《한국아동문학연구》 30집, 한국아동문학학회, 2016. 5., 29~50쪽.
258 황순원, 〈옥수수〉, 《골동품》, 삼문사, 1936., 28쪽.
259 황순원, 〈시계〉, 《골동품》, 삼문사, 1936., 50쪽.
260 황순원, 〈게〉, 《골동품》, 삼문사, 1936., 14쪽.

(27) 귀가 아푸리카닮은/인연을 당신은/생각해 본 적이 게십니까.[261]

(28) 비맞는/마른 넝굴에/늙은 마을이/달렷다.[262]

    황순원은 한 문장 시에서 아동이나 동심을 지닌 성인이 쉽게 이해할 수 있는 선명하고 단순한 사상·감정을 형상화하기 위해서 의인과 은유의 수사를 활용한다. 인용문 (24)~(25)에서는 의인의 수사가, 그리고 인용문 (26)~(28)에서는 은유의 수사가 활용되어 있다. (24)에서 옥수수는 잇몸을 드러내고 웃는 모습으로, (25)에서 시계는 궤종 하나를 속여서 쳐보는 자로 형상화된다. 이러한 의인의 수사를 통해서 표현하고자 하는 장면은 선명하고 분명하게 전달된다. 또한 (26)~(28)에서는 은유의 수사가 사용되어 있다. (26)에서 게가 굶은 애로 의인화된 상태에서 게의 껍질은 비눗물 바가지라는 은유가, (27)에서 코끼리의 귀는 아프리카를 닮았다는 은유가, 그리고 (28)에서는 호박은 늙은 마을이라는 은유가 각각 활용되어 있다. 이러한 은유와 의인의 수사를 통해서 시적 표현이 효과적으로 전달됨은 물론이다. 황순원의 시집 《골동품》은 아동이나 동심을 지닌 성인이 쉽게 읽을 수 있고 선명하고 단순한 사상·감정을 용이하게 이해할 수 있도록 행·운율 등의 언어적인 형태와 의인·은유의 수사를 적절하게 사용한 것이다. 이 점에서 동시의 면모를 분명히 갖춘 것이다.

---

261 황순원, 〈코끼리〉, 《골동품》, 삼문사, 1936., 10쪽.
262 황순원, 〈호박〉, 《골동품》, 삼문사, 1936., 34쪽.

Ⅳ. 결론

  그동안 객관적·시각적인 이미지를 중시여기는 모더니즘 계열의 시편으로 알려진 황순원의 시집 《골동품》은, 1930년대의 아동문학계에서 형성된 '순수=동심'의 논리를 잘 보여줬고 아동에게 쉽게 읽힌다는 점에서 동시로 이해됨을 문학사적인 맥락의 측면과 내용과 표현의 측면에서 논증했다. 이러한 논증은 황순원의 문학적 순수성이 형성되는 초기의 흐름을 재구해 내는 것이자, 아동문학사에서 제대로 조명 받지 못한 시집을 아동문학계에 새롭게 알리는 것이라는 점에서 중요한 의미와 가치가 있었다.

  먼저, 1930년대의 아동문학계에서 형성된 주요 논리와 시집 《골동품》 출간 이전의 황순원의 문학적인 대응을 검토했다. 1930년대 아동문학계에서 1920년대의 계몽주의적·계급주의적인 경향과 달리 '순수=동심'을 지향한 탈계급주의적인 경향을 보여줬고, 이 시기의 황순원은 이러한 탈계급주의적인 경향 위에서 동요·동시 48편과 시집 《방가》를 통해서 주로 순수한 동심과 의지를 표현했다. 그리고 시집 《골동품》이 내용의 측면에서 '순수=동심'의 논리를 지녔음을 검토했다. 시 속의 인물은 순수한 동심을 지닌 시적 화자와 그가 동심으로 바라본 세계였고, 이때 시집 속의 주요 소재는 구체적인 현실적 삶이 추상화·단편화된 순수하고 미적인 세계였다. 마지막으로, 시집 《골동품》에서 동시의 면모를 지닌 표현의 측면을 분석했다. 시집 속의 시편은 아동이 편하게 이해할 수 있을 정도로 행·운율 등의 언어적 형태를 쉽게 만든 한 문장 시였고, 선명하고 단순한 사상·감정을 담을 수 있는 의인·은유의 수사를 갖췄다.

  시집 《골동품》은 1930년대의 아동문학계에서 보여준 탈계급주의적인 경향에서 '순수=동심'의 논리를 지닌 인물을 다뤘고, 아동이 쉽게 이해할 법한 표현을 활용했다는 점에서 동시적인 특성을 지녔다. 이러한 논증의 결론은 이 시집을 모더니즘 계열로 이해하려는 기존의 연구사를 보완해서 《골동품》의 내용적·표현적인 요소들이 동시적인 특성을 지님을 분명히 설명해준다. 이 점에서 시집 《골동품》은 황순원 문학의 순수성이 형성되는 초기의 흐름을, 그리고 1930년대의 아동문학계에 일정한 위치를 지님을 잘 보여준다. 앞으로 서정시의 순수성이 어떻게 소설에 영향을 주는가 하는 점을 밝힐 필요가 있다.

3부

1937년 이후 문학적 순수 관념의 전개: 시에서 소설로

황순원의 식민지 시기 소설 속의
상층계급과 그 문화

Ⅰ. 서론

일체의 현실적인 연관으로부터 해방된 정신세계를 뜻하는 순수 관념 지향의 문학작품일지라도, 그 작품이 속한 역사적·사회적 맥락을 따져 보는 것은 비평의 필수불가결한 과제다. 무엇보다 순수문학이라는 특성을 좀 더 잘 이해하기 위한 한 방법이 되기 때문이다. 한국의 대표적인 순수문학으로 알려진 황순원의 소설을 자세히 들여다보기 위해서는, 순수·서정·모성·동심이라는 초역사적·초사회적인 논의 이전에 간과된 역사적·사회적인 맥락을 살펴볼 필요가 있다. 이러한 필요에 따라서 식민지 시기에 발표된 황순원 소설 속의 주요 인물들이 어떻게 재현되었는가 하는 점을 우선적으로 검토하고자 한다.

이때 식민지 시기에 출간·게재된 황순원 소설 속의 주요 인물들이 (유)학생·예술가·교사 등과 같은 당대의 상층계급에 주로 속한다는 점을 파악하는 것은 상당히 중요하다. 주요 인물들은 염상섭이 서술한 동시대의 상층계급인 (계급주의에 동조하여 자금을 대지만 동참하지 않는) 심퍼사이저와 (조선총독부에 노골적으로 협조한) 부일협력자 유형과는 일정한 거리를 둔 채로 민중계급과 구별되는 그들 특유의 문화를 일상 속에서 보여주기 때문이다.[263] 이 글에서는 소설 속의 주요 인물들이 직업·취미, 가문의 분위기, 연애·결혼 등 일상의 다양한 면모들에서 동시대의 민중계급과 다른 상층계급의 문화를 드러냈음을 분석하고자 한다.

　여기서 말하는 상층계급 혹은 지배계급이란 식민지 시기의 대지주·사업가와 교사·예술가·과학자 등을 함께 아우르는 개념이다.[264] 이들은 생계를 위한 노동을 하지 않고도 자신들의 생계를 여유 있게 해결하고 독특한 삶의 문화를 형성·향유하는 자들이라는 점에서 당대의 중간계

---

[263] 염상섭의 소설에서 이런 심퍼사이저의 인물형은 덕기에게서 잘 드러난다. 덕기는 사회주의 이념에 동조하여 돈을 대지만 실질적인 참여는 하지 않았다. 자세한 논의는 다음을 참조할 것. 오혜진, 「심퍼사이저(sympathizer)라는 필터—저항의 자원과 그 양식들」, 《상허학보》 38집, 상허학회, 2013., 61~100.; 이승렬, 「일제파시즘기 조선인 자본가의 현실인식과 대응」, 《사회와 역사》 67집, 한국사회학회, 2006., 166~209쪽.

[264] 상층계급/민중계급이라는 용어는 지배계급/피지배계급과 함께 대응·사용되는 부르디외의 용어다. 식민지 시기의 계급 분포에 대한 우리 학계의 용어는 지배계급/피지배계급이 주로 쓰이지만, 상층계급/민중계급이라는 부르디외의 용어는 정치적·경제적인 느낌보다 문화적인 차이와 특성을 주목하는 이 글의 의도에 보다 적합하다는 느낌이 들어서 활용하기로 한다. 이 용어에 대해서는 추후 학계의 검증이 필요하다.
부르디외(P. Bourdieu)는 그의 저서 《구별짓기》에서 지배분파(상공업 경영자, 자유업, 상급관리직 등의 구·신층 부르주아)와 피지배분파(교수·교사, 상급기술직, 예술제작가)를 상층계급(지배계급)에, 공예장인·문화매개자·일반관리직·사무노동자 등을 중간계급에, 그리고 생산노동자, 소농업경영자, 소 봉급생활자 등을 민중계급에 속한 것으로 살펴본 바 있다(P. Bourdieu, 최종철 역, 《구별짓기: 문화와 취향의 사회학》上·下, 새물결, 2003.). 식민지 사회의 계급구조는 지배계급(대지주·산업자본가), 중간층(부농·중농), 피지배계급(빈농·노동자)으로 구분되는데, 이 중 상층계급(지배계급)은 경제적·문화적인 측면에서 중간계급(중간층)·민중계급(피지배계급)과 확연하게 구분된다(백욱인, 「식민지 시대 계급구조에 관한 연구」, 《사회와역사》 8호, 한국사회사학회, 1987., 121~245쪽). 이 글에서는 1937년 이후의 식민지 시기를 살아간 상층계급의 문화적 취향을 검토하기 위해서 브르디외와 백욱인의 분류 기준을 함께 참조했다.

급·민중계급과 확연히 구분된다. 1930~40년대의 상층계급은 주로 계급주의나 제국주의 이데올로기에 동조·협조한 유형으로 그간 언급되어 왔는데, 이러한 유형과 일정한 거리를 둔 황순원 소설 속의 인물 유형을 분석하기 위해서는 민중계급과 구별되는 문화의 다양한 측면들을 일상 속에서 살펴보는 것이 중요하다.

이 글에서는 식민지 시기에 민중계급과 구별된 상층계급의 문화를 살펴보기 위해서 황순원의 식민지 시기 발표 소설을 연구대상으로 한정하고자 한다. 이 시기에 소설 〈거리의 부사〉(《창작》, 1937. 7.), 〈돼지계〉(《작품》, 1938. 10.), 〈별〉(《인문평론》, 1941. 2.), 〈그늘〉(《춘추》, 1942. 3.) 등 4편이 동인지·문예지에 게재됐고, 앞의 두 편과 소설 〈늪〉, 〈허재비〉, 〈배역들〉, 〈소라〉, 〈갈대〉, 〈지나가는 비〉, 〈닭제〉, 〈원정〉, 〈피아노가 있는 가을〉, 〈사마귀〉, 〈풍속〉 등이 엮여 《황순원단편집》(한성도서, 1940)으로 출간됐다. 총 15편의 단편소설은 1937년 이후부터 해방 직전까지 식민지 시기를 살아간 작가 황순원이 동시대에서 나름대로 문제의식을 지니고 지속적으로 탐구했던 상층계급의 문화와 심리를 잘 보여준다. 물론 황순원은 식민지 시기에 쓴 단편소설이 13편 정도 더 있는 것으로 알려져 있지만,[265] 이 13편은 한국전쟁 중에 발간한 소설집 《기러기》(명세당, 1951)에 게재돼 있다는 점에서 발간 당시의 분위기에 맞게 일정한 수정·개작이 진행된 것으로 추측된다는 점에서 식민지 시기의 황순원 인식을 그대로 보여준다고 하기에는 무리가 따른다.

---

[265] 황순원은 소설 집필 후 작품 말미에 창작연도를 적어놓는 습관이 있다. 이외에 창작연도가 식민지 시기로 기록된 소설은 다음과 같다. 〈산골아이〉(1940. 가을), 〈저녁놀〉(1941. 여름), 〈기러기〉(1942. 봄), 〈병든 나비〉(1942. 봄), 〈애〉(1942. 여름), 〈황노인〉(1942. 가을), 〈머리〉(1942. 가을), 〈세레나데〉(1943. 봄), 〈노새〉(1943. 늦봄), 〈맹산할머니〉(1943. 가을), 〈물 한 모금〉(1944. 가을), 〈독 짓는 늙은이〉(1944. 가을), 〈눈〉(1944. 겨울).

황순원과 순수문학 다시 읽기

식민지 시기에 발표된 황순원 소설에 대한 그간의 연구사는 주로 서정·모성·동심 등의 순수 관념 지향을 논의한 것들이었으나, 이러한 논의들은 당대 사회의 역사적·사회적인 맥락을 간과·경시해 왔다는 점에서 재고할만한 문제점이 있었다. 황순원의 소설이 서정·모성·동심 등의 순수 관념으로 다뤄지면서, 순수 관념이 하나의 비논리적·신비적인 것으로 부지불식중에 이해되기 때문이었다. 황순원의 문학에 일종의 서정정신이 있다는 1950년대 조연현의 언급 이래, 서정성이 드러나는 묘사적 방법이나 서정적 합일성·서술의지에 대해서 김현과 박진·임채욱 등이 후속논의를 진행했다.[266]

또한 황순원 문학의 서정성은 순수·모성·동심 등의 용어로 심화·확대 논의됐다. 식민지 시기의 발표 소설에 대해서 진형준은 어린아이의 순수의 세계와 지극한 모성본능을, 장현숙은 애정·모성의 절대성을, 박양호는 사랑과 범생명주의를, 정수현은 모성결핍의 서사를, 그리고 이익성은 도회적·전원적인 서정의 특징을 언급했다.[267] 황순원 소설 속의 인물 특성을 이러한 순수 관념으로 해석하면서, 당대 식민지 시기의 역사적·사회적인 맥락이 사라지고 인간 (존재) 그 자체의 본성이 강조되었다. 시대·사회를 초월한 원시적 인간형을 탐구했다는 김윤식의 논의도 그런

266 조연현, 「서정적 단편-황순원 단편집 《학》」, 《문학과 그 주변》, 인간사, 1958.; 김현, 「안과 밖의 변증법」, 황순원, 《늪/기러기-황순원전집 1》, 문학과지성사, 1980., 299~206쪽; 박진, 「황순원 소설의 서정적 구조 연구」, 고려대 대학원 박사학위논문, 2002.; 임채욱, 「황순원 소설의 서정성 연구」, 전남대 대학원 박사학위논문, 2002.

267 진형준, 「모성으로 감싸기, 그 안에 안기기」, 《세계의 문학》, 1985. 가을호; 장현숙, 「황순원 초기 작품 연구-단편집 《늪》을 중심으로」, 《경원공업전문대 논문집》, 7집, 경원공업전문대, 1986.; 박양호, 《황순원문학연구》, 전북대 대학원 박사학위논문, 1994.; 정수현, 「결핍과 그리움-황순원 작품집 《늪》」, 《여성문학연구》 3호, 한국여성문학학회, 2000., 243~260쪽; 이익성, 「황순원 초기 단편소설의 서정적 특질-단편집 《늪》을 중심으로」, 《개신어문연구》 36집, 개신어문학회, 2012., 181~207쪽.

예였다.[268]

　한편 식민지 시기에 발표된 황순원의 소설에 대해서도 시대적·사회적 맥락을 연결 지으려는 시도도 있었지만, 이러한 시도는 식민지 시기가 민족적 시련과 저항의 시대였다는 민족주의적인 관점을 구현했을 뿐이지 황순원이 주목한 상층계급에 대한 재현 양상을 세밀하게 살펴보지 못했다. 김인숙은 황순원의 소설이 일제 강점기 현실 인식과 그 모순을 드러냈음을, 박수연은 소설 〈그늘〉이 저항적 동양론의 흐름에 포함됨을, 그리고 조정화는 소설 〈늪〉과 〈별〉에서 모성의 이원적 성격을 이용해 세계관과 시대적 의식이 반영됐음을 살펴봤다.[269] 아울러 황순원의 소설에 나타난 소년·소녀의 시련·사랑·성에 대해서 인간 사회의 보편적인 통과제의 과정으로 보는 견해도 있어 왔다. 이재선이 신입소설적인 면모가 있다는 평가 이후로 이동하, 김용희, 노승욱 등이 이런 평가를 좀 더 구체적으로 논의했다.[270] 이외에도 황순원의 식민지 발표 소설에 대한 주요 연구자에는 이태동, 유종호, 허명숙 등이 있었다.[271]

　이 글에서는 황순원의 소설에 대한 초역사적·초사회적이거나 민족주

268 김윤식, 「원초적 삶과 시대적 삶-황순원론」, 《우리 문학의 넓이와 깊이》, 서재헌, 1979.

269 김인숙, 「황순원 소설집 〈늪〉의 고찰」, 《국제언어문학》 16집, 국제언어문학회, 2007., 119~156쪽; 박수연, 「황순원의 일제말 문학의식-동양과 향토에 대한 자의식」, 《한민족문화연구》 42집, 한민족문화학회, 2013., 357~380쪽; 조정화, 「황순원 소설 속 모성의 이원성 연구-단편소설 〈늪〉과 〈별〉을 중심으로」, 《인문과학연구》 27집, 대구가톨릭대학교 인문과학연구소, 2016., 1~17쪽.

270 이재선, 「황순원과 통과제의 소설」, 《한국현대소설사》, 홍성사, 1979; 이동하, 「입사 소설의 한 모습」, 《물음과 믿음사이》, 민음사, 1989; 김용희, 「현대소설에 나타난 길의 상징성: 이니시에이션 구조를 중심으로」, 이화여대 대학원 박사학위논문, 1985., 1~199쪽; 노승욱, 「황순원 단편 소설의 환유와 은유」, 《외국문학》, 1998. 봄호.

271 이태동, 「실존적 현실과 미학적 현현」, 《현대문학》, 1980. 11.; 유종호, 〈겨레의 기억〉, 황순원, 《목넘이마을의 개/곡예사-황순원전집 2》, 문학과지성사, 1981., 255~264쪽; 허명숙, 「황순원 초기단편소설 연구」, 《숭실어문》 12집, 숭실어문학회, 1995., 57~82쪽.

의적인 관점의 논의가 작가가 당대에 주목했고 세밀하게 묘사한 상층계급의 문화를 제대로 포착하지 못했다는 점을 문제로 제기된다. 따라서 황순원의 식민지 시기 발표 소설을 대상으로 주요 인물들이 민중계급과 구별된 상층계급의 문화를 세밀하게 보여줬음을 논증하기 위해서, 부르디외의 문화사회학 논의를 참조하고자 한다.[272] 주요 인물들의 직업을 분류해서 상층계급임을 확인하면서 취미의 계급적 특성을(Ⅱ장), 주요 인물들이 연애·결혼에 대해서 무엇을 중시하는지를(Ⅲ장), 그리고 주요 인물들이 상층계급 가문의 구성원으로서 어떤 복잡한 심리를 지니는지를(Ⅳ장) 검토하고자 한다.

Ⅱ. 차별화된 직업과 취미

황순원의 식민지 시기 발표 소설에 나타난 주요 인물들의 계급적 특성을 살펴보기 위해서는 그들의 직업과 취미가 어떠한가 하는 점을 분석할 필요가 있다. 1930년대 후반 이후의 식민지 사회에서는 식민지 자본주의화의 결과로 인해서 중간계급이 붕괴되고 상층계급과 민중계급의 양분화가 강화됐다.[273] 소설 속 주요 인물들의 직업을 조사해서 그들의

---

272 부르디외에 따르면 문화적 취향이란 취향의 무의식적인 산출원리, 즉 아비투스를 무의식적으로 드러내는 것을 뜻한다. 각 계급의 문화적 취향은 계급적 조건들에 의해서 결정되고, 상층계급일수록 자신의 문화적 취향을 통해서 사회적·계급적 차이를 만들고 자기 계급의 문화를 드러낸다. 1930~40년대의 상층계급은 주로 계급주의·제국주의 이데올로기에 동조·협조한 유형으로 그간 언급되어 왔는데, 이러한 유형과 일정한 거리를 둔 황순원 소설 속의 유형을 분석하기 위해서는 민중계급과 구별되는 문화를 검토하는 것이 필요하다. 부르디외가 논의한 문화적 취향은 음식·패션·취미 등의 기호뿐만 아니라, 황순원의 식민지 시기 발표 소설에서 주요 소재로 취한 직업·취미·연애·결혼·가문 등의 일상적인 측면에서도 적용·분석될 것으로 기대된다.
273 백욱인, 「식민지 시대 계급구조에 관한 연구」, 《사회와역사》 8호, 한국사회사학회, 1987., 121~245쪽.

계급과 공통점을 살펴보고자 한다. 또한 상층계급과 민중계급은 경제적 자산의 차이로 인해서 취미가 구별되기 마련이다. 황순원 소설의 주요 인물들이 지닌 취미를 탐색함으로써 그들의 계급적 특성을 주목하고자 한다.

먼저 소설 속의 주요 인물들이 지닌 직업을 조사해서 대부분의 경우에 당대 사회의 상층계급임을 증명하고자 한다. 소설 속의 주요 인물들이 그동안 서정·모성·동심 등 인간의 존재가 지닌 보편성을 중심으로 논의되었지만, 그 인물들은 당대의 일상을 생생하게 살아가는 구체적인 역사적·사회적인 존재인 것이다. 이러한 구체적인 존재의 모습과 태도는 직업에서 잘 드러나기 마련이다. 여기에서 주요 인물이란 주인공이나 그와 함께 서사를 만들어가는 중심인물을 뜻하기로 한다. 식민지 시기 발표 소설 15편에서 주요 인물들의 직업이 확인되는 경우로 한정하여서 분류하면 다음과 같다.

(1) (유)학생: 제일 유학생 승구(〈거리의 부사〉), 서울 유학생 용태(〈돼지계〉), 서울 유학생 소년, 학생 소녀(〈늪〉), 서울 유학생 준근·청년(〈허재비〉), 학생 아이·누이(〈별〉)

(2) 예술가: 화가 용재(〈배역들〉), 피아니스트 구현(〈파아노가 있는 가을〉), 화가 청년(〈그늘〉)

(3) 교사·과학자: 교사 섭(〈지나가는 비〉), 과학자 현(〈사마귀〉)

(4) 생활에 여유가 있는 무직자: 그·대웅·조훈(〈배역들〉), 그·아내(〈원정〉), 유모 있는 종숙(〈파아노가 있는 가을〉), 나(〈풍속〉)

황순원의 소설에 나타난 주요 인물들 (1)~(4)는 주로 생계를 위한 노동을 하지 않고, 자신들의 생계를 여유 있게 해결하는 상층계급의 가문·가정을 배경으로 하고 있으며, 상층계급이 지닐 법한 직업을 가진 자 혹은 무직자라는 특성이 있다. 소설 속의 주요 인물들은 직업의 분류상 (유)학생이 제일 많았고, 예술가나 교사·과학자도 있었다. 그리고 뚜렷한 직업을 가지지 않아도 삶을 영위하는 데에 있어서 구차함이나 빈곤을 토로하지 않은 정도의 여유를 지닌 무직자들도 많았다. 이들 중 (유)학생과 무직자는 실제 경제활동을 하지 않는 자들이었고, 대부분의 주요 인물들은 직업의 유무를 떠나서 생계 문제가 별반 없는 상층계급에 속한 것으로 판단된다.

　　주요 인물들이 민중계급과 얼마나 차별화된 상층계급의 모습을 보여주는가 하는 점은 소설 속 주변 인물들의 직업과 비교해보면 더 잘 드러난다. 소설 〈돼지계〉에서 주변 인물인 우점은 주요 인물인 서울 유학생 용태와 달리 "우점이형 판 돈으로 돼지를 사느라고 그 앤 닙은 거 단벌루 시집"[274]간 처지이고, 소설 〈배역들〉에서 친구의 부러운 시선을 받고 스탠드바에 자주 다니며 종잇조각 장난을 치는 룸펜 조훈의 동거녀는 유사한 스탠드바에서 일하는 술집 여급이며, 소설 〈사마귀〉에서 과학자 현의 하숙을 치는 젊은 여인은 집에서 매춘을 하는 창녀다. 황순원의 소설에서는 주로 주요 인물인 상층계급이 주변 인물인 민중계급(보모·여급·창녀)과 직업을 비교해 볼 때 일방적인 계급적·문화적인 우위성을 지니기 마련이다.

　　다음으로 소설 속의 주요 인물들이 지닌 취미를 살펴봄으로써 민중계

---

[274] 황순원, 〈늪〉,《황순원단편집》, 한성도서, 1940., 84쪽.

급과 구별되는 상층계급의 문화적 취향을 검토하고자 한다. 근대적인 의미의 취미란 개인의 개성과 관계된 본래적인 것이라기보다는 외부로부터 교육을 통해 주입된 것이고,[275] 엄밀히 말해서 계급적 조건에 따라 결정되고 사회적·계급적 차이를 드러내는 것이 된다.[276] 민중계급이 필요 취향을, 그리고 상층계급이 차별화의 감각을 지닌다는 부르디외의 발상은 황순원의 소설을 읽을 때에도 꽤 유효한 사고인 것이다. 황순원의 소설에서는 민중계급의 취미가 거의 드러나지 않는 반면에 상층계급의 다양한 취미가 두드러진다. 상층계급이 즐기는 취미는 민중계급과 자신들이 문화적으로 구별된다는 점을 간접적으로 보여준다는 점에서 주목된다.

(5) 소녀가 등진 벽에는 이제 바로 스타아트하려는 단거리 선수의 사진이 한장 걸려있었다. (중략) 소녀가 곳 이러서 창을 잡고 요즘 창던지기를 시작하였는데 자세가 바로 잡히지 않는다고 하면서 왼 팔을 앞으루 버치었다.[277]

(6) 하룬 바다가 내다뵈는 언덕 솔밭에서 우리는 축음기를 틀구 있었습니다. 걸어논 첼로의 흐느낌이 채 끝나기두 전이었읍니다. 월이는 내게 왈쯔를 걸라는 게야요. 그러구는 경쾌히 남숙에게 손을 내밀면서 자기가 리이드할께 춤을 추자는 것이었지요.[278]

(7) 중년부인이 재와 게집애를 등지고 심심하게 앉아있다가 생각난 듯이 가까히

275 전혜진, 「《별건곤》에서 드러난 도시 부르주아 문화와 휴양지 표상」, 《한국언어문화》 41호, 한국언어문화학회, 2010., 5~31쪽.
276 P. 부르디외, 최종철 역, 《구별짓기: 문화와 취향의 사회학》 上·下·새물결, 2003.
277 황순원, 〈늪〉, 《황순원단편집》, 한성도서, 1940., 5~14쪽.
278 황순원, 〈소라〉, 《황순원단편집》, 한성도서, 1940., 108쪽.

황순원과 순수문학 다시 읽기

있는 어항을 드려다본다. (중략) 중년부인은 속 붕어가 헤엄처 단니는 거리
에 따라 어항 유리알에 비쵀는 붕어가 놀랄만치 더쳤다 적어졌다 하는 것을
지키는 눈치다.[279]

인용문 (5)~(7)의 공통점은 소설 속의 주요 인물들이 민중계급과 차
별화된 상층계급의 취미를 지니고 있다는 것이다. (5)의 소녀는 학생이
면서도 단거리·창던지기 등의 스포츠를, (6)의 나·월이·남숙은 댄스
를, 또한 (7)의 현은 붕어 키우기를 취미로 가지고 있다. 이 취미는 모두
생계에 직접적인 관계가 없는 것이고, 엄밀히 말해서 먹고살기 힘든 민
중계급이 향유하기 어려운 것이다. 식민지 시기의 민중계급은 도시노동
자의 경우에 대부분 일본인 노동자의 4~6할 정도의 저임금으로 하루
16~18시간을 노동했고 대부분 무학이었다.[280] 소설 속의 민중계급은 오
직 생계를 위한 힘겹게 노력하는 경우가 대부분이었다. 이러한 민중계급
과 달리 소설 속 주요 인물들의 취미는 경제적 기반을 가져야 하고 직
업적 압박에서 자유로워야 가능한 것이다. 쉽게 말해서 자기의 삶을 살
아가는 데에 있어서 상당한 경제적인 여유를 지녀야 즐길 수 있는 취미
다. 황순원 소설 속의 주요 인물들은 민중계급과는 차별된 취미를 만들
고 향유하는 자들인 것이다. 황순원 소설 속의 인물은, 작가가 특별하게
대립시키거나 강조하지는 않지만 민중계급과 차별된 직업과 취미를 지니
고서 일상의 계급적·문화적 구별짓기의 논리를 잘 보여준 것이다.

---

279 황순원, 〈사마귀〉, 《황순원단편집》, 한성도서, 1940., 204쪽.
280 류선영, 「한국 대중문화의 근대적 구성과정에 대한 연구 – 조선후기에서 일제시대까지를 중심
으로」, 고려대 대학원 박사학위논문, 1992., 253~255쪽.

III. 애정 중심의 가정·연애관

황순원의 식민지 시기 발표 소설에 나타난 상층계급이 민중계급과 확연히 구별되는 것 중의 하나는 자신의 경제적인 힘·배경·권위를 활용해서 이성에 대한 애정을 적극적으로 드러낸다는 점이다. 이성에 대한 인간의 애정은 본능·본성에 속하는 것이지만, 상층계급의 경우에는 자신의 경제적인 힘·배경·권위를 활용해서 이성에 대한 열렬하거나 충동적인 애정을 드러내고 애정 충족의 욕망을 실현하고자 적극적으로, 그리고 때로는 이기적으로 노력한다는 점에서 다르다. 심퍼사이저나 부일협력자 유형과 일정한 거리를 둔 황순원 소설 속의 상층계급은 일상 속에서 결혼의 유무와 무관하게 애정의 대상에게 애정을 표현하면서 연애를 하고 신가정을 이루고자 하는 경우가 많다.

상층계급은 그들의 계급 속에서 기혼·미혼을 가리지 않고서 이성에 대한 열렬한 애정을 보여준다. 이때 이러한 애정의 제시를 주의 깊게 바라봐야 하는 이유는, 자신의 가족들보다 새로운 애정의 대상이 최우선하기 때문이다. 소설 속의 상층계급은 새로운 애정을 위해서라면 자신의 가정이 파괴되거나 남은 가족들이 불행해진다고 해도 개의치 않는다. 경제적인 힘·배경·권위가 무너지지 않고 허락되는 한도 내에서 오로지 이성에 대한 열렬한 애정을 실현하고자 하는 존재가 바로 소설 속의 주요 인물인 상층계급이다. 소설 〈피아노가 있는 가을〉에서 유부녀 종속과 도망가려는 피아니스트 구현이나 가족을 버리고 다른 남자를 택하려는 종속이, 소설 〈소라〉에서 본래 사랑했던 월이의 친구 은경과 결혼을 해버린 또 하나의 청년이, 그리고 소설 〈늪〉에서 가족을 버리고 딴 여자들과 살림을 차린 아버지나 어머니의 걱정을 무시한 채로 도망가려는 소녀는 모두 자신의 애정을 위해서라면 다른 사람의 불행을 개의치 않는 상층계급들이다.

(8) (난이의 애인인 피아니스트 구현이 변호사의 아내이자 난이의 지인인 종속에게 말하기를-필자 주) 아니지요. 이제부터가 진정한 행복이 있을 겝니다. 지금 우리는 그걸 위해 떠나는 게 아니우? 우리는 예서 과거의 모든 것을 다 묻어버려야 해요. 과거의 적은 행복까지두. 이제 새로운 생활의 계획이 우리를 기다리구 있으니까요.[281]

(9) (월이를 사랑했으나 월이의 친구 은경과 갑작스레 진지하지 않은 결혼을 한 또 하나의 청년이 말하기를-필자 주) 그리구 난 어느 모래언덕에 내 유언을 써놓을 것까지 작정했지요. 설사 월이가 이곳에루 온다 쳐두 난 행복되지 못하리라구, 그리구 진정한 월이는 바닷속에 있을 뿐이라구.[282]

(10) (이혼한 아버지에 대해서 소녀가 말하기를-필자 주) 전에 아버지가 밖에 나가서 딴 여자들과 관계를 하다 못해 나중에는 그런 여자들을 집안에 끌어들이기까지 하던 것을 어려서 늘 보아 잘 안다는 말이며 그럴 적마다 어머니는 이를 갈며 밤잠을 못 자고 울군 하여 (중략)[283]

.

(11) 병든 아버지를 받기 싫어하는 어머니의 졸도가 자기와 무슨 상관이 있느냐고 하면서 사실은 지금 (서울 유학생인-필자 주)소년과 (소녀-필자 주) 자기는 어디로 떠나는 길이라고 하였다.[284]

---

281 황순원, 〈피아노가 있는 가을〉,《황순원단편집》, 한성도서, 1940., 196쪽.
282 황순원, 〈소라〉,《황순원단편집》, 한성도서, 1940., 117쪽.
283 황순원, 〈늪〉,《황순원단편집》, 한성도서, 1940., 9쪽.
284 황순원, 〈늪〉,《황순원단편집》, 한성도서, 1940., 18쪽.

자신의 가족에 대한 기존의 관계는 모두 절연하더라도, 새로운 애정의 대상이 있으면 그 애정의 욕망을 충족시키려는 자들이 인용문 (8)~(11)의 상층계급들이다. (8)에서 변호사 (준비를 하다 합격한) 남편과 결혼해 아이를 낳은 유부녀 종속이나, 난이라는 애인이 있는 피아니스트 구현은 서로의 새로운 애정을 위해서 자신의 가정이나 기존 연애를 포기하는 데에 주저하지 않는다. 이들은 도망을 가서 새로운 생활을 하기를 원한다. (9)의 또 하나의 청년 역시 자신의 애인이었던 월이의 친구 은경과 진지하지 않은 깜짝 결혼을 하여서 월이와 은경 모두에게 심리적 상처를 입혔음에도, 진정한 애정의 대상을 찾지 못했다면서 자살을 숙고한다. 애정이 없다면 죽는 것이 낫다는 생각인 것이다.

인용문 (10)에서 소녀의 아버지는 자신의 부인을 놓아두고서 딴 여자들을 만나고 그 여자들을 집안으로 끌어들여서 아내·딸(소녀)에게 커다란 상처를 주면서도 새로운 여성에 대한 열렬한 애정을 포기하지 않는다. 나중에는 첩을 얻어 딴살림을 하고 재산을 아내와 반분할 정도로[285] 이 열렬한 애정은 무엇과도 바꿀 수 없는 것이다. 설사 이러한 애정으로 인해서 자신의 아내와 소녀가 각각 유교적 가족주의 이념에 빠진 무식·병신인 구식부인과 죄의 자식이라는 멍에를 쓰고 정신적 상처와 시련을 감당해야 할지라도 커다란 관심거리가 되지 않는다.[286] 인용문 (11)에서는 상층계급의 애정 중심적인 가정·연애관이 비단 어른뿐만 아니라, 자식들에게도 적용됨을 보여준다. 구가정의 (죄의 자식인) 소녀 역시 소년과 도망을 치는 방식으로 소년에 대한 열렬한 애정을 유지하려고 한다.[287]

285 황순원, 〈늪〉,《황순원단편집》, 한성도서, 1940., 14쪽.
286 김혜경, 「핵가족 논의와 식민지적 근대성-식민지 시기 새로운 가족 개념의 도입과 변형」,《한국사회학》35.4., 한국사회학회, 2001., 213~244쪽.

황순원 소설 속의 상층계급이 보여준 충동적인 애정의 양상은 민중계급을 대상으로 할 때에 더욱 잘 표현된다. 소설 속의 상층계급은 대부분의 경우에 민중계급을 대상으로 해서는 인간적인 교류가 있는 호혜적·지속적인 관계를 맺지 않는다. 민중계급의 처지나 인간성, 혹은 상층계급과 적절한 관계 맺기는 황순원의 소설에서 주요 관심사가 아니다. 오히려 황순원 소설 속의 상층계급은 민중계급을 자신의 충동적인 애정과 성적 욕망을 실현하기 위한 대상으로 여길 뿐이다. 소설 〈지나가는 비〉의 교사 섭이나 〈허재비〉의 서울 유학생 준근은 모두 민중계급에게 충동적·이기적인 애정을 느끼는 상층계급들이다.

(12) (교사 섭이 자신이 좋아하는 술집 여급인 연희에게 주사위 놀이를 하면서-필자 주) "어디 젖꼭질 내봐. 꼭 드러마칠께."[288]

(13) (남숙을 사랑하는 준근이 극서를 애인으로 둔 보모 명주에 대해서 말하기를-필자 주) "사실 나두 숨김없이 말하면 작구 저 애에게 연정이 느껴지는 걸 어떻거우. 검붉은 볼이랑 두꺼운 가슴 그건 아무래도 내 걸루 만들구 말례요. 내 건강한 애를 나줄 게집두 저 애뿐이지요, 요새는 막 밤만 되면 저 재와 억지루라두 멀리 (남숙이 있는-필자 주) 서울은 말구 어디루 멀리 다리구 다롤까 하는 생각뿐이유."[289]

---

287 새로운 애정을 표현하기 위해서라면 기존 가족에 대한 어떤 배려도 없이 도망하는 경우는 황순원의 식민지 시기 발표 소설에서 많이 발견된다. 소설 〈배역들〉에서 주인공인 그의 아내 숙 역시 다른 남자들을 찾아서 가출(도망)을 하며, 소설 〈닭제〉에서 반수영감의 증손녀와 교사의 조카 역시 밀애를 하다가 도망쳤다.
288 황순원, 〈지나가는 비〉, 《황순원단편집》, 한성도서, 1940., 148쪽.
289 황순원, 〈허재비〉, 《황순원단편집》, 한성도서, 1940., 59쪽.

민중계급이 상층계급에게는 충동적인 애정의 대상일 뿐이라는 것은 인용문 (12)~(13)에서 잘 드러나 있다. (12)에서 교사 섭은 연희에 대해서 육체적·정신적 사랑을 갈망하면서 주사위 놀이를 한다. 연희는 자신이 이기면 섭에게 교사 일을 계속 하라고 한다. 이 과정에서 섭의 관심사는 연희의 육체를 탐닉하고 싶은 충동적인 애정을 드러내는 것뿐이지 지속적·배려적인 애정의 관계가 아니다. 소설의 제목처럼 연희는 '지나가는 비'다. (13)에서도 준근은 한 소년에게 자신과 별다른 인간적인 관계가 없는 명주에 대한 충동적인 애정을 말한다. 밤마다 명주와 도망쳐서 자기의 것으로 만들고(육체적인 관계를 맺고) 아이를 낳고 싶다는 것이다. 이러한 섭과 준근의 말은 모두 민중계급과 진정하게 소통하는 관계맺음이 아니라 충동적인 애정의 공세일 뿐이다. 민중계급은 상층계급에게 있어서 충동적인 애정의 대상인 것이다. 이러한 상층계급의 충동적이거나 열렬한 애정은 자신의 애정 이외의 것은 철저하게 무관심한 계급적인 이기심 속에서 가능한 것이고, 당대의 가정·연애담론에서 신가정과 자유연애로 포장되는 문제점이 있는 것이기도 하다. 황순원은 그의 식민지 시기 발표 소설에서 상층계급의 충동적인, 그리고 때로는 이기적인 애정관을 잘 포착함으로써 1930년대 후반 이후의 식민지 시기 상층계급이 지닌 문화적인 일상의 한 모습을 세밀하게 묘사한 것이다.

IV. 가문 구성원들의 복잡한 심리

황순원의 식민지 시기 발표 소설에 나타난 주요 인물들은 주로 자신들의 가문이 민중계급과 경제적·문화적으로 뚜렷하게 구별되고, 나아가서 구별되어야 한다는 심리를 지니고 있다. 이들의 이러한 구별 짓기 심리는 의식적·무의식적으로 자신들이 상층계급 가문의 구성원임을 보여주는 한 방법이 된다는 점에서 주목할 만하다. 상층계급 가문의 구성원들이 민중계급과 구별된다고 (혹은 구별되어야 한다고) 느끼는 이 심리는 한편으로 민중계급의 가문보다 경제적·문화적으로 여러 면에서 뛰어난 자신들의 가문을 계승해야 한다는 책임감·우월감으로, 그리고 다른 한편으로는 자신들이 자기 가문의 구성원 역할을 잘 하지 못한다는 불안·걱정으로 이중적·복합적으로 드러난다.

식민지 시기의 가문 구성원들 중 남성은 그 가문의 경제적·문화적인 상속자다. 이 시기 상층계급 가문의 남성은 유교적 가족주의 이념 속에서 집안관리·경제활동·교육 등을 수행했던 조선시대 정도는 아니었지만,[290] 식민지 근대화라는 커다란 사회적·경제적·문화적인 변화 속에서 가문의 번창과 유지를 위한 상당한 책임을 지니게 된다.[291] 자신이 물려받은 물질과 문화의 유산을 발전시키거나 적어도 유지해서 후대에 계승해야 한다는 상층계급 남성은, 많은 책임감을 지니고 있었고 그 책임을 다 하지 못했을 때에 책임감·우월감과 불안·걱정 등의 복잡한 심리적인 양상을 보이기 마련이다. 소설 〈갈대〉 속의 민중계급이 자신의 가계에 대한 경제적·문화적 책임감·우월감이 거의 없다고 한다면, 소설 〈풍습〉과 〈그늘〉 속의 상층계급은 경제적·문화적으로 증여·상속을 받을 것들에 대한 양가적·복합적인 심리적 양상을 보여준다.

290 홍양희, 「식민지 시기 남성교육과 젠더−양반 남성의 생활상과의 비교를 중심으로」, 《아시아여성연구》 44.1., 숙명여대 아시아여성연구소, 2005., 131~156쪽.
291 가문을 유지하려는 심리와 가정을 파괴하더라도 애정을 우선하려는 심리는 상호 모순적인 심리로 보인다. 그렇지만 이 글에서는 황순원이 식민지 시기 발표 소설에 나타난 상층계급은 이러한 모순 속의 존재로 이해된다. 자신의 애정을 위해서라면 가정 파괴를 감수하면서도 자신의 가문이 지닌 사회적·경제적·문화적인 우등성 혹은 명예를 버리지 않겠다는 모순적인 심리·태도를 지닌 것으로 형상화된다는 점을 주목했다.

(14) 움속에서는 소녀의 아버지가 누푸르게 긴 팔에 아편침을 갖다대고 떨며 꽃으랴다가는 여럿 미끄러쳤다. (중략) "우리 하라버지가 산직이 됐구. 요새두 우리 하라버진 밤마다 엘 돌군 한단다. 이제 얼마 있으면 여게 큰 집들이 가득 들어선다나. 귀신 막 나와 단니지 아느냐. 우리 어머닌 예서 귀신 들어서 도망가구, 우리 아버진 또 귀신한테 홀려서 죽어간단다."**292**

(15) (어머니가 말하기를 – 필자 주) "참 그런데 아버지가 그러시는데 이번 조 갈때는 네가 가 타작해 오라두나. (중략) 하긴 우리 죽기 전에 세간사리하는 것두 다 배워둬야지. 우린 또 늘 사나."
"또 죽는다는 말이군."
"우리처럼 되믄 그 생각뿐이란다. 손주 생각하구."
애가 벽에 그어놓았을 선의 시작을 찾으면서 문득 이후에 애가 자기만큼 커서 안해와 이야기할 장면이 떠어르는 듯해 등에 소름이 끼침을 느꼈다.**293**

(16) 같이 허리를 구부리고 남도사내가 줍는 구슬알을 받아드는 청년은 (십대조 할아버지가 곤전에서 하사받은 갓끈에 매달린 – 필자 주) 구슬알들이 깨지지 않고 그냥 온전함에 그만 소리를 내어 웃기 시작했다. 그리고 청년은 웃음 사이사이, 아 너무 웃었드니 눈물이 다 난다, 눈물이 다 난다, 하고 혼자 중얼거렸다.**294**

---

292 황순원, 〈갈대〉, 《황순원단편집》, 한성도서, 1940., 34~135쪽.
293 황순원, 〈풍습〉, 《황순원단편집》, 한성도서, 1940., 240~241쪽.
294 황순원, 〈그늘〉, 《춘추》, 1942. 3.,

황순원과 순수문학 다시 읽기

인용문 (14)에서 민중계급 남성의 모습이, 반면에 인용문 (15)~(16)에서는 상층계급 남성의 모습이 상반되게 나타나 있다. (14)에서 소녀의 할아버지는 산직이었고 아버지는 아편을 맞는 마약중독자다. 이런 민중계급의 남성은 자기 가정을 영예로운 가문으로 여기지 않을뿐더러, 최소한의 책임감이나 우월감을 지니지 못한다. 이와 달리 (15)~(16) 속의 남성들은 민중계급과 경제적·문화적으로 구별되고, 자기가 속한 가문을 발전·유지시켜야 한다는 책임감과 함께 그렇게 하지 못할 때의 불안·걱정 등이 양가적으로 존재하는 복잡한 심리를 지닌다.

(15)의 나와 (16)의 청년은 각각 경제적 부와 전통적 유교주의의 가문 상속·계승 책임을 지니면서도, 그 책임으로 인한 심한 부담감에 사로잡힌 복잡한 심리를 보여준다. 이런 심리는 생계를 확보하기 위한 절박하고 힘든 노력을 해야 했던 이 시기의 민중계급이 경험하기 힘든 것이다. (15)의 나는 자수성가한 아버지 밑에서 가문의 세간살이를 배워야(계승해야) 한다는 어머니의 말을 굉장히 부담스러워하고, 이런 대화가 자기 아들 대에서 반복될 것까지 끔찍해 한다. '나'가 느낀 '소름' 속에는 경제적 상속자로서의 책임감과 그로 인한 부담·불만·불안·걱정 등이 동시에 숨어 있는 것이다. (16)의 청년 역시 전통적 유교주의 가문을 계승해야 한다는 책임감과 그렇게 하지 못하는 것에 대한 불안·걱정이 함께 있는 복잡한 심리를 보여준다. 구슬알은 십대조 할아버지가 왕세자를 잘 가르친 덕에 중전이 하사한 것으로서 유서 있는 유교주의 가문의 상징인데, 식민지 근대화가 진행된 1930~40년대에 오면 유교주의 가문의 법도와 체면은 그대로 유지하기도 혹은 버리기도 어려운 것이 되어버린다. "구슬알들이 깨지지 않고 그냥 온전함에 그만 소리를 내어 웃"었다는 표현 속에는 가문 유지의 책임감·우월감과 그렇게 하지 못하는 불안·걱정이 복합된 심정이 함께 있는 것이다. 이러한 상층계급 가문 구성

원의 복잡한 심리는 웃으면서 운다는 양가적인 모습으로 나타나 있다.

상층계급의 가문 구성원들이 민중계급이 경험하기 힘든 복잡한 심리를 지니는 양상은, 비단 남성만이 아니라 여성·아동에게도 나타난다. 식민지 시기의 상층계급 여성과 아동은 이전 시대의 유교적 가족주의 이념에서 벗어나서 각각 가문의 안주인인 현모양처가 되거나, 학교교육을 잘 받은 도덕적인 학생이 되어야 한다. 이들은 자신들이 민중계급과 경제적·문화적으로 구별된 가문의 구성원이라는 정체성과 더불어 민중계급과 구별되어야 한다는 책임감·부담감·불안·걱정 등의 복잡한 심리를 함께 지니게 된다. 일종의 현모양처 콤플렉스나 훌륭한 가정의 착한 아이 콤플렉스를 지니는 것이다. 소설 〈원정〉에서 현모양처가 되어야 하는 병든 안해가 지니는 책임감과 불안감, 그리고 소설 〈별〉과 〈닭제〉에서 훌륭한 가정의 착은 아이가 되어야 하는 아동의 자부심과 불안감은 이러한 복잡한 심리의 사례들이 된다.

(17) 안해는 아직 꾸득이는 비둘기장을 내다보다가, 문득 수비둘기가 암컷 알품은 동안 얼마나 갑갑해서 다른 데로 갔겠느냐고 하면서 그에게, 앓는 자기의 옆에 늘 있을려면 공연히 갑갑증도 날레니 좋아하는 찻집에라도 가라고 하였다. 그리고 안해는 혼잣말처럼 이제는 정말 자기는 혼자 있어도 갑갑지도 않고 무섭지도 않다고 하였다.[295]

(18) (소년은-필자 주) 그러면 그렇지 우리 오마니가 뉘처럼 미워서야 될 말이야고 속으로 수없이 되뇌었다.[296]

(19) 소년은 죽은 닭을 댕기 옆에 버리고 엉킨 갈밭을 급하게 헤치고 나왔다. 소년은 단바람에 집까지 뛰었다. 집에 와서는 제비집이 있는 아래기둥에 얼

황순원과 순수문학 다시 읽기

굴을 부비며 울기 시작하였다.[297]

인용문 (17)~(19)는 각각 상층계급 가문의 아내와 아동이 지닌 복잡한 심리를 보여준다. 여성은 가문의 현모양처로, 그리고 아동은 잘 교육받은 도덕적인 학생으로 자신의 역할을 수행해야 한다. 이러한 역할 수행은 잘 될 때에는 가문 구성원으로서 책임감·자부심을 느끼게 되지만, 잘 되지 않을 때에는 불안·걱정을 지니게 된다. 복막염으로 장기간 병을 앓고 있는 (17)의 아내는 자신이 현모양처로 제 역할을 하지 못한다는 사실을 견디지 못한다. 하루 종일 자신을 돌보는 남편에 대한 죄의식에 사로잡혀 있는 것이다. 비둘기가 암컷 알을 품다가 다른 데(암비둘기)를 따라갔을 거라는 아내의 추측은 현모양처가 되지 못해 가문 속의 자기 역할이 흔들리고 없어질 것 같은 불안한 심리를 잘 보여준다.

아울러 (18)의 소년은 상층계급 아동의 책임감·자부심과 불안·걱정이 복합된 심리를 드러낸다. 소년은 자신의 죽은 어머니가 민중계급의 어머니와 달라야 하는데, 누이처럼 미운 외모를 가졌다는 사실을 인정하지 않는다. 상층계급 가문의 여성은 민중계급과 다르게 구별되고 우위에 있어야 한다는 혹은 현모양처이자 미인이어야(예뻐야) 한다는 심리가 거의 강박증적인 수준인 것이다. "우리 오마니가 뉘처럼 미워서야" 자신의 자부심·자존심이 허락하지 않는 것이다. (19)의 소년도 제비새끼를 자신의 닭이 죽일 수 있다는 반수영감의 말을 들은 뒤에 제비새끼를 살리기 위해 닭을 스스로 죽인 뒤에 도덕적인 콤플렉스에 시달린다. 제비

---

295 황순원, 〈원정〉, 《황순원단편집》, 한성도서, 1940., 185쪽.
296 황순원, 〈별〉, 《인문평론》, 1941. 2., 164쪽.
297 황순원, 〈닭제〉, 《황순원단편집》, 한성도서, 1940., 163쪽.

새끼를 살리기 위해서 닭을 죽인 것은 어쩔 수 없는 선택이었지만, 자신이 키우던 닭을 죽였다는 사실 자체는 상당히 비도덕적이고 비난 가능성이 큰 것이기 때문이다. 이런 시달림 역시 그가 상층계급 가문의 아동으로서 훌륭한 가정의 착하고 도덕적인 학생이어야 한다는 책임감·자부심과 그렇지 못하다는 불안·걱정 사이의 복잡한 심리를 드러내는 것이 된다. 소년은 상층계급의 아동으로서 타의 모범이 되어야 하는 책임감·자부심이 있었는데, 자신의 닭을 죽인 비도적적인 사실로 인해서 "얼굴을 부비며 울" 정도로 심리적인 죄의식·불안·걱정에 휘말리게 된 것이다.[298] 이처럼 황순원의 식민지 시기 발표 소설에 나타난 상층계급 가문의 구성원들은 여성·아동과 남성의 경우에도 책임감·자존심과 불안·걱정 사이에서 복잡한 심리를 보여준다. 이러한 가문 구성원들의 복잡한 심리를 서술한 황순원의 작업은 심퍼사이저나 부일협력자 유형과는 다르게 1930년대 후반 상층계급의 문화적인 일상을 잘 서술했다는 점에서 문학사적인 의미를 새롭게 부여할 만하다.

V. 결론

황순원의 식민지 시기 발표 소설에 대해서는 지금까지 인간의 보편성인 순수·서정·모성·동심 등이 강조된 초역사적·초사회적인 논의들이 주를 이루었으나, 역사적·사회적인 맥락을 따져보면 직업·취미, 가문의 분위기, 연애·결혼 등 당대 상층계급의 일상적인 문화를 세밀하게 드러

---

[298] 이러한 아동의 심리에 대한 그간의 해석은 주로 순수·서정·동심 등으로 논의되어 왔지만, 그것은 식민지 시기의 사회적·문화적인 아동에 대한 고찰을 너무 간과한 채로 인간의 보편성을 강조한 해석으로 판단된다. 이 논문은 역사적·사회적·문화적인 문맥 속에서 아동을 다시보고 있다.

황순원과 순수문학 다시 읽기

낸 것으로 나타났다. 이 글은 황순원의 식민지 시기 발표 소설 15편을 대상으로 하여 부르디외의 문화사회학 논의를 참조해서 소설 속의 주요 인물들이 민중계급과 구별된 상층계급의 일상적인 문화를 보여줬음을 검토했다.

먼저, 상층계급의 문화적 특성을 살펴보기 위해서 그들의 직업과 취미가 어떠한가 하는 점을 분석했다. 주요 인물들의 직업은 상층계급이 선택할 법한 (유)학생·예술가·교사이거나, 아니면 상층계급의 가문을 배경으로 한 무직자였다. 그들의 취미는 스포츠·댄스·붕어 키우기 등 경제적 여유를 지닌 자가 가질 법한 종류였다. 그리고 소설 속의 상층계급이 자신의 경제적인 힘·배경·권위를 활용해서 이성에 대한 열렬하거나 충동적인 애정을 적극적으로 드러냈음을 분석했다. 상층계급은 그들 계급의 내부에서 자신의 가족들보다 새로운 애정의 대상을 무엇보다 중시한 열렬한 애정이 있었고, 계급의 외부에서는 민중계급을 대상으로 해서 충동적인 애정과 성적 욕망을 보여줬다. 마지막으로, 자신들의 가문이 민중계급과 경제적·문화적으로 뚜렷하게 구별되고 나아가서 구별되어야 한다는 상층계급의 복잡한 심리를 살펴봤다. 상층계급 가문의 구성원들 중 남성은 자신이 물려받은 물질과 문화의 유산을 발전시키거나 적어도 유지해서 후대에 계승해야 한다는, 또한 그들 중 여성과 아동은 각각 가문의 안주인인 현모양처가 되어야 하거나 학교교육을 잘 받은 도덕적인 학생이 되어야 한다는 많은 책임감과 동시에 그 책임을 다 하지 못한다는 불안·걱정을 지녔다.

황순원의 식민지 시기 발표 소설에 나타난 상층계급은 계급주의·조선총독부를 동조한 심퍼사이저·부일협력자 유형과 일정한 거리를 둔 채로 민중계급과 구별된 문화를 보여준 일상적인 유형이었다. 이 유형은 타계급과 구별된 직업과 취미, 가문 유지·발전에 대한 책임감·우월감·불안·걱정, 열렬하거나 충동적인 애정을 일상적인 삶의 특성으로 드러냈다. 이렇게 볼 때에 황순원은 그의 식민지 시기 발표 소설에서 역사적·사회적 맥락에서 볼 때에 민중계급과 구별되거나 되려는 상층계급 특유의 문화를 세밀하게 재현했다는 점에서 나름의 문학사적·문화사적인 의미와 가치가 있는 작가임이 확인된다. 이러한 논의는 식민지 후기를 살아간 상층계급의 일상적인 유형과 그 실재(reality)를 이해하는 데에 도움을 줄 것으로 기대된다. 추후 이 시기의 소설 전반에 나타난 상층계급에 대한 역사·사회적인 맥락을 좀 더 검토해 볼 필요가 있음을 부기한다.

황순원의 해방 이후 발표 작품에
나타난 좌우 이데올로기 대응

I. 서론

해방을 북한에서 맞이한 황순원이 1946년 5월경에 월남하여 교사·교수의 직업을 갖고 활발한 문학활동을 했다는 전기적인 사실 속에는, 그가 해방 이후의 좌우 이데올로기에 어떻게 대응했는가 하는 문제의식이 숨겨져 있다. 황순원은 해방 이후의 시기에 북한의 사회주의 이데올로기, 월남 직후 임화 주도의 조선문학가동맹 이데올로기, 남한의 반공주의·자본주의 이데올로기를 차례로 경험하고 대응··적응했기 때문이다. 황순원의 해방 이후 발표 작품은 서로 다른 이데올로기에 대한 그의 대응과 그 양상이 잘 나타나 있다는 점에서 주목할 만하다.

이 글은 황순원의 해방 이후 발표 작품에는 좌우 이데올로기에 대한 월남인—특히 월남 전에 북한에서 상층계급으로 살다가 그 이후에 남한에서 중상층계급으로 정착한 유형의 이른바 '중상층 월남인'[299]—의 대응 양상이 잘 드러나 있음을 밝히고자 하는 의도를 지닌다.[300] 황순원의 해방 이후 발표 작품에서는 식민지 시기의 문학이 주로 상층계급의 문화적인 일상을 재현한 것과 달리 월남인·전재민의 해방 전후, 그리고 지주(상층계급)와 소작농(민중계급)의 해방 전후를 형상화하면서 문학적인 관심의 대상을 상당히 확대해 나아간다. 이러한 변모는 황순원의 문학이 해방 전후에 서로 다른 이데올로기에 대응한 것과 비례한다.

이때 좌우 이데올로기란 해방 이후 남북한 사회의 주요 집단이 주도한 2좌1우의 관념·신념 체계를 뜻한다. 구체적으로 말하면, 북한 지역에서 주요 좌익 집단이 토지개혁·국유화 등 프롤레타리아 주도의 혁명을 전개할 때의 사회주의 이데올로기를, 남한 지역에서 임화 주도의 조선문학가동맹이 부르주아민주주의혁명을 목표로 10월항쟁·대중화운동을 펼칠 때의 진보적 민족문화론 이데올로기를, 또한 남한의 미군정과 주요 우익집단이 강력한 반공주의를 내세울 때의 자본주의 이데올로기를 뜻

---

299 월남인이란 해방 이후 북한에서 남한으로 월경한 사람들을, 그리고 전재민(戰災民)이란 세계대전에 연루되었다가 해방 이후 해외에서 귀환한 사람들을 뜻한다. 이들은 주로 정치적·경제적·문화적인 이유로 남한에 와서 하층계급으로 편입되기 쉽다. 남한 사회를 기준으로 본다면 월남인도 전재민에 포함된다. 안미영, 「해방 이후 황순원 소설에 나타난 귀환전재민의 의의」, 《현대문학이론연구》 40호, 현대문학이론학회, 263~289쪽.

또한 중상층 월남인이란 해방 이후 남한에 와서도 중상층계급의 지위를 누리는 자들을 뜻한다. 이들은 주로 해방 이전의 북한에서 상층계급으로 살았으며 북한사회주의화로 인한 토지몰수와 종교 불허와 지주 비판 등의 이유로 자신의 일정한 지식·생활 기반을 가지고 1945~50년 사이에 월남을 한 뒤에 남한 사회에 비교적 잘 적응해 중상층계급 정도의 생활을 누린 자들을 뜻한다. 이 중상층 월남인은 주로 한국전쟁 이후 생활난(경제적 동기)으로 월남하여서 하층민으로 살아간 정착촌 월남인과 비교해 볼 때 동기와 정착 과정 면에서 구별되는 유형이다. 김귀옥, 《월남민의 생활경험과 정체성-밑으로부터의 월남민 연구》, 서울대학교출판부, 1999.

300 해방 이후부터 한국전쟁 직전까지 월남한 문인은 한국전쟁 직전까지 월남한 문인은 황순원을 비롯해서 최태응, 안수길, 전광용, 정비석, 선우휘, 오상원, 이범선, 박연희, 손창섭, 장용학, 곽학송, 김광식, 김성한 등이 있다(서세림, 「월남문학의 유형-'경계인'의 몇 가지 가능성」, 《한국근대문학연구》, 제31호, 한국근대문학회, 2015., 7~38쪽). 이들 중 황순원은 중상층 월남인의 유형을 가장 잘 보여주는데, 이들 문인과 황순원의 문학적 행로에 대한 비교연구는 추후를 기약한다.

황순원과 순수문학 다시 읽기

한다.[301] 황순원 문학 속의 주요 인물은 이러한 좌우 이데올로기에 대응하면서 생존을 모색한 모습을 선명하게 보여준다.

여기에서 말하는 황순원의 해방 이후 발표 작품이란 해방 이후에 발표된 시 6편과 단편소설 7편을 의미하기로 한다.[302] 시 6편은 시집 《관서시인집》(황순원 외, 평양: 인민문화사, 1946)에 실린 〈부르는 이는 없어도〉, 〈푸른 하늘이〉, 〈이게 무슨 신음소리오〉, 〈아이들이〉, 〈내가 이렇게 홀로〉와 《민성》 87호에 게재된 〈저녁 저자에서〉를, 단편소설 7편은 〈술 이야기〉, 〈아버지〉, 〈두꺼비〉, 〈꿀벌〉, 〈황소들〉, 〈담배 한 대 피울 동안〉, 〈목넘이마을의 개〉를 지시한다. 이 단편소설은 부분적으로 개작·편집돼 단편집 《목넘이마을의 개》로 출판됐는데, 해방 이후의 남북한 사회를 배경으로 작가의 동시대적인 사유를 잘 보여준다는 점에서 관심의 대상이 된다. 황순원의 해방 이후 발표 작품에는 단편소설 〈암콤〉(《백제》, 1947. 2.)과 〈곰〉(《협동》, 1947. 3.)도 있으나 1950년에 장편소설 〈별과 같이 살다〉에 포함된다는 점에서, 그리고 1948년 8월에 창작되었으나 그 이후에 출간된 단편소설 〈청산가리〉는[303] 출간 당시의 정치적·사회적 분위기에 따라 개작·편집됐을 가능성이 있다는 점에서 본 논의에서 제외하기로 한다. 이 글에서는 최초 발표지를 연구대상으로 하되, 그 내용이 유사·동일할 때에는 단편집을 주로 인용하기로 한다.

해방 이후의 황순원 문학에 대한 그간의 연구사에서는 주로 순수서정

---

301 해방 이후의 남북한 상황과 민족문학론에 대한 개괄은 다음을 참조했다. 안문석, 「해방이후 북한 국내 공산세력의 국가건설전략」, 《통일정책연구》 22.2., 통일연구원, 105~135쪽; 배경열, 「해방 공간의 민족문학론과 그 이념적 실체」, 《국어국문학》 112권, 국어국문학회, 1994., 247~270쪽; 김윤식 외, 《해방공간의 문학운동과 문학의 현실인식》, 한울, 1990.
302 이때 해방 이후란 특별한 지시가 없는 한 1945년 8월 15일 해방부터 1948년 8월 대한민국 국가 수립까지의 만 3년 동안을 편의상 지시하기로 한다.
303 소설 〈청산가리〉는 이후 황순원의 단편집 《학》(중앙문화사, 1956.)에 게재됐다.

이 지속되었다는, 혹은 그 반대로 당대 현실에 대한 적극적인 형상화와 비판이 있었다는 다소 모순적인 논의들이 있어 왔다. 먼저 황순원의 해방 이후 발표 작품에 대해서 순수서정이 지속되었다는 논의는 토속적인 서정(리리시즘)과 휴머니즘이 드러나 있다는 구창환의 평가 이래로 천이두, 김현, 김윤식, 조남현 등에 의해서 심화·확대됐고,[304] 현실주의적·사회비판적인 요소도 함께 있었다는 견해가 김치수, 이동길, 안미영 등에 의해서 언급됐다.[305]

이와 달리 황순원의 해방 이후 발표 작품에 대해서는 당대 현실에 대한 비판이 중심이 된다는 논의도 있었다. 신춘호가 소설 〈황소들〉을 농민소설의 한 성과로 언급한 이래로 현길언, 서재원, 전흥남, 장현숙, 신덕룡 등이 해방 이후 발표 작품에는 동시대의 객관적 상황과 사회상이 리얼리즘적인 방법으로 형상화됐음을 검토했다.[306] 아울러 이러한 현실비판적인 문학적 특성을 개작 과정 중심으로 살펴본 논문들도 박용규와

---

304 구창환, 「황순원 문학서설」, 《조선대 어문학논총》 6호, 조선대학교 국어국문연구소, 1965., 33~45쪽; 천이두, 「토속적 상황설정과 한국소설」, 《韓國小說의 觀點》, 문학과지성사, 1980., 35~42쪽; 김현·김윤식, 《한국문학사》, 민음사, 1984., 389~396쪽; 조남현, 「황순원의 초기 단편소설」, 《한국현대소설사연구》, 민음사, 1984.

305 김치수, 「소설의 사회성과 서정성」, 《말과 삶과 자유》, 문학과지성사, 1985., 206쪽; 이동길, 「해방기의 황순원 소설연구」, 《어문학》 56집, 한국어문학회, 1995., 267쪽; 안미영, 「해방직후 황순원 소설에 나타난 귀환전재민의 의의」, 《현대문학이론연구》 40집, 현대문학이론학회, 2010., 263쪽.

306 신춘호, 「황순원의 〈황소들〉론」, 《중원어문학》, 건국대학교 국어국문학회, 1985., 7~19쪽; 현길언, 「황순원 소설에 나타난 집과 토지의 문제」, 《동아시아 문화연구》 14집, 한양대학교 한국학연구소, 1998., 446쪽; 서재원, 「해방직후의 황순원 단편소설 고찰-단편집 《목넘이마을의 개》」, 《한국어문교육》 4집, 고려대학교 한국어문교육연구소, 1990., 87~112쪽; 전흥남, 「해방직후 황순원 소설 일고」, 《어문연구》 47집, 어문연구학회, 2005., 89쪽; 장현숙, 「해방 후 민족현실과 해체된 삶의 형상화: 황순원 단편집 《목넘이마을의 개》」, 《어문연구》 21. 1~2., 한국어문교육연구회, 1993., 212쪽; 신덕룡, 「〈술 이야기〉에 나타난 노동운동 양상 연구-해방 직후 노동자 공장관리를 중심으로」, 《한국문예창작》 14.1., 한국문예창작학회, 2015., 35쪽.

김한식에 의해서 제출됐다.[307] 이런 논의들은 그의 문학이 당대 현실과 밀접한 관련 속에 있음을 주목한 것들이었으나, 황순원의 실제 행적과 작품의 관계를 제대로 분석하지 못한 약점이 있었다.

2000년대 이후에는 황순원의 해방 이후 발표 작품이 월남과 문학가 동맹 가입이라는 전기적인 사실과 밀접하게 관련돼 있다는 연구들도 제출되었다. 노승욱은 소설 〈목넘이마을의 개〉를 북한 서북 지역의 상징이면서 실향민의 유비로 이해했고, 전소영과 임진영은 월남이라는 사건을 작가의 정체성과 연결 지었다.[308] 그리고 홍성식과 손미란은 황순원의 소설을 조선문학가동맹의 이데올로기와 결부지어 살펴봤다.[309] 그럼에도 기존의 연구사에서는 해방 이후의 황순원 문학이 핵심적으로 지닌 문제의식, 즉 사회주의·조선문학가동맹·남한반공주의의 이데올로기에 대한 대응 양상을 세밀하게 살펴보지 못한 문제점이 지적된다.

따라서 황순원의 해방 이후 발표 작품에 나타난 주요 인물의 좌우 이데올로기 대응 양상을 살펴보려고 한다. 이 글에서는 호미 바바(Homi Bhabha)의 탈식민주의론과 슬라보예 지젝의 이데올로기론을 참조해서 황순원으로 대표되는 중산층 월남인이 동시대의 좌우 이데올로기에 대

307 박용규, 「황순원 소설의 개작과정연구」, 서울대대학원 박사학위논문, 2005., 190쪽; 김한식, 「해방기 황순원 소설 재론 - 작가의 현실인식과 개작을 중심으로」, 《우리문학연구》 44집, 우리문학회, 2014., 509쪽.

308 노승욱, 《황순원 소설의 서사학과 수사학》, 지교, 2010.; 전소영, 「월남 작가의 정체성, 그 존재태로서의 전유」, 《한국근대문학연구》 32집, 한국근대문학회, 2015., 81~105쪽; 임진영, 「월남작가의 자의식과 권력의 알레고리」, 《현대문학의 연구》 58집, 한국문학연구학회, 2016., 249~283쪽.

309 홍성식, 「해방기 인민항쟁과 창작실천의 문제」, 《한국문예비평연구》 45집, 한국현대문예비평학회, 2014., 321~339쪽; 손미란, 「10월 인민항쟁(1946. 10)을 통해 본 '시간의 정치학' - 조선문학가동맹을 중심으로」, 《반교어문연구》 38집, 반교어문학회, 2014., 423~451쪽.

응한 양상을 황순원의 해방 이후 발표 작품에서 분석하고자 한다.[310] 황순원이 그의 해방 이후 발표 작품에서 북한 사회에서 사회주의 이데올로기적인 시선으로 보이지 않은 것들—상층계급의 서정과 인간의 소유욕망—을 대항적으로 응시하고(II장), 월남 이후 조선문학가동맹의 이데올로기를 따르면서도 위반하는 흉내내기(mimic)를 하며(III장), 남한 사회에서 월남인·전재민에 대한 편견들—사기꾼, 창녀, 빨갱이— 속에 숨겨진 이데올로기적인 환상을 비판하는 양상을(IV장) 규명하고자 한다.

---

310 여기에서 호미 바바의 탈식민주의론이란 본래 식민지 내에서 식민주의에 대해서 민족주의와 다른 방식으로 문화적인 저항을 하는 것을 뜻한다. 이 문화적 저항에는 지배체제·권력의 폭력적 시선에 대한 응시와 흉내내기가 있다. 호미 바바에 따르면, 식민자의 폭력적 시선으로 인해 피식민자는 실종된 인격으로 존재하는데, 이때 피식민자는 식민자의 폭력적 시선에 대한 대항적 응시를 보여준다. 피식민자의 이 응시란 식민자의 시선을 해체하고자 그들의 상징계에 위반되는 자신의 실존을 드러내는 것이 된다. 또한, 피식민자의 흉내내기란 식민자의 모범을 충실히 따르는 미메시스(mimesis)인 듯하지만, 오히려 그것을 우습게 만드는 엉터리 흉내(mockery)가 된다는 점에서 전복적·해체적·혼성적인 저항을 보여주는 것이 된다. 이 글의 분석 대상인 황순원의 해방 이후 발표 소설은 해방 직후의 북한 사회주의 이데올로기와 남한의 조선문학가동맹 이데올로기에 실질적으로 상당한 압박·영향을 받고 그 이데올로기들에 대응한 과정에서 발표됐다는 점에서 호미 바바가 논의한 탈식민주의론 하나의 이론틀로 활용가능하리라고 본다. 물론 황순원이 해방기를 (신)식민지적인 상황으로 인식·규정내린 것은 아니지만, 식민자와 유사한 지배체제·권력에 대한 문화적인 저항을 보여줬다는 점에서 나름 일리가 있다고 판단된다. 이러한 탈식민주의론은 황순원이 북한 사회주의 체제(상징계)에서 실종된 것들을 시·소설에서 대항적으로 응시하고 있다는 점에서, 그리고 조선문학가동맹 집단의 모범(강령)을 충실히 따르는 듯하면서 그것을 우습게 만드는 엉터리 흉내를 낸다는 점에서 탈식민주의적인 상황과 유사하다. 또한 슬라보예 지젝의 이데올로기론은 이데올로기란 현실을 오인한 결과 만들어진 것이 아니라 오히려 구성하는 하나의 환상 프레임이 됨을 뜻한다. 현실 속의 집단은 "그들은 그것을 알지 못한 채 행하고 있다"는 차원을 넘어서서 "그들이 자신들이 무슨 일을 하고 있는지 잘 알고 있음에도 여전히 그것을 하고 있다"는 것이다. 이러한 이데올로기론은 남한사회의 반공주의·자본주의 이데올로기 속에서 월남인·전재민을 문제집단—사기꾼, 창녀, 빨갱이—으로 만드는 주요 우익 집단의 인식(환상프레임)을 잘 설명할 것으로 기대된다. 이러한 지젝의 이데올로기론을 통해서 황순원의 소설을 검토하면, 그가 주요 우익 집단의 환상프레임을 비판하는 태도가 잘 드러날 것이다. 호미 바바, 나병철 역, 《문화의 위치》, 소명출판사, 2012.; S. Zizec, 이수련 옮김, 《이데올로기라는 숭고한 대상》, 인간사랑, 2002.

황순원과 순수문학 다시 읽기

II. 사회주의 이데올로기적인 시선을 응시하기

해방 직후의 북한 사회에서는 소군정의 영향과 오기섭·김일성 좌파 집단의 주도로 식민지 자본주의에서 사회주의로 체제 이데올로기가 급변한다. 생산수단을 공유하여 평등하자는 사회주의 이데올로기는 그 이전에 경험해본 적이 없는 것이었지만, 구(舊)상층계급인 일본인·자본가·지주의 토지가 몰수되고 공장이 국유화되면서 북한 내부의 절대 다수인 노동자·농민의 지지를 받고 급속하게 체제화·절대화된다.[311] 이러한 시기에 구상층계급의 미적 취향과 자본주의적인 소유욕망은 비판의 대상이 되고 금지됨은 물론이다. 황순원은 그의 시·소설에서 사회주의 이데올로기적인 시선으로 무시되는 이러한 것들을 들춰내는 혹은 응시하는 모습을 보여준다.

해방 이전에 상층계급이었던 황순원은 1945년 8월부터 1946년 1월까지 사이에 토지개혁론이 전면에 부각하고 노동자·농민이 국가 건설의 주체로 급부상되는 사회주의 이데올로기를 경험하게 된다.[312] 이런 상황에서 황순원은 자기 가문의 몰락을 예감하고 일신의 안위와 생명조차 불안하게 됨을 느끼게 된다. 황순원은 이러한 사회주의 이데올로기적인 시선으로 무시되는 구상층계급의 미적 취향과 정서를 1946년 1월에 출간된 공동시집《관서시인집》에서 드러낸다. 구상층계급이 국가 건설의 주체인 프롤레타리아 여성에게 성애적인 사랑을 요구하는 것은, 해방 직후의 북한 사회에서는 비계급적·구태적인 것이 되고 만다.

---

311 안문석, 「해방이후 북한 국내 공산세력의 국가건설전략」, 《통일정책연구》 22.2., 통일연구원, 105~135쪽.

312 로버트 스칼라피노Robert A. Scalapino·이정식, 《한국공산주의 운동사2》, 돌베게, 410쪽.

(1) 푸른 하늘이 조선 하늘로 맑거나

저녁에 조선 비로 비가 뿌리거나

나는 당신을 찾겠소.

내가 몇 번이고 이마를 찧은

그 윗문턱이 얕디얕은

그 가난한 뒷골목 뒷골방에서

당신은 날 기다립쇼.[313]

인용문 (1)은 사회주의 이데올로기적인 시선(상징계)으로 무시되고 비판·무가치시되는 구상층계급의 미적 취향을 드러내는 일종의 응시가 된다는 점에서 북한 사회 내부에서 상당히 문제적인 것이 된다.[314] 사회주의 국가건설을 주도한 좌파 집단의 의도에 정면으로 반발·반대하지 않았으나, 사회주의를 옹호하지 않고 개인적·이성적인 사랑을 소재로 했다는 점 자체가 사회주의 이데올로기의 시선에 대한 일종의 문화적인 저항이 되는 것이다.

인용에서는 빈민·노동자·농민 등의 프롤레타리아를 계급적 시선으로 보지 않고, 시적 화자가 사랑하는 가난한 여성(빈민)을 소재로 취하되 그 여성에게 자신을 기다리라고 요구한다. 이러한 사랑은 사회주의 이데

---

313 황순원, 〈내가 이렇게 홀로〉, 황순원 외, 《관서시인집》, 평양:인민문화사, 1946., 12~13쪽.
314 이 시집이 북한 사회 내부에서 다음과 같이 맹렬하게 비판됨은 당연지사이고, 이러한 비판은 황순원이 월남을 택한 한 동기가 된다. "〈푸른 하늘이〉라는 시의 작자 황순원(黃順元)이란 시인은 이 시에서 암흑한 기분과 색정적인 기분을 읊었던 것이며 그러다가 이 시인은 해방된 북조선의 위대한 현실에 대하여 악의와 노골적인 비방으로밖에 볼 수 없는 광시(狂詩)를 방송을 통하여 발표하였던 것이다." 안막, 「민족문학과 민족예술 건설의 고상한 수준을 위하여」, 《문화전선》, 1947. 8.

올로기적인 시선에서는 해방 이전의 구상층계급이 지닐 법한 성애적인 정서로 규정되는 부정적인 것이겠지만, 황순원은 특정한 계급이 아닌 모든 계급의 인간이 지닐 수 있는 정서임을 강조하는 것이다. 이 점에서 이러한 정서의 강조와 부각은 사회주의 이데올로기적인 시선이 무시하는 것을 드러냄으로써 그 시선 자체를 비판적으로 균열시키는 일종의 응시가 된다.

황순원은 1946년 5월에 월남하여 1947년 2월에 소설 〈술 이야기〉를 발표하는데, 이 소설에도 토지개혁·공장국유화 등 사유재산을 몰수하는 북한의 국가 건설 과정에서 나타난 사회주의 이데올로기적인 시선에 대한 구상층계급의 응시가 잘 드러나 있다. 아울러 이 소설에서는 황순원이 월남 뒤 첫 번째 발표한 작품이라는 점에서 북한 주민의 월남 행위에 대한 동기·자기합리화 혹은 남한 사회의 반공주의·자본주의 체제 수긍·동조라는 입장이 어떤 방식으로든지 표명돼야 했다. 황순원은 이 소설에서 조합의 대표가 되어서 양조장을 취하려는 인물인 준호의 사적 소유 욕망을 다룬다.

(2) 준호는 서성리 나까무라 양조장을 접수 경영함에 있어 대표로 뽑히었다. 나이로나 경력으로 보아 그래야만 옳을 일이었다. (중략) 또 8.15 이후 이 나까무라 양조장이 아무 상함받음 없이 간수해질 수 있었다는 데에도 준호의 힘이 대단했다.[315]

(3) 이날 준호는 사무실에 나가자 건섭이를 만나서, 짤막히, 자본 대일 사람을 하나 구했다는 말을 했더니, (중략, 건섭이 말하기를 – 필자 주) 요새 그러

315 황순원, 〈술 이야기〉, 《신천지》, 1947. 2., 《목넘이마을의 개》, 육문사, 1948., 7쪽.

지 않아도 자칫하면 조선사람이 어느 공장이나 회사의 책임자로 들어가 앉
으면 곧 전의 일본인 나까무라면 나까무라가 된 거나처럼 생각하는 축이 많
은데, 그런 개인이 자본까지 대놓으면 큰일나리라는 말로, 우리 양조장만은
조합에 맡겨서 하자는 말을 했다.³¹⁶

> (4) 이래뵈두 난 양조장과 가치 늙은 사람이야! 그래 나외에 누가 양조장 대표
> 가 된단 말이냐 (중략) 너희놈들 음모단을 모조리 모조리 여기다 잡아 넣
> 구야 말겠다.³¹⁷

인용문 (2)~(4)에서는 공동소유를 지향하는 사회주의 이데올로기의
시선으로 무시되는 사적 소유의 욕망을 말하고 있다. 이 사적 소유의 욕
망은 사회주의 이데올로기의 시선에서는 자본주의적인 욕망으로 비판·
척결되어야 하는 것이겠지만, 황순원은 준호라는 인물을 내세워서 사적
소유의 욕망이 한 개인에게 얼마나 강렬하고 나름대로 합리적인 것인지
를 보여준다. (2)는 이 소설의 첫 부분인데, 서술자는 준호가 해방 이전
의 일본인 소유였던 양조장을 그 이후에 경영할 때에 대표가 되는 것을
당연한 일로 말하고 있다. 대표가 된다는 것은 사실상 양조장 사업의 의
사결정을 하고 운영하며 이익을 분배하는 실질적인 소유자가 됨을 뜻하
는데, 누군가 대표가 되어야 한다면 그동안 그 사업에서 가장 헌신을 하
고 애정을 보인 자가 되어야 한다는 말이다.

이 소설에서 핵심 갈등은 이러한 준호의 사적 소유 욕망이 건섭으로
대표되는 공동소유를 지향하는 (사회주의 이데올로기를 드러낸) 자의 욕

316 황순원, 〈술 이야기〉, 《신천지》, 1947. 2., 《목넘이마을의 개》, 육문사, 1948., 36쪽.
317 황순원, 〈술 이야기〉, 《신천지》, 1947. 2., 《목넘이마을의 개》, 육문사, 1948., 47쪽.

망과 대립된다는 것이다. 건섭은 양조장을 준호 개인이 소유하는 것이 아니라 조합원이 공동소유를 해야 한다는, 북한 사회의 시대정신을 잘 보여주는 자다. 이때 해방 이전부터 직후까지 양조장을 지키고 발전시키는 데에 가장 많은 노력을 했고 그 노력을 근거로 대표를 하기 원하는 준호는, 사회주의 이데올로기적인 시선으로 설명되지 못하는 그렇지만 한 집단이 발전하기 위해서는 상당히 중요하고도 내밀한 사적 소유의 욕망을 하나의 응시로 건섭에게 되돌려준다. 물론 그것이 (3)에서처럼 북한 사회에서 허용되지 않은 채 자기 분노에 그치고 마는 것이지만 말이다. 사적 소유의 욕망과 비계급적·성애적인 사랑은 모든 계급의 인간이 지니고 있지만, 북한 사회주의 이데올로기에서는 허용되지 않는다. 그래서 인간의 욕망과 사랑을 말하는 것 자체가 사회주의 이데올로기의 시선을 균열내는 일종의 응시가 되는 것이다.

III. 조선문학가동맹 흉내내기

1946년 5월에 월남한 황순원이 좌파 계열의 조선문학가동맹에 가입하고 그 기관지에 소설을 발표한 사실은 상당히 관심을 끈다. 황순원은 그의 월남 행위 자체가 반사회주의 이데올로기적인 실천이었지만, 월남 행위 그 자체만으로 친분이 거의 없는 우파 계열의 조선청년문학가협회에 가입하기가 자·타의적으로 쉽지 않았을 것으로 추측된다. 이에 비해서 임화 주도의 조선문학가동맹은 이데올로기적으로 부르주아민주주의 혁명을 주창하면서도, 반좌파 성향을 노골적으로 드러낸 우파 계열을 제외한 (황순원을 비롯한) 다수를 회원으로 수용했고,[318] 많은 발표 매체를 장악하고 있었다.[319]

이런 사정 때문에 황순원은 조선문학가동맹에 가입하면서도 일정한 심리적인 거리를 유지하는데, 이 거리는 그의 소설에서 조선문학가동맹의 이데올로기를 따르면서도 위반하는 흉내내기의 양상으로 드러난다. 황순원은 1946년의 10월항쟁을 소재로 한 소설 〈아버지〉와 〈황소들〉을 조선문학가동맹의 기관지인 《문학》에 발표한다. 두 작품 모두 미군정의 강압적인 식량 공출정책에 불만을 지닌 노동자의 파업과 항거인 10월항쟁을 소재로 한다. 이때 조선문학가동맹의 입장에서 본 10월항쟁은 "오늘의 三一運動"이고, "36년간의 반제국주의투쟁과 민주독립을 위한 항쟁 가운데서 훈련되고 자각한 위대한 조선인민은 작년 10월에 그 원수들을 향하여 최대한 회답"[320]을 한 것이 된다.

> (5) (3·1운동으로 함께 옥고를 치른 대구 사람이 10월 항쟁을 하다가 서울로 - 필자 주) 결국 피신해 와 있는 셈이다. 그리구 이런 말두 하두만. 우리의 삼월투쟁이 그때 왜놈의 무단정치에 견디다 못해 일어선 것처럼, 요새 다시 그때와는 또 다른 어떤 무단적인 것이 우리들을 자꾸만 억눌러 견디지 못해 일어선 것이 이번 항쟁이라구. (중략) 그런데 그 시커멓게 탄 주름살 잡힌 얼굴이 얼마나 아름답게 우러러 뵈던지, 그리구 말하는 거라든지 생각하는 게 얼마나 젊었는지, 나까지 막 다시 젊어졌다.[321]

---

318 그 결과 1947년에는 회원 수가 3,500여 명으로 늘어났다(김남천, 「공위 성공을 위한 투쟁 - 문학운동의 당면 임무」, 문학 4호, 1947. 7., 6쪽). 이 정도의 회원 수이면 거의 전(全)문단·문화계를 포섭했다고 볼 수 있다.

319 이봉범, 「잡지 《신천지》의 매체 전략과 문학」, 《한국문학연구》 39호, 동국대학교 한국문학연구소, 2010., 199~267쪽 참조.

320 임화, 「인민항쟁과 문학운동 — 삼일운동 제28주년 기념에 제하여 —」, 《문학》, 1947. 2., 3쪽. 박헌영은 10월항쟁에 대해서 "일체의 정치적 자유를 빼앗아가며 조선을 또다시 식민지 노예로 있는데 대한 인민의 영웅적 항쟁"으로 규정한 바 있다. 박헌영, 〈10월 인민항쟁〉(1946. 11. 13), 《해방공간의 비평문학3》, 299~304쪽.

321 황순원, 〈아버지〉, 《문학》, 1947. 2., 27쪽.

황순원과 순수문학 다시 읽기

(6) 그런데 그만 바우는 동리사람들의 뒤를 따라 내려가지를 못한다. 일이 너무 갑작스러움에 질린 것이다. (중략) 큰일이다. 큰일이다. 웨 자기는 어른들과 함께 못내려 갔을까. 겁쟁이 같은 것, 겁쟁이 같은 것.[322]

(7) 그러는 바우는 이번에도 저도 모르게 작대기 쥔 땀밴 손에 힘을 줌과 함께 아직 훈훈한 몸을 한번 부르르 떤다. 그것은 마치 꿈틀거리는 것 같은 그리고 속에서 끔틀거려 나오는 힘을 미처 어쩌지 못하는 듯한 그런 떨림이었다.[323]

인용문 (5)~(7)에서는 10월항쟁을 삼일운동의 연장선에서 인민의 영웅적 항쟁으로 바라보려는 조선문학가동맹의 이데올로기를 어느 정도 따르면서도 위반하는 흉내내기의 양상을 잘 나타낸다. 조선문학가동맹의 입장에서 보면 10월항쟁은 삼일운동처럼 한민족 민중의 반제국주의 투쟁인 것인데, 황순원은 (5)에서 그러한 의도를 따르면서도 위반하는 엉터리 흉내를 보여준다. 주인공인 아버지는 조선문학가동맹처럼 삼일운동을 계승한 반제국주의 투쟁으로 10월항쟁을 규정한 대구 사람의 말을 공감한 듯하면서도, 정작 전폭적인 지지와 함께 투쟁에 동참하는 실천의 단계에까지 나아가지는 못하는 엉터리 흉내자다.[324]

---

322 황순원, 〈황소들〉, 《문학》, 1947. 7., 35~36쪽.
323 황순원, 〈황소들〉, 《문학》, 1947. 7., 38쪽.
324 이러한 아버지의 태도가 조선문학가동맹의 이데올로기에 부합한다는 손미란의 의견, 혹은 반대로 미달된다는 홍성식의 의견이 있다. 기존의 논의는 단지 조선문학가동맹에 부합/미달된다는 평가였는데, 이 글에서는 조선문학가동맹과 황순원 사이의 이데올로기적인 거리감을 주목한다. 황순원은 남한 사회의 혼란과 국가를 만들기 위해서는 조선문학가동맹의 이데올로기—노동자 중심의 부르주아민주주의혁명—에 대해서 심정적으로 일정 부분 동의·참여한 듯하지만, 그렇다고 사회주의 체제를 피해 월남한 중산층 월남인의 입장에서 남한 사회주의화를 긍정한 것은 아니다. 이러한 황순원의 태도가 바로 조선문학가동맹의 이데올로기를 따르면서도 위반하는 엉터리 흉내내기의 중요한 원인이 된다.

10월항쟁은 대구 지역을 넘어서서 전국적으로 확산되는데, 충주 지역의 경우를 소재로 한 것이 바로 인용문 (6)~(7)이다. 이때에도 황순원은 조선문학가동맹이 10월항쟁을 이해하고 의미화하는 방식을 따르면서도 위반하는 엉터리 흉내를 제시한다. 주인공인 바우는 소작농의 아들이고, 자기 아버지가 충주의 지주 김대통 영감의 집을 습격하러 가는 길을 몰래 추적한다. 이때 바우는 한편으로 농민의 영웅적 항쟁을 부각시켜야 하는 조선문학가동맹의 입장을 잘 따르는 것 같으면서도, 다른 한편으로 정작 자신이 그런 항쟁에 동참하지 못하는 불안과 망설임을 부각시키는 엉터리 흉내자가 된다. 아버지를 비롯한 동리사람들이 김대통 영감의 집을 습격할 때에 스스로를 겁쟁이라고 하거나, 김대통 영감 집 바로 앞에서 움직이지 못하고 온몸을 떠는 것이 엉터리 흉내자의 모습인 것이다.

조선문학가동맹에서는 해방 직후의 남한 사회를 "가장 혁명적 계급인 노동자계급을 위시한 농민과 중간층의 진보적 시민으로 형성된 통일전선"[325]을 구축해서 부르주아민주주의혁명을 수행해야 하는 것으로 규정했다. 노동자·농민은 미군정·친일파·지주 등의 제국주의적·반민족적인 집단이 지닌 일재·봉건 잔재를 청산하고 새로운 조선문화를 건설해야 하는 것이다. 이때 농민(민중계급)과 지주(상층계급)는 서로 대립되는 계급이 아닐 수 없다. 특히 많은 경우에 지주는 해방 직전까지 친일을 하고 권력의 비호 하에 농민을 착취한 계급인 것이다. 황순원의 소설 〈집 혹은 꿀벌이야기〉에서는 이러한 지주와 농민의 관계를 설정할 때에 조선문학가동맹의 이데올로기에 부합하면서도 위반하는 흉내내기의 양상을 보여준다.

---

325 임화, 「현하의 정세와 문화운동의 당면 임무」, 문화전선 1호, 1945. 11. 15.

(8) 사실은 다 쓸어져가는 (막둥이네-필자 주) 오막사리만은 매매계약에 들지 않았다. 집터와 채전뿐이었다. 그리고 값만 해도 소문과는 틀리는 것이었다. 동리사람들의 추측처럼 헐값으로 된 게 아니고, 이지음 시세치고 제 값을 넉넉히 되는 것이었다. 여기가 지주 전필수의 의량이 보통사람의 의량과 다른 점이었다.[326]

(9) 여지껏까지 어엿한 자작농으로 내려오던 것을 작년부터 남의 소작을 하지 않아서는 안 되게 되었다는 것부터가 막동이아버지 탓이라는 것은 두말할 것도 없는 일이었다. 그러나 거기에는 삼년 전에 막동이할아버지의 일처리 잘못한 탓도 있었다. 빚을 갚기 위해 샘논을 민창호에게 넘긴 것까지는 할 수 없는 일이었으나, 개똥밭을 민창호에게 판 것만은 큰 실수였다.[327]

인용문 (8)~(9)에서는 황순원이 지주와 농민의 관계를 주목한 조선문학가동맹의 이데올로기에 부합하면서도 위반하는 엉터리 흉내내기를 하고 있음이 잘 드러나 있다. 지주 전필수와 소작농 막둥이아버지·할아버지의 관계는 상호대립적·대타적이지 않다. 조선문학가동맹에서는 지주가 소작농을 착취·억압함으로써 혁명·투쟁의 당위성을 잘 부각시키는 상호모순적인 관계로 이해한다. 황순원의 소설 〈집 혹은 꿀벌이야기〉역시 자작농이었던 막둥이 아버지·할아버지가 어떻게 지주 전필수의 소작농으로 변모하는지를 자세히 보여주어서 조선문학가동맹의 이데올로기를 따르는 것처럼 보이지만, 이 둘의 관계는 상호대립적·대타적이지 않다. 지주 전필수는 동네사람들의 신임을 얻었고 유리한 계약에서도 공

---

326 황순원, 〈집 혹은 꿀벌이야기〉, 《신조선》, 1947. 4., 《목넘이마을의 개》, 육문사, 1948., 107쪽.
327 황순원, 〈집 혹은 꿀벌이야기〉, 《신조선》, 1947. 4., 《목넘이마을의 개》, 육문사, 1948., 127~128쪽.

정하고자 했으며, 막둥이 아버지·할아버지는 투전과 상황판단 실수·불
운으로 자산 손실을 입었다. 소설 〈집 혹은 꿀벌이야기〉는 지주는 나쁘
고 농민은 억압받았다는 이분법적인 논리에서 상당히 벗어나 있다는 점
에서 조선문학가동맹의 이데올로기를 엉터리 흉내낸 것이다. 황순원의
해방 이후 발표 작품들은 이처럼 조선문학가동맹의 이데올로기를 따르
면서도 위반하는 흉내내기의 양상을 잘 보여준다.

Ⅳ. 전재민에 대한 이데올로기적인 환상

해방 이후의 남한 사회에서는 미군정의 지배하에서 차츰 반공주의를
내세운 주요 우익 집단이 주도권을 쥐게 된다. 이 과정에서 주요 우익 집
단과 그 동조자들이 자신의 정치적·경제적·문화적인 필요에 따라서 전
재민을 빨갱이·사기꾼·창녀 등의 문제 집단으로 바라본 경우가 많았
다.[328] 이 때문에 전재민은 그들 외·내부에서 정말로 문제 있는 집단으
로 이데올로기적으로 환각된다. 사실 전재민은 미·소군정으로 인해 분
단된 현실에서 남한 사회의 반공주의·자본주의 이데올로기를 선택했음
에도 불구하고 그 이데올로기에 의해서 배척된 것이다. 황순원은 그의
소설에서 이러한 전재민에 대한 남한 사회의 이데올로기적인 환상을 지
적·비판한다.

전재민을 문제 집단으로 여기는 주요 우익 집단의 생각은, 사실의 왜
곡 차원이 아니라 전재민이 존재하는 현실을 무의식적으로 구조화한 차

---

[328] 전재민은 당대 사회에서 혼란·불안을 일으키는 문제 집단으로 인식·규정되는 경우가 많다.
다음을 참조할 것. 김귀옥, 《월남민의 생활 경험과 정체성-밑으로부터의 월남민 연구》, 서울대학교
출판부, 1999.; 안미영, 「해방직후 황순원 소설에 나타난 귀환전재민의 의의」, 《현대문학이론연구》
40집, 현대문학이론학회, 2010., 263~289쪽.

황순원과 순수문학 다시 읽기

원인 것이다. 그들은 특정한 전재민 개인을 전혀 모르거나 혹은 더러 선함을 안다 해도, 현실 속에서는 전재민 전체를 여전히 빨갱이·사기꾼·창녀 등의 문제 집단으로 바라보고 이해하는 것이다. 주요 우익 집단은 그들이 하는 일을 잘 알지 못하지만, 설사 알지라도 여전히 그 일을 하는 이데올로기적인 환각자인 것이다. 소설 〈목넘이마을의 개〉는 생명의 외경이라는 추상적인 의미의 기존 해석에서[329] 월남인을 문제 집단으로 바라보는 남한 사회의 이데올로기적인 환상이 드러난 작품으로 읽을 때에 동시대적인 의미가 새롭게 부각된다. 동장은 자신의 마을에 흘러들어온 신둥이나 신둥이와 붙은 검둥이를 미친개로 오인하는데, 이 오인은 미친개가 아니라는 증거가 나타나도 그대로 유지된다.

> (10) 큰 동장은 [자기네 집에 몰래 들어와 궁이(구유)를 핥고 있는 굶주린—필자 주] 신둥이의 눈이 있을 위치에 이상히 빛나는 푸른빛을 보았다, 정말 미친개다, 하는 생각이[330]

> (11) 그러나 (미친개 소리를 듣는 신둥이한테 수캐 구실을 하고 온 자기 집의 검둥이에 대해서—필자 주) 동장은 아직 미쳐나가게 되지 않은 것만은 다행이라고 하면서, 눈을 못 뜨고 침을 흘리는 것만 봐도 미쳐가는 게 분명하니 아주 미쳐나가기 전에 잡아치우자고 했다.[331]

---

329 기존의 연구사에서는 소설 〈목넘이마을의 개〉의 주제를 대부분 생명의 외경으로 살펴본다. 자세한 것은 다음 연구서를 참조할 것. 장현숙, 《한국현대문학사에서 본 황순원 문학 연구》, 푸른사상, 2013., 137~139쪽.
330 황순원, 〈목넘이마을의 개〉, 《개벽》, 1948. 3., 《목넘이마을의 개》, 육문사, 1948., 248쪽.
331 황순원, 〈목넘이마을의 개〉, 《개벽》, 1948. 3. 《목넘이마을의 개》, 육문사, 1948., 252~253쪽.

(12) 오늘밤에 그 산개(지금에 와서까지 크고 작은 동장도 그 개를 미친개
라고는 하지 않았다. 그것은 그 개가 정말 미친개였더라면 벌써 아무
것도 먹지 않고 나중에 제가 제다리를 물어뜯고 죽었을 것이라는 걸
알기 때문에.)를 지켰다가 때려잡자는 것이었다. 새끼를 가졌다면 그게 승
냥이와 붙어서 된 새낄테니 그렇다면 그 이상 없는 보양제라고 하면서, (하
략)**332**

　인용문 (10)~(12)에서 동장을 주요 우익 집단으로, 그리고 신둥이·검
둥이를 월남인과 그 동류로 빗대면, 주요 우익 집단이 월남인을 문제 집
단으로 이데올로기적으로 환각하는 양상이 잘 드러난다. (10)에서 동장
은 신둥이를 미친개로 오인(사실 왜곡)하고서 신둥이를 내쫓는다. 동장은
자신이 하는 일을 알지 못한 채 행하는 것이다. 신둥이처럼 생활 근거가
없는 떠돌이를 바라보는 동장의 시선에는, 해방 직후의 월남인을 바라보
는 주요 우익 집단의 무의식이 잘 드러나 있다.
　나아가서 동장은 검둥이가 미친개가 아님을 알면서도 곧 미칠 것이
라면서, 또한 신둥이가 미치지 않았음을 안 뒤에도 미친개와 유사한 괴
물로 여기면서까지 여전히 도축을 행한다. 동장은 (11)에서 검둥이가
곧 미칠 것이기 때문에 미친개에 준한 것으로 규정해 도축을 한다. 또
한 (12)에서는 신둥이가 오래 살아있는 것으로 볼 때에 미치지 않았음
이 분명한데도, 생래적으로 개를 싫어하는 승냥이와 붙은 괴물로 우기
면서 도축의 의도를 정당화한다. 동장은 자신이 하는 일—미치지 않았
음에도 도살하는 행위—을 알고 있음에도 여전히 그 일을 하는 이데올

---

332 황순원, 〈목넘이마을의 개〉, 《개벽》, 1948. 3., 《목넘이마을의 개》, 육문사, 1948., 260쪽.

　　　　　　　　　　　　　황순원과 순수문학 다시 읽기

로기적인 환각자인 것이다. 이런 동장의 행위는 당대 사회에서 월남인이 반공주의·자본주의를 선택해 남하했는데도 빨갱이로 규정·억압한 주요 우익 집단의 모습과 상당히 닮아 있다.

해방 이후의 황순원 소설에서 더욱 문제시되는 것은 주요 우익 집단의 이러한 이데올로기적인 환상이 전재민의 외부뿐만 아니라 내부에서도 유사하게 나타난다는 것이다. 이 이데올로기적인 환상은 전재민을 바라보는 현실을 구조화하는 무의식적인 것이고, 전재민도 이러한 현실 속에서 살기 때문이다. 전재민이 남한 사회를 산다는 것은 이 이데올로기적인 환상을 무의식적으로 수용하는 것이 된다. 전재민은 주요 우익 집단이 보여준 이 이데올로기적인 환상으로 서로를 바라본다. 소설 〈두꺼비〉에서 전재민 현세가 같은 전재민인 두갑이를, 그리고 소설 〈담배 한대 피울 동안〉에서 전재민 청년이 전재민으로 추측되는 한 여성을 바라볼 때에도 전재민은 모두 문제 집단이라는 이데올로기적인 환상이 작동한다.

(13) (두갑이가 집을 얻어주는 대가로 집을 매매하는 연극을 하자는 말에
동의한 - 필자 주) 현세는 집주름 영감의 뒤를 따르며, 비로소 지금 집주
인이 셋방사람들을 내보내는 데 있어, 자기와 같은 사람을 시켜 연극을 꾸
미게 된 것은, 결국은 그렇게 하는 것이 셋방사람들 돈을 집어주어 내보내
는 것보담 싸게 먹는다는데 있다는 것을, 안듯했다. 그리고 두갑이가 이렇
게 연극 하는 것을 누구에게나 눈치 채이게 하지 말라던 말의 뜻도 안듯했
다.[333]

333 황순원, 〈두꺼비〉, 《우리공론》, 1947. 4., 《목넘이마을의 개》, 육문사, 1948., 84~85쪽.

(14) 이자 자기(현세-필자 주)가 두꺼비 입김에 쫓기어 나온 것은 무리가 아니다. 겨우 다 죽어가는 실뱀 푼수밖에 못 되는 자기쯤은······**334**

(15) 어제저녁의 여자가 전일 일본서 돌아온 여자(전재민으로서 남한 사회에서 창녀가 된 여자-필자 주)가 아니라도 좋다. 좌우간 이런 여자가 언제 또 그런 밀항을 하지 말라는 법은 없다는 생각을 해본다.**335**

(16) (함경도 사투리를 쓰는 한 청년이 옆 테이블에 앉은 한 여자에 대해서-필자 주) 여자란 참 좋겠다는 말로, 요새 제 맘만 내끼면 자동차 맘대로 타니 좋아, 게다가 밤에 헤여질 때는 또 쵸코렡이니 껌이니 각색 통조림이니 하는 선사까지 받아가지고 오게 매련이니 얼마나 좋은 일이냐 (하략)**336**

인용문 (13)~(16)에서는 전재민이 문제 집단이라는 이데올로기적인 환상이 전재민의 외부가 아닌 내부에서도 반복·수용됨을 잘 보여준다. 전재민이 문제 집단이라는 주요 우익 집단의 이데올로기적인 환상은, 전재민의 사이에서도 거의 그대로 나타난다. (13)~(14)에서 전재민 현세는 전재민 두갑이를 도운 행위가 일종의 세입자 기만·사기 행위이고 자신도 그 행위에 가담했음에도 불구하고, 자신의 행위는 고려하지 않은 채로 둑갑이를 독을 품은 두꺼비와 같은 기만자·사기꾼으로 이데올로기적으로 환각한다. 전재민이 사기꾼이라는 남한 사회의 이데올로기적인

334 황순원, 〈두꺼비〉, 《우리공론》, 1947. 4., 《목넘이마을의 개》, 육문사, 1948., 104쪽.
335 황순원, 〈담배 한 대 피울 동안〉, 《신천지》, 1947. 9., 《목넘이마을의 개》, 육문사, 1948., 213쪽.
336 황순원, 〈담배 한 대 피울 동안〉, 《신천지》, 1947. 9., 《목넘이마을의 개》, 육문사, 1948., 208쪽.

황순원과 순수문학 다시 읽기

환상이 공범인 전재민 현세에게도 자기의 기만을 은폐한 채로 나타난 것이다.

또한 (15)에서 마산이 고향인 주인공은 접대부와 같은 외모를 한 여성을 잘 알지 못함에도 창녀이자 일본 밀항자로, 그리고 (16)에서는 함경도 사투리를 쓰는 전재민 청년 역시 이 여성을 창녀로 여긴다. 전재민 여성이 창녀(문제 집단)라는 무의식은 동시대에서 주요 우익 집단이 지닌 이데올로기적인 환상인데, 이러한 환상이 평범한 남한인과 전재민 자신한테도 무의식적으로 반복되는 것이다. 전재민에 대한 남한 사회의 이데올로기적인 환상을 지적·비판하는 황순원의 서술은, 중산층 월남인의 정치적·경제적·문화적 위치가 그만큼 위태롭다는 것을, 그럼에도 주요 우익 집단에 대한 분명한 비판·항의를 하기 어렵다는 것을 반증하는 것이기도 한다.

V. 결론

황순원의 해방 이후 발표 작품에 나타난 주요 인물은 해방 이후의 시기에 북한의 사회주의 이데올로기, 월남 직후 임화 주도의 조선문학가동맹 이데올로기, 남한의 반공주의·자본주의 이데올로기에 대한 중상층 월남인 유형의 대응·적응 양상을 잘 보여줬다. 그동안 황순원의 해방 이후 발표 작품은 주로 순수서정이나 적극적인 현실 형상화·비판으로 언급되었으나, 좌우 이데올로기 대응이라는 측면에서는 제대로 논의되지 못했다. 이 글에서는 호미 바바의 탈식민주의론과 슬라보예 지젝의 이데올로기론을 참조해서 시 6편과 단편소설 7편을 대상으로 분석했다.

우선 황순원은 시 6편과 소설 〈술 이야기〉에서 모든 계급의 인간이 지님에도 그 논의가 허용되지 않는 사적 소유의 욕망과 비계급적·성애적인 사랑을 소재화했는데, 그 소재화 자체가 사회주의 이데올로기의 시선을 균열 내는 일종의 응시가 되었다. 그리고 황순원은 소설 〈아버지〉·〈황소들〉·〈집 혹은 꿀벌이야기〉에서 10월항쟁·통일전선 등의 논리를 펼친 조선문학가동맹의 이데올로기를 따르면서도, 엉터리 흉내를 내거나 지주/소작농의 이분법적인 논리에서 벗어나는 사고를 하면서 그 이데올로기를 위반했다. 마지막으로 황순원은 소설 〈목넘이마을의 개〉·〈두꺼비〉·〈담배 한 대 피울 동안〉에서 전재민이 문제 집단이라는 남한 사회의 이데올로기적인 환상이 주요 우익 집단이나 전재민 내부에서 있음을 지적·비판했다.

이렇게 볼 때에 황순원의 해방 이후 발표 작품에 나타난 주요 인물은 해방 직전까지 북한 사회에서 상층계급으로 살다가 해방 이후에 남한 사회로 건너온 중상층 월남인이 해방기의 현실체제를 형성한 2좌1우 이데올로기에 대응·적응한 양상을 비교적 잘 보여줬다. 황순원은 2좌1우 이데올로기의 혼란·폭력·강요·선택 속에서 반공주의·자본주의 이데올로기를 나름대로 수용하고 그 속에서 생존을 모색한 중상층 월남인의 전형적인 유형이었던 것이다. 앞으로 황순원을 비롯한 중상층 월남인 유형에 속한 문인들을 대상으로 논의를 확대할 필요가 있다.

황순원과 순수문학 다시 읽기

'좌익'이라는 낙인, 순수라는 수의(囚衣)
국가 건립 직후의 황순원 발표 소설을 중심으로

I. 서론

국가 건립 직후, 이승만이 주창한 일민주의가 정치이데올로기로 제대로 작동하기 위해서는 일민이 아닌 자 혹은 '좌익'이라는 타자가 필요했다. 이승만 정부는 해방기의 좌익 집단이나 그 집단이 만든 단체에 적극적·소극적으로 가입한 개인을 좌익·비국민으로 규정한 뒤에 국민이 되기 위한, 그러나 실제로는 국민에서 배제한 전향 제도인 국민보도연맹에 강제로 가입시킨다. 이 연맹 속의 개인은 실제의 정치이데올로기와 무관하게 국민에 포함되고 생존하기 위해서 자신이 좌익이 아님을 지속적으로 증명하고 이데올로기적인 자기감시를 해야 했는데, 이러한 자기감시의 문학적인 양상은 황순원이 이 시기에 발표한 소설에 잘 드러나 있다.

여기서는 국가 건립 직후의 황순원 발표 소설을 대상으로 해서 자신이 좌익이 아님을 증명하고 이데올로기적인 자기감시를 하고자 비판적인 경향의 이전 소설과[337] 달리 일체의 현실적인 연관에서 해방되려는 순수 관념을 의식적으로 보여주고 있음을 증명하고자 한다. 황순원은 본래 평안도의 상층계급(양반) 가문에서 태어났고, 해방 직후인 1946년 5월경에 이북 사회주의 체제와 그 정책의 이질감·피해 등으로 인해 자진 월남해 비교적 안정적으로 남한사회에 적응한 반북친남(反北親南) 성향의 중상층 월남인이었지만, 임화 주도의 조선문학가동맹 회원으로 가입하고 관련 지면에 소설을 발표한 사실로 인해서[338] 국가 건립 직후에 국민보도연맹에 가입됐다. 이 시기에 황순원의 문학적인 대응은, 국민보도연맹의 전향·탈맹 로드맵에 따라서[339] 진짜 좌익이 아님에도 좌익에서 우익으로 전향해야 하고, 비좌익적인 혹은 순수 성향을 지니는 작품을 발표해야 하는 것과 관계된다.

이 글에서 '좌익'과 순수라는 용어는 문제적이다. 작은 따옴표를 붙인 '좌익' 혹은 좌익규정자란 프랑스 대혁명기에 보수파에 반대한 급진 개혁파라는, 혹은 해방기의 북·남로당으로 대표되는 사회주의·공산주의 집단이나 그에 동조·활동한 자라는 본래의 뜻이 아니다. 이 개념은 남

---

337 이 글에서 비판적인 경향의 이전 소설이란 황순원의 해방 이후 발표 단편소설 7편─⟨술 이야기⟩, ⟨아버지⟩, ⟨두꺼비⟩, ⟨꿀벌⟩, ⟨황소들⟩, ⟨담배 한 대 피울 동안⟩, ⟨목넘이마을의 개⟩─을 뜻한다.

338 황순원의 조선문학가동맹 가입은 사회주의 이데올로기적인 실천보다는 작품 발표의 지면 확보를 위한 가담 정도의 의미를 지닌다. 이에 대한 논쟁과 단순 가담의 논리는 다음의 논문을 참조할 것. 강정구, 「황순원의 해방 이후 발표 작품에 나타난 좌우 이데올로기 대응 양상」, ⟪우리문학연구⟫ 55., 우리문학회, 2017. 7., 271~296쪽.

339 국민보도연맹의 로드맵은 우선 좌익규정자들을 가맹시켜서 우익으로 전향시키고, 전향한 (남로당) 탈당자를 지도·계몽시켜서 탈맹시키는 것이었다. 이때 국민보도연맹 가맹의 요건은 5~10명의 세포원을 자백하는 양심서를 제출하는 것이었기 때문에 가맹원 중 진짜 좌익이 아닌 자들이 대거 포함될 가능성이 상존했고, 그 때문에 최고지도위원 선우종원의 추산으로 대략 30만 명까지 연맹원이 늘어났다. 연맹원은 전향 후 사상교육을 받아 탈맹해야 했으나, 공식적인 탈맹은 1950년 6월 5일에 6,982명이 전부였고, 전쟁 직후 연행돼 사살·행방불명된 경우는 10~30만 명으로 추정된다. 진실·화해를위한과거사정리위원회, ⟪국민보도연맹 사건 진실규명결정서⟫, 진실·화해를위한과거사정리위원회, 2009., 1~251쪽.

황순원과 순수문학 다시 읽기

한의 국가 건립 직후에 남로당뿐만 아니라 남로당에 동조한 자, 국가 건립 이전에 여타 사회주의 유사 집단·단체에 적극적·소극적으로 가입한 자, 나아가서 이승만 정부를 비판하는 일부 개인까지도 포함하는 정치 이데올로기적인 국가권력적 규정인 것이다. 이때 이승만 정부에 의해 '좌익'으로 호명된 집단·개인은 자기 스스로 '좌익'이 아님을 증명하고 이데올로기적인 자기감시를 해야 하는 처지에 놓이게 된다. 또한 순수라는 표현 역시 해방기의 우익문학계에서 말한 민족적인 것이 순수한 것이라는 의미와 달리, 일체의 현실적인 연관으로부터 해방되려는 지향을 핵심으로 하는 본래의 개념을 뜻한다.[340]

이 글은 '좌익' 황순원의 문학적인 대응을 살펴보기 위해서 국가 건립 직후에 발표된 그의 소설을 연구대상으로 한정하고자 한다. 이 시기의 발표 소설은 단편소설 〈검부러기〉(《신천지》, 1949. 2., 탈고연도 1948. 3. 이후 〈몰이꾼〉으로 게재), 〈솔개와 고양이와 매와〉(《신천지》, 1949. 5~6., 탈고연도 1949. 4., 이후 〈무서운 웃음〉으로 게재), 〈산골아이〉(《민성》, 1949. 7., 탈고연도 1940., 겨울.), 〈맹산할머니〉(《문예》, 1949. 8., 탈고연도 1943. 가을.), 〈황노인〉(《신천지》, 1949. 9., 탈고연도 1942. 가을.), 〈노새〉(《문예》, 1949. 12., 탈고연도 1943. 늦봄.), 〈기러기〉(《문예》, 1950. 1., 탈고연도 1942. 봄.), 〈병든 나비〉(《혜성》, 1950. 2., 탈고연도 1942. 봄.), 〈이리도〉(《백민》, 1950. 2., 탈고

---

340 김동리는 "민족 정신을 민족 단위의 휴머니즘으로 볼 때 휴머니즘을 그 기본 내용으로 하는 순수문학과 민족 정신이 기본되는 민족문학과의 관계란 벌써 본질적으로 별개의 것일 수 없다"고 논의한 바 있다. 김동리, 「순수문학의 진의–민족문학의 당면 과제로서」, 《서울신문》, 1946. 9.14. 이 글에서는 용어의 혼란을 배제하고자 이승만 정부가 정치이데올로기적으로 규정한 좌익을 '좌익' 혹은 좌익규정자로, 사회주의·공산주의 집단을 의미할 때에는 좌익으로 사용하고자 한다. 또한 해방기 우익문학계에서 말하는 민족적인 것과 그 기의를 공유하는 순수는 작은따옴표가 있는 '순수'로, 반면에 일체의 현실적인 연관으로부터 해방되려는 관념인 본래의 순수 개념은 그냥 순수로 표현하고자 한다. 김준오, 《문학사와 장르》, 문학과지성사, 2000.

연도 1948. 5.), 〈모자〉(《신천지》, 1950. 3., 탈고연도 1947. 11.), 〈독 짓는 늙은이〉(《문예》, 1950. 4., 탈고연도 1944., 가을.) 등 11편, 그리고 단편소설 〈암콤〉(《백제》, 1947. 1.)과 〈곰〉(《협동》, 1947. 3.) 등의 글을 묶은 장편소설 〈별과 같이 살다〉(정음사, 1950., 탈고연도 1946. 11.) 1권이 있다.[341] 최초로 발표된 소설과 전집 사이의 내용·표현·문체 차이가 크게 드러나지 않기에 이 글에서는 1980~81년도 문학과지성사 전집을 연구텍스트로 삼았다. 이들 작품은 탈고연도가 식민지 시기인 경우가 적지 않지만, 국가 건립 직후에 발표됐다는 공통점이 있다. 그 전에 탈고한 작품일지라도 발표할 때에는 문헌에서 확인되지 않지만 개작 가능성이 있으며, 이전에 탈고한 작품을 취사·선택해서 다른(국가 건립의) 시기에 발표한 행위 자체가 발표 시기의 정치이데올로기적인 상황에 따른 작가의 문학적인 대응이라는 점을 주목해서 발표연도를 기준으로 했다.[342]

　지금까지 황순원의 국가 건립 직후 발표 소설에 대한 연구사는 주로 탈고연도에 초점이 맞춰져서 식민지 시기를 견디어 온 문학적인 서정 논의가 중심이었을 뿐, '좌익'으로 낙인찍힌 황순원이 스스로 좌익이 아님을 증명하고 자기 감시해야 하는 문학적인 양상으로 살펴본 바는 드물

---

341 단편소설 〈곰녀〉(《대조》, 1949. 7.)가 발표되어서 장편소설 〈별과 같이 살다〉에 실린 것으로 여러 연구사에 나와 있으나, 필자의 조사 결과 잡지 《대조》는 1948년 정부건립기념호를 발간으로 출판 중단됐고, 〈곰녀〉에 대한 다른 출판 기록을 찾을 수 없었다. 이것으로 보아서 〈곰녀〉가 《대조》, 1949. 7.에 게재됐다는 연구사는 검토가 필요해 보인다.
342 기존의 연구사에서 발표연도를 주목한 논의로는 조은정의 것이 있다. 조은정은 황순원의 사상이 대한민국에 불온하지 않음을 역설해야 하는 국가 건립 직후의 전향기에 일제 말기의 탈고연도 기록이 상당히 사상적인 안전장치가 됐다고 주장한 바 있다. 필자는 조은정의 논의를 참조하고 발전시켜서 국가 건립 시기의 황순원 발표 소설이, 식민지 시기의 검열·발표지면 문제로 출판 좌절됐다가 발표됐다는 기존의 주요 연구사와 방향을 달리 해서 국가 건립 직후의 동시대적인 문학적 대응이라는 측면을 주목하고자 한다. 조은정, 「1949년의 황순원, 전향과 《기러기》 재독」, 《국제어문》 66, 국제어문학회, 2015., 37~67쪽.

었다. 단편소설 〈맹산할머니〉, 〈황노인〉, 〈노새〉, 〈기러기〉, 〈병든 나비〉, 〈독 짓는 늙은이〉 등을 1942~44년 사이에 탈고된 황순원의 초기 소설로 규정내린 뒤 식민지의 정치적·경제적·문화적인 억압 속에서 시대를 초월한 황순원 특유의 순수·서정이 발현된 것으로 이해해왔다. 문제는 이런 이해가 시대적인 초월성을 강조한 나머지 발표 시기의 사회문화적인 맥락과 작가의 대응을 놓친다는 점이었다.

1942~44년 사이의 탈고작품들이 서정성·생명성·내면성·토속성·원시성 등의 순수·서정을 지녔음을 언급한 것들이 대표적인 사례가 됐다. 이 작품들에 대해서 조연현은 서정시와 같은 정감과 인생의식을 주는 것으로, 구창환은 향토적인 서정의 풍토 위에서 구축된 범생명주의로, 천이두는 시대적·역사적 조건이 말끔히 생략된 토속적인 인간상으로, 김윤식은 시대와 사회를 초월한 원시적 인간형의 탐구로, 이태동은 인간 정신의 확대에서 오는 미학적 현현으로, 또는 이보영은 사회성보다 내면성이 짙은 휴머니즘 문학으로 논의했다.[343] 이러한 언급이 국가 건립 직후의 발표 소설이라는 시대성을 간과·도외시한 채로 순수·서정을 강조했음은 물론이다. 이 시기의 작품에 대해서는 유사한 비평적인 맥락에서 진형준, 허명숙, 정수현 등이 동심·모성을 드러낸 것으로 언급하기도 했다.[344]

---

343 조연현, 「황순원단장」, 《현대문학》 119, 1964. 11.; 구창환, 「황순원 문학서설」, 《조선대 어문학논총》 6, 조선대학교 국어국문연구소, 1965., 33~45쪽; 천이두, 「황순원 작품해설」, 《한국대표 문학전집》 6권, 삼중당, 1971; 김윤식, 「원초적 삶과 시대적 삶−황순원론」, 《우리 문학의 넓이와 깊이》, 서재헌, 1979; 이태동, 「실존적 현실과 미학적 현현」, 《현대문학》, 1980. 11.; 이보영, 「작가로서의 황순원」, 오생근 편, 《황순원 연구》, 문학과지성사, 1993.

344 진형준, 「모성으로 감싸기, 그 안에 안기기」, 《세계의 문학》, 1985. 가을호; 허명숙, 「황순원 초기 단편소설 연구」, 《숭실어문》, 12., 숭실어문학회, 1995., 57~82쪽; 정수현, 《황순원 소설 연구》, 한국학술정보, 2006.

국가 건립 직후의 발표 소설 중 〈별과 같이 살다〉에 대해서는 곰녀가 한민족의 알레고리라는 김윤식, 김현의 논의,[345] 본성적인 이타적 삶을 다뤘거나 귀환전재민·탈향자의 상처를 주목했다는 이동길, 노승욱, 안미영의 논의,[346] 그리고 사실주의적이면서도 상징주의적인 요소를 함께 지녔다는 방민호와 전홍남, 소형수의 논의가 있었다.[347] 또한 이 시기의 발표 소설들이 한국전쟁 이후의 전집에서 부분적으로 개작이 이루어졌음을 살펴본 박용규의 논의가 있었다.[348] 이러한 논의들에서도 '좌익'이라는 낙인을 지워야 하는 황순원의 문학적인 대응에 대한 논의는 제대로 이뤄지지 못해서 아쉬움이 남았다.

이 점에서 황순원이 국가 건립 직후에 '좌익'이라는 국가권력의 낙인 속에서 이데올로기적인 자기감시의 한 방법으로써 순수 관념을 지닌 작품을 의식적으로 발표하는 문학적인 대응을 했음을 살펴보고자 한다. 이 글에서는 권력의 의지와 감시사회의 출현을 논의한 미셸 푸코의 담론을 참조·활용해서 국가 건립 직후에 발표된 단편소설 〈검부러기〉와 〈솔개와 고양이와 매와〉·〈산골아이〉를 비교해서 자기감시로 인해 소설

345 김윤식, 「원초적 삶과 시대적 삶−황순원론」, 《우리 문학의 넓이와 깊이》, 서재헌, 1979. 이후의 연구사에서 이 알레고리론은 김현, 김인환, 방민호 등에 의해서 계속 반복된다. 김현, 「소박한 수락」, 《황순원 연구》, 문지사, 1985., 108쪽; 김인환, 「인고의 미학」, 《별과같이살다/카인의후예−황순원전집 6》, 문학과지성사, 1981., 355~364쪽; 방민호, 「현실을 포회하는 상징의 세계」, 《관악어문연구》, 19, 1994. 12., 서울대국어국문학과, 83~102쪽.

346 이동길, 「해방기의 황순원 소설연구」, 《어문학》 56, 한국어문학회, 1995., 267쪽; 노승욱, 《황순원 문학의 수사학과 서사학》, 지교, 2010.; 안미영, 「해방직후 황순원 소설에 나타난 귀환전재민의 의의」, 《현대문학이론연구》 40, 현대문학이론학회, 2010., 263쪽.

347 방민호, 「현실을 포회하는 상징의 세계」, 《관악어문연구》 19, 1994. 12., 서울대국어국문학과, 83~102쪽; 전홍남·소형수, 「해방기 황순원 소설의 현실 대응력 −《별과 같이 살다》를 중심으로」, 《영주어문》 14., 영주어문학회, 2007., 165~190쪽.

348 박용규, 「황순원 소설의 개작과정연구」, 서울대대학원 박사학위논문, 2005., 1~221쪽.

에 시공간적인 변화가 발생됨을(2장), 단편소설 〈맹산할머니〉, 〈황노인〉, 〈노새〉, 〈기러기〉, 〈병든 나비〉, 〈이리도〉, 〈모자〉, 〈독 짓는 늙은이〉를 대상으로 삶의 문제 앞에서 일체의 정치이데올로기적인 연관에서 벗어나 있는 내향적인 인물이 재현됨을(3장), 그리고 장편소설 〈별과 같이 살다〉에서 반봉건지주적·성매매 구조적인 혹은 군사적·정치적·가부장제적인 권력에 순응하면서도 자신의 삶을 살아가는 곰녀의 순수 표상이 드러남을(4장) 검토하고자 한다.[349]

II. 자기감시로 인한 소설의 시공간적 배경의 변화: 단편소설 〈검부러기〉~〈산골아이〉

국가 건립 직후에 엿보이는 황순원 소설의 변화는, 이승만 정부가 만든 '좌익'이라는 정치이데올로기 규정 속에서 살아가는 것과 밀접하게 대응된다. '좌익'이 되어서 국민보도연맹에 가맹된다는 것은, 비국민으로 낙인찍히는 것이자 신체의 자유와 생사 여부가 국가의 정책에 따라 결정됨을 의미한다. 이러한 상황의 급격한 전환으로 인해서 황순원은 자신이 좌익이 아님을 보여주고 지속적으로 자기감시를 해야 하는 처지가 되었는데, 국가 건립 직후의 발표 소설에서 나타난 시·공간적 배경의 변화는 이러한 자기감시와 관련된다. 이 변화는 국가 건립 직후에 발표된 단

---

[349] 미셸 푸코는 그의 저서 《감시와 처벌》에서 감시자의 시선이 어디로 향하는지 죄수가 알 수 없는 원형감옥인 판옵티콘(Panopticon)을 논의하면서 근대사회는 규율권력에 의해서 판옵티콘 사회가 되었음을 분석했다. 이러한 분석은 이승만 정부의 정치이데올로기적에 의해서 황순원을 비롯한 좌익규정자가 국가권력을 내면화해 자기 자신을 감시하는 상황을 이해할 때에 중요한 참고자료가 된다. 미셸 푸코, 오생근 역, 《감시와 처벌》, 나남, 1994., 5~469쪽. 미셸 푸코는 개인이 자기 스스로를 감시하는 인간으로, 규율권력에 거슬리지 않기 위한 자기감시를 내면화하는 내향적인 인간으로, 그리고 권력이 원하는 바대로 강제되는 순응적인 개인으로 변화하는 양상을 논의했다.

편소설 〈검부러기〉, 그리고 황순원이 국민보도연맹에 가맹되는 등 '좌익'
으로 점점 몰리는 시기에 게재된 〈솔개와 고양이와 매와〉·〈산골아이〉를
비교할 때에 잘 드러난다.[350]

　　단편소설 〈검부러기〉와 〈솔개와 고양이와 매와〉·〈산골아이〉 사이의 가
장 중요한 변화는 인물이 처해 있는 시·공간적 배경의 특성이다. 1949
년 2월에 발표된 〈검부러기〉와 각각 1949년 5~6월, 7월에 출판된 〈솔개
와 고양이와 매와〉·〈산골아이〉의 사이에는 소설 속의 시·공간적 배경의
변화가 두드러진다. 이러한 시·공간적 배경의 변화는 동시대를 다루는
것이 자칫 의욕적으로 출범한 이승만 정부에 대한 정치이데올로기적인
비판·비난이나 당대 사회·문화에 대한 지적·이의제기로 오인될 여지가
있다는 자기감시의 일종으로 생각해볼 필요가 있다. 황순원 자신이 좌
익이 아님을 철저하게 보여주는 방법 중의 하나는 아예 소설의 시·공간
적 배경을 구체적인 동시대와 일정한 거리를 두는 것이 되기 때문이다.

　　(1) 애놈 셋이 청계천 속에 들어가 허리를 구부리고 돌아가고 있다. 검은 개천물
　　　　처럼 뗏국에 절은 누더기옷들을 걸쳤다. 누가 봐도 첫눈에 거리의 애들이 분
　　　　명했다.
　　　　대체 무엇들을 하고 있는 것일까. 고기새끼라도 잡고 있는 것일까. 그러고보

---

350 이 변화를 논의할 때에 주목해야 하는 것은 식민지 시기에 탈고된 〈산골아이〉가 왜 이 시기에
발표되었는가 하는 점이다. 〈솔개와 고양이와 매와〉는 비교적 동시대에 탈고(1949. 4.)하고 바로 발
표(1949. 5.~6.)한 반면에, 〈산골아이〉는 식민지 시기에 탈고(1940. 겨울)하였지만 국가 건립 직후에
발표(1949. 7.)했기 때문이다. 이때 황순원이 〈산골아이〉를 지면에 발표할 소설로 취사·선택한 행
위 자체는 식민지 시기의 일제에 대한 문학적인 대응을 뒤늦게 보여준 것으로 여길 수도 있겠지만,
국가 건립 직후에 '좌익'으로 규정되어 모든 실천이 조심스러운 그의 상황을 염두에 둘 때에는 '좌
익'에서 벗어나기 위한 그의 문학적인 한 대응으로 판단할 여지가 분명히 있다고 본다. 이 글에서
는 이러한 판단에 근거하여서 황순원의 발표 시점을 주목하여서 논의를 전개하고자 한다.

면 그런 자세들이다. (중략, 한 중년신사가 애들을 도둑놈으로 몰면서 말하기를－필자 주)－깍쟁이놈들이 저기 저 서양사람들이 들어있는 집을 노리고 그러거든,[351]

(2) 그날 나는 우연히 이 민턱영감네 집앞 지나다 발걸음을 멈추고 말았습니다. 민턱영감이 대문 밖에서 이상하게 몸을 구부리고 자기 네 집 안뜰을 들여다 보고 있는 것이었습니다. (중략) 안방 바깥기둥과 안기둥 사이에 막대를 질러 만들어논 홰 위에 앉았는 매를 고양이란 놈이 노리고 기어올라가고 있지 않습니까.[352]

(3) 진정 이런 가난한 산골에서는 눈이 내린 날 밤 도토리를 실에다 꿰어 눈속에 묻었다 먹는 게 애의 큰 군음식이었다. 그리고 실꿰미에서 한 알 두 알 빼 먹으며 할머니한테서 듣고도 남은 옛이야기를 다시 되풀이 듣는 게 상재미다. ―할만, 넷말 한마디 하려마, (중략) ―거긴 말이야, 넷말부터 여우가 많아서 여우고개라구 한단다.[353]

　　인용문 (1)~(3)에서 주목되는 것은 소설 속의 시·공간적 배경이 변화 되는 양상이다. 주변사람들이 청계천 하수도 구멍으로 들어간 아이들 을 절도범·소매치기로 몰이하는 내용인 (1)의 시·공간적인 배경은 소설 이 발표된 동시대다. 서양사람들의 집을 노린다는 중년신사의 말은 국가

---

351 황순원, 〈검부러기〉,《신천지》, 1949. 2., 이후 〈몰이꾼〉으로 게재,《황순원전집 3》, 문학과지성사, 1981., 81쪽.

352 황순원, 〈솔개와 고양이와 매와〉,《신천지》, 1949. 5~6., 이후 〈무서운 웃음〉으로 게재,《황순원전 집 2》, 문학과지성사, 1981., 220쪽.

353 황순원, 〈산골아이〉,《민성》, 1949. 7.,《황순원전집 1》, 문학과지성사, 1980., 175쪽.

건립 시기(혹은 해방기)의 사회문화적인 상황을 배경으로 하고 있고, 그렇기 때문에 동시대적인 문제의식을 지닌 것으로 해석되기 쉽다. 이러한 동시대적인 문제의식은 (1)이 발표되기 직전까지의 해방기 발표 작품들에 대부분 공통적으로 드러나 있던 특성인데,[354] 〈검부러기〉는 그 연장선상에서 이해된다.

인용문 (2)~(3)에서는 소설 속의 시·공간적 배경이 국가 건립 시기의 사회문화적인 상황과 일정한 거리를 뒀다는 특성이 있음이 확인된다. (2)는 서술자 '나'가 소학교 시절에 시골 할아버지 댁에서 경험한 민턱영 감네 이야기이고, (3)는 산골아이가 할머니에게 구슬 방울 설화를 듣고 꾼 꿈을 소재로 한 것이다. 두 이야기는 모두 단편소설이라고 말하기 애매할 정도로 서사의 길이가 짧고, 국가 건립 시기라는 동시대와 거의 무관한 시·공간적 배경을 지녔기에 동시대를 연상시킬 만한 어떤 서사적 요소를 갖췄다는 혐의를 잡기가 어렵다. 이러한 소설의 변화는 동시대를 문제 삼고 비판적으로 소재화하는 것이 '좌익'으로 언급·비난될 수 있는 당시의 상황을 고려할 때에 잘 이해된다.

이러한 시·공간적 배경의 변화로 인해서 단편소설 〈솔개와 고양이와 매와〉·〈산골아이〉에서는 소설의 동시대적인 지역성·사회성(특수성)이 사라지게 되는 반면에 이야기(설화)의 구조·흥미(보편성)가 강조된다. 황순원의 소설에서 이러한 변화는 '좌익'을 색출·비판하는 국가권력의 시선을 내면화해서 '좌익'과 관계된 것과는 아예 거리를 두는 자기감시의 일종으로 설명된다. 이 때문에 소설의 지역적·사회적인 특수성은 차츰 흐릿해지고, 이야기의 구조·흥미가 소설의 중심이 되는 것이다.

---

354 이 점에 대해서는 다음의 논문을 참조할 것. 강경구, 「황순원의 해방 이후 발표 작품에 나타난 좌우 이데올로기 대응 양상」, 《우리문학연구》 55., 우리문학회, 2017. 7., 271~296쪽.

황순원과 순수문학 다시 읽기

(4) (누군가가 하수도구멍에서 흘러나오는 피가 애가 죽어가는 것이 아니라는 듯이 말하기를-필자 주)—여러분, 염려하실 게 없습니다. 그저 고놈이 아직두 나오지 않으려고 바득바득 손톱발톱으로다 시멘트바닥을 긁어서 나오는 피니까요.[355]

(5) 지금 바둥거리며 앞발로 마구 제 대강이를 잡아 뜯는 고양이의 눈에는 눈알이 없는 것이었습니다. (중략) 그제야 민턱영감은 됐다는 듯이 나를 돌아다보았습니다. 그리고 웃었습니다.[356]

(6) (할머니의 여우 구슬 설화를 듣다가-필자 주) 꿈속에서 애는 꽃같은 색시가 물려주는 구슬을 삼키지 못한다. 살펴보니 아슬아슬한 여우고개 낭떠러지 위이다.[357]

인용문 (4)에서는 아이들이 서양사람들의 집을 노린 것으로 몰이를 하는 중년신사의 말이 곧 황순원과 같은 '좌익'이 국가를 전복시키는 좌익인 것으로 몰이를 하는 정부의 정치이데올로기적인 선전으로 알레고리화 되어 있지만, (5)의 민턱영감네 고양이 얘기와 (6)의 여우 구슬 설화를 듣는 산골아이 얘기에서는 그러한 동시대적인 특수성이 거의 드러나지 않는다. (5)에서 솔개를 잡아먹으려다 눈알이 파인 고양이를 보고서 민턱영감이 무섭게 웃는다는, 또한 (6)에서는 꿈속에서 여우 구슬

355 황순원, 〈걸부러기〉, 《신천지》, 1949. 2., 이후 〈몰이꾼〉으로 게재, 《황순원전집 3》, 문학과지성사, 1981., 88쪽.
356 황순원, 〈솔개와 고양이와 매와〉, 《신천지》, 1949. 5~6., 이후 〈무서운 웃음〉으로 게재, 《황순원전집 2》, 문학과지성사, 1981., 220쪽.
357 황순원, 〈산골아이〉, 《민성》, 1949. 7., 《황순원전집 1》, 문학과지성사, 1980., 177쪽.

설화의 주인공이 된 산골아이가 구슬을 삼키지 못한다는 서사가 중심이다. (5)와 (6) 모두 국가 건립 시기라는 동시대와 거의 관계가 없는 과거의 충격적인 기억을 떠올리거나 혹은 설화를 소재로 할 뿐이지, 소설의 지역적·사회적인 특수성은 거의 반영돼 있지도 않고 연상되지도 않는다. 이처럼 황순원의 국가 건립 직후의 발표 소설에 나타난 시·공간적 배경의 변화는 ('좌익'으로 몰아버리는) 국가권력 시선의 내면화와 자기 감시로 인한 영향이 큰 것으로 판단된다. 그 결과 이야기의 보편성이 강화되는 반면에 지역적·사회적인 특수성이 약화되면서, 해방기에서 김동리·조연현이 주창한 '순수'와 또 다른 문학적인 순수의 관념이 출현하게 된다.[358]

III. 일체의 정치이데올로기적인 연관에서 벗어나 있는 내향적인 인물: 단편소설 〈맹산할머니〉~〈독 짓는 늙은이〉

발표 시기로 볼 때에 단편소설 〈맹산할머니〉(1949. 8.)~〈독 짓는 늙은이〉(1950. 4.)(《맹산할머니》, 〈황노인〉, 〈노새〉, 〈기러기〉, 〈병든 나비〉, 〈이리도〉, 〈모자〉, 〈독 짓는 늙은이〉)에서는 주로 황순원 자신의 실제 고향인 평안도를 배경으로 식민지 시기의 삶을 주요 소재로 했음에도, 소설 속의 인물은 국가 건립 직후라는 동시대의 존재로 살펴봐도 크게 정치적·문화적인 이질감이 없는 자로 재현돼 있다. 이 시기의 황순원은 '좌익'이라는 낙인 속에서 이승만 정부의 정치이데올로기와 감시를 내면화한 것으로 판단되는데, 소설 속의 인물은 자신이 처한 삶의 문제를 인식·실천하는 과정

---

358 이 부분에 대한 자세한 논의는 다음을 참조할 것. 강정구, 「해방기에 나타난 문학적인 순수 관념의 다층성―황순원의 경우」, 《한국문예비평연구》 56, 한국현대문예비평학회, 2017. 12., 345~372쪽.

에서 일체의 정치이데올로기와 조금의 연관이라도 찾아보기 힘든 모습으로 재현돼 있다는 점이 특징적이다. 다시 말해서 황순원은 국가 건립 직후의 시기에 식민지 시기의 탈고소설을 포함해 자신이 쓴 단편소설에서 철저하게 비정치적·비사회적이면서도 내향적인 인물[359]을 주인물로 한 경우를 취사·선택해 발표함으로써 '좌익'의 낙인에서 벗어나고자 하는 문학적인 대응을 할 수 있었던 것으로 추측된다.

이러한 내향적인 인물 중 가장 대표적인 경우가 단편소설 〈맹산할머니〉, 〈황노인〉, 〈병든 나비〉, 〈독 짓는 늙은이〉의 주인물인 노인이다. 이 노인은 자신이 처한 삶의 문제를 정치적·사회적인 혹은 상층계급의 범주에서 바라보지 않는다는 점에서 황순원의 해방기 발표 소설이나 식민지 시기 발표 소설과 분명한 차이를 지닌 인물형이다.[360] 노인은 자신이 처한 삶의 문제에 대해서 대부분의 경우에 철저하리만큼 자기가 속한 사회와 일정한 거리를 두고 살아가는 모습을 보여준다.

(7) (동네 늙은이가 맹산할머니의 성격에 대해 말하기를 ─ 필자 주) "그 오마니야 멀 잽길 부티느라고 부티나, 누구보구 당최 말하기 싫어하는 성미가 돼

---

359 내향적인 인물에서 내향적이란 C. G. 융 이 그의 저서 《심리적 유형론》에서 논의한, 정신에너지의 방향이 외계에 대한 흥미·관심을 잃고 내부로 작용하는 상태를 뜻한다. 내향적인 성격은 주로 감정을 겉으로 드러내지 않는 사색적·회의적인 특성이 있다. C. G Jung, Psychological Tapes(Tje Collected Works of C. G. Jung ─ 6, Translated by R.F.C. Hull(1971)), Princeton University Press,
360 황순원은 해방 직후 발표 소설에서 해방기의 현실체제를 형성한 2좌1우 이데올로기에 대응·적응한 중상층 월남인의 모습을, 그리고 식민지 시기 발표 소설에서는 민중계급과 구별된 상층계급 문화의 모습을 보여준 바 있다. 이 두 시기에는 노인이 주인물로 등장한 적이 없다. 자세한 것은 다음의 논문을 참조할 것. 강정구, 「황순원의 해방 이후 발표 작품에 나타난 좌우 이데올로기 대응 양상」, 《우리문학연구》 55., 우리문학회, 2017. 7., 271~296쪽; 강정구, 「황순원 소설 속의 상층계급 한 고찰 ─ 식민지 시기 발표 소설을 중심으로」, 《세계문학비교연구》 60, 세계문학비교학회, 2017. 9., 57~77쪽.

놔서 누가 드나들건 그저 내버레두는 거디."[361]

(8) 내일이 황노인의 환갑이었다. 그러나 어쩐지 오늘과 내일이 어서 지나기기를
바라는 황노인이었다. 이삼년래 특히 황노인은 사람들이 많이 모여 북적거
리는 자리가 싫었다.[362]

(9) 전에 같이 일하던 친구들이 와서는 이제 늙마에 다시 한번 실업계에 나서보
지 않겠느냐고들 권하는 수가 있었다. 그러면 정노인은, 이미 모든 것을 자식
들에게 맡긴 지 오래인 걸 다 알고 있지 않느냐고, 그러니 제발 자기를 건드
리지 말아달라고 했다.[363]

(10) (아내와 바람난 조수의 독은 잘 구워지는데 자신의 독이 터지자 가
마 속으로 들어가 죽음을 결심한 – 필자 주) 송영감은 조용히 몸을 일
으켜 단정히, 아주 단정히 무릎을 꿇고 앉았다. 이렇게 해서 그 자신이 터
져나간 자기의 독 대신이라도 하려는 것처럼.[364]

국가 건립 직후의 소설에 나타난 노인은 하나같이 정치·사회와 거의
무관하게 죽음을 앞두거나 맞이하는 상황에서 자기 실존과 마주하는
내향적인 인물이다. 인용문 (7)~(10)의 시·공간적 배경은 탈고연도가
1943년 가을부터 1944년 가을까지인 것으로 보아서 주로 1940년대
초중반 전후의 평안도로 이해되는데, 황순원은 이 시기의 한 인간을 재

361 황순원, 〈맹산할머니〉,《문예》, 1949. 8.,《황순원전집 1》, 문학과지성사, 1980., 272쪽.
362 황순원, 〈황노인〉,《신천지》, 1949. 9.,《황순원전집 1》, 문학과지성사, 1980., 229쪽.
363 황순원, 〈병든 나비〉,《혜성》, 1950. 2.,《황순원전집 1》, 문학과지성사, 1980., 215~216쪽.
364 황순원, 〈독 짓는 늙은이〉,《문예》, 1950. 4.,《황순원전집 1》, 문학과지성사, 1980., 293쪽.

현하는 과정에서 정치적·사회적인 관심사를 표명하거나 연상되는 요소를 일절 고려하지 않는다. 인물에 대한 황순원의 관심사는 일체의 정치 이데올로기적인 연관에서 벗어나 있는 내향적인 심리와 태도일 뿐이다. 이러한 인물의 재현은 국가 건립 직후에 '좌익'으로 몰린 황순원이 의도적으로 인물에 대한 정치이데올로기적인 관심·태도·실천을 회피한 양상에 부합함을, 그리고 그렇기 때문에 이 시기에 발표할 수 있었음을 암시한다.

일체의 정치이데올로기적인 연관에서 회피된 인물의 재현은, 국가 건립 직후라는 발표 시점으로 볼 때에 누구라도 이데올로기적인 꼬투리를 잡지 못할 만한 순수한 인간(혹은 노인)의 모습이 되고, 나아가서 황순원 자신이 동시대의 정치·사회 혹은 '좌익'과 무관하다는 입장의 간접적인 표명이 된다. (7)에서 타인에 대해서 본래 논평하기를 싫어하는 맹산할머니, (8)에서 사람들이 많이 모이는 것을 싫어하는 성미의 황노인, (9)에서 실업계를 권유하는 친구들에게 자신을 건드리지 말라는 정노인, 또는 (10)에서 가마 속에서 자신의 깨진 독 대신에 단정히 앉아 자존심을 지키려는 송영감은, 모두 현대사가 어떻게 급변하던 간에 외부에 대한 흥미·관심을 단절한 채로 자기 일만 하고 자신에게 집중하는 내향적인 인물인 것이다. 물론 이런 내향적인 인물 재현이 '좌익'과 무관하다는 뉘앙스를 지님은 당연지사다. 일체의 정치이데올로기적인 연관에서 벗어나 있는 내향적인 인물이 해방기의 문학계에 '좌익'과 무관함을 보여주는 한 방식으로 황순원에 의해서 새롭게 재현되는 것이다.

국가 건립 직후의 발표 소설에 나타난 인물의 내향성은 노인 이외의 청년·중년에게도 반복적으로 나타난다. 본래 소설 속의 인물은 자기가 숨 쉬는 세계와 여러 정치이데올로기적인 연관을 지님을 보여주기 마련이지만, 황순원 소설 속의 청년·중년은 이러한 정치이데올로기와 거의 무관한 인물으로 제시된다. 이러한 인물은 소설 속에서 자신이 처한 삶의 문제를 정치적·사회적이 아니라, 관습적·개인적인 것으로 이해하는 자다. 이때 이러한 인물의 재현은 '좌익'이라는 낙인 속에서 감시를 내면화하는 황순원의 태도와 관계해서 읽을 때에 잘 수긍된다.

(11) (누이를 술집에 넘긴 돈으로 산 노새가 얼마 안 가서 다리에 상처가 나 쓸모가 없게 되자 매질을 하면서 - 필자 주) 유청년은 이 매질이 노새 아닌 곧 자기 자신에게다 하는 거로 착각도 하며 속으로 몇 번이고, 이 노새가 얼마 전에 발통이 부러져 죽은 말처럼 죽는 한이 있더라도 한 번 그렇게 시원히 뛰어라도 줬으면 했는지 몰랐다.[365]

(12) (남편이 남의 집 쌀 닷말을 훔쳐 만주로 사라지자 - 필자 주) 자기는 아무래도 좋았다. 열일곱에 벌써 생과부가 됐다는 말도 참을 수 있었다. 단지 애에게만은 아비 없는 자식이란 말을 듣게 해서는 안 될 것 같았다.[366]

(13) (사장에게 김장을 위해 가불을 요청했으나 거절당한 장은 - 필자 주) 앞이 캄캄해지는 심사였다. 다른 도리를 취한다? 대체 내게 다른 도리를 취할 길이란 무엇인가? 기가 막혀서……[367]

인용문 (11)~(13)의 공통점은 등장인물이 자신이 처한 삶의 문제를 인식·해결하는 과정에서 일체의 정치이데올로기적인 연관에서 벗어난

365 황순원, 〈노새〉, 《문예》, 1949. 12., 《황순원전집 1》, 문학과지성사, 1980., 269쪽.
366 황순원, 〈기러기〉, 《문예》, 1950. 1., 《황순원전집 1》, 문학과지성사, 1980., 209쪽.
367 황순원, 〈모자〉, 《신천지》, 1950. 3., 《황순원전집 2》, 문학과지성사, 1981., 244쪽.

채로 관습적·개인적인 방식을 보여준다는 것이다. (11)의 유청년과 (12)의 쇳네는 식민지 시기를 살아가는, 그리고 (13)의 장은 해방기를 살아가는 궁핍한 청년·중년들이다. (11)에서 유청년은 자기 장사가 잘 되지 않은 것을 애꿎은 노새에게 화풀이하고, (12)에서 쇳네는 도망간 남편을 따라 만주로 향하며, (13)에서 장은 사장의 가불 거절에 대해서 혼자 분노할 뿐 아무런 말과 행동을 취하지 않는다. 이들은 자신의 궁핍·가난을 자기 자신의 개인적인 문젯거리로 치부할 뿐이지, 그 궁핍·가난을 조장하거나 만드는 식민지 시기의 일제나 해방기의 미군정을 문제 삼지 않는다. 황순원은 작품의 탈고연도가 언제이건 간에 발표 시기의 이승만 국가권력과 그 정치이데올로기에 거슬리지 않는 일관된 태도를 보여준다. 이런 태도는 이 작품들이 발표된 지 불과 1~4년 전에 빛을 본 해방기 직후 발표 소설들에서 신랄하게 해방기의 미·소군정과 좌·우익 집단을 냉소적·비판적으로 묘사하던 것과는 사뭇 딴판이다. 황순원은 자신이 '좌익'으로 치부되던 국가 건립 직후의 시기에는 일체의 정치이데올로기적인 연관에서 벗어나 있는 인물을 주인물로 한 단편소설을 의도적으로 취사·발표한 것이다. 황순원 소설 속의 내향적인 인물은 노인은 물론 청년·중년도 모두 일체의 정치이데올로기적인 연관에서 벗어나 있다는 의미에서 순수한 인물의 재현인 것이다.

Ⅳ. 순응적인 인간형의 순수 표상: 장편소설 〈별과 같이 살다〉

장편소설 〈별과 같이 살다〉는 1946년 11월에 탈고된 것으로 여겨지지만, 실제로는 단편소설 〈암콤〉과 〈곰〉이란 제목으로 각각 1947년 1월과 2월에 발표됐고 3년 뒤인 1950년 2월에 이르러서야 출간된 만큼, 황순원이 국가 건립 직후에 '좌익'에서 벗어나려고 애쓰던 시기의 출판물임을 유념할 필요가 있다. 이 소설 속의 주인물인 곰녀는 반봉건지주적·성매매 구조적인 혹은 군사적·정치적·가부장제적인 권력에 의해서 통제되고 길들여지는 순응적인 인간형으로 재현되는데, 이 순응적인 인간형은 사회집단에서 분리되고 권력이 원하는 대로 강제된 원자화된 인간이라는 점에서 아이러니하게도 여러 권력집단과 그 이데올로기적인 실천과 거의 무관한 순수한 인간으로 표상되는 일면이 있다.

소설 속의 곰녀가 순응적인 인간형으로 재현되는 양상은, 무엇보다도 반봉건지주적·성매매 구조적인 권력에 의해서 신체적으로 통제된 모습에서 잘 드러난다. 김만장은 배나뭇집 할머니에게 12살짜리 곰녀를 식모로 달라고 하여 제집의 식모로 쓰면서 어느 날 강간하고, 김만장의 부인은 곰녀를 서울로 가라고 내치며, 인신매매자는 곰녀를 속여서 창녀로 만든다. 이 과정에서 곰녀는 반봉건지주 김만장과 인신매매자·포주에 의해서 자기목적적·실존적인 인간이 아니라, 기능적·도구적인 신체의 표상으로 재현된다.

(14) (김만장 부인의 곰녀 귀성 얘기에 김만장이 못 가게 해야 한다고 화를 내자 - 필자 주) 그런 곰녀가 지금 김만장 영감에게 직접 집에 다녀오겠다는 말을 꺼냈다가 꾸지람을 당한 것같이 가슴이 두근거리고 떨렸다.[368]

(15) 이날 김만장은 담배는 피우고 있지 않았지만 어둑한 방안에 혼자 앉아있다가, 들어오는 곰녀를 향해 눈을 삼빡거렸는가 하자 갑자기 손을 내밀어 곰녀의 팔을 잡아끌었다. (중략) 무슨 일이 있더라도 주인을 거역해서는 안

---

368 황순원, 〈별과 같이 살다〉, 정음사, 1950.,《황순원전집 6》, 문학과지성사, 1981., 47쪽.

황순원과 순수문학 다시 읽기

되는 것이었다. 곰녀는 주인이 하는 대로 내맡겼다. 그러자 곰녀는 아랫배쪽
이 쑤시는 듯 아픔을 느꼈다.[369]

(16) 곰녀가 아직 이런 술집에 경험이 없는 것을 아는 주인여인은 처음에 손님
방에 들어가 앉는 법(언제나 한 무릎은 세우고 앉을 것)이며, 술 붓는
법(언제나 두 손으로 부을 것)이며, 술 권하는 법(언제나 손윗사람인
듯한 손님에게 먼저 권하되, 그날 술좌석의 형편을 보아 대접을 받는
듯한 손님에게 더 술을 권할 것) 따위를 가르쳐주는 것이었다. 곰녀는
그대로 다 했다.[370]

(17) (곰녀가 창녀로 팔려온 진주관 – 필자 주) 안팎 주인의 감시가 떠나지
않기도 했지만 곰녀 자신 어디 도망이라도 칠 생각은 아예 하지도 못하는
것이었다.
온종일 이렇게 힘든 일을 해낸 곰녀는 또 밤이면 밤대로 다른 애들과 같이
낯선 손님들 앞에 나서야 했다.[371]

인용문 (14)~(17)에서는 곰녀가 반봉건지주적·성매매 구조적인 권력
에 의해서 하나의 자기 목적적·실존적인 인간이 아니라 태도·행동·동
작·활동 등에서 통제된 기능적·도구적인 신체의 유용성이 강조된 순응
적인 인간형으로 제시된다. 소설 속의 곰녀는 본래 나름의 사회적·실존
적인 인격을 지닌 하나의 인간 혹은 유기적 전체이어야 하지만, 반봉건지주

369 황순원, 〈별과 같이 살다〉, 정음사, 1950.,《황순원전집 6》, 문학과지성사, 1981., 54쪽.
370 황순원,《별과 같이 살다》, 정음사, 1950.,《황순원전집 6》, 문학과지성사, 1981., 67쪽.
371 황순원,《별과 같이 살다》, 정음사, 1950.,《황순원전집 6》, 문학과지성사, 1981., 72쪽.

적인 권력인 김만장 일가와 성매매 구조적인 권력인 인신매매자·포주에
의해서 권력적인 활용이 가능한 유용한 신체로 감시·통제된다.[372]

곰녀는 (14)에서 김만장의 역성에 대해서 자신이 잘못하지도 않았는
데도 잘못한 태도를 취하고, (15)에서는 김만장의 강간 시도에 대해서
주인이 하는 대로 자기 몸을 내맡기는 행동을 한다. 또한 (16)에서 포주
가 손님방에 들어가 앉거나, 술 붓거나, 술 권하는 동작을 알려줄 때에도
그대로 수용하고, (17)에서는 낮에 온갖 집안일을 한 뒤에도 밤에 창녀
역할을 하는 활동을 한다. 이러한 곰녀의 기능적·도구적인 신체는 반봉
건지주적·성매매 구조적인 권력에 의해서 감시·통제되고 그것이 내면화
된 순응적·순종적인 인간의, 그래서 아이러니하게도 어떠한 (정치·사회)
이데올로기와 무관하게 도구적·기능적인 신체를 지닌 순수한 인간의 표
상으로 드러나는 일면이 있다.

소설 속의 곰녀가 순응적인 인간형으로 재현되는 또 다른 양상은 군
사적·정치적·가부장제적인 권력에 의해서 길들여지는 모습에서다. 해방
이 되자 잔류한 일본군이 조선인 부녀자를 강간·살인하고, 북한 조선공
산당도 사회부가 성매매 구조적인 권력의 창녀 착취를 없애버리며, 서평
양신탄상회 주인은 창녀인 곰녀를 마누라로 삼을 수 없다는 이유로 그
녀를 버리게 된다. 이 상황에서 곰녀는 군사적·정치적·가부장제적인 권
력이 다양한 전략을 활용해서 길들이기를 시도할 때에 그대로 수용하
는 순응적인 인간형의 일면을 보여준다.

(18) (해방이 되자 일본군이 부녀자를 겁탈하고 죽인다는 소문에 대해서 –
　　필자 주) 언젠가 동무들이 말한, 남자란 누구라 할것없이 모조리 짐승과

---

372 미셸 푸코, 오생근 역, 《감시와 처벌》, 나남, 1994.

같다던 말.

어쨌든 곰녀는 이 모든 횡포를 그냥 받는 수밖에 다른 도리가 없었다.[373]

(19) 어느 서릿발이 두터워가는 날 아침, 도 사회부에서 나왔다는 사내 하나와
여자 둘이 가루개를 찾아와 애들을 한자리에 모아놓고 여자 중의 하나가,
오늘부터는 동무들도 해방이 됐다는 말을 했다. 모두 무슨 뜻인지 얼른 알
아채지 못하는 눈치들이었다.[374]

(20) (곰녀의 기둥서방인 서평양신탄상회 주인과 헤어지고 민호단으로 가
기로 결심하는 마음의 소리를 들으면서-필자 주) 곰녀 자신의 가슴속
으로부터 속삭여진 소리였다. 이 소리가 이어 속삭이는 것이다. 주심이언니
한테로 가그라, 주심이언니한테로 가그라. (중략) 그 당장 자기보다 굶주리
고 헐벗은 사람들을 위해서는……[375]

(21) (서평양신탄상회 주인이 곰녀와 헤어지자고 말하자-필자 주) 곰녀는
덜컥 가슴이 내려앉았다. 그러면서 그녀는 종내 와야 할 것이 왔구나 하는
생각이 들었다. 자기가 남의 본여편네가 되고, 남의 어머니가 되다니? 꿈에
라도 그런 마음을 먹다니? 안 될 일이었다.[376]

인용문 (18)~(21)에서는 군사적·정치적·가부장제적인 권력이 성폭
력·살해·계급해방·순결·봉사 등의 다양한 전략을 활용해서 곰녀를 길

373 황순원, 〈별과 같이 살다〉, 정음사, 1950, 《황순원전집 6》, 문학과지성사, 1981., 133쪽.
374 황순원, 〈별과 같이 살다〉, 정음사, 1950, 《황순원전집 6》, 문학과지성사, 1981., 134쪽.
375 황순원, 〈별과 같이 살다〉, 정음사, 1950., 《황순원전집 6》, 문학과지성사, 1981., 170쪽.
376 황순원, 〈별과 같이 살다〉, 정음사, 1950, 《황순원전집 6》, 문학과지성사, 1981., 161쪽.

들이는 모습을 형상화하고 있다. 곰녀는 (18)에서 전쟁 중의 여성성폭력·살해를 정당화한 일본군의 군사적인 전략에 대해서 모든 횡포를 그냥 그대로 받아들이는 방식으로, (19)와 (20)에서 계급해방을 주장·실천하거나 민호단에서 봉사를 권유하는 조선공산당의 정치적인 전략을 공감·호응하는 방식으로, 또는 (20)에서 마누라가 되기에는 부적절한 혹은 순결이 훼손된 창녀이어서 헤어지자는 서평양신탄상회 주인의 가부장제적인 전략에 대해서 인정하는 방식을 보여줌으로써 순응적인 인간의 표상으로 제시돼 있다. 이러한 순응적인 인간 표상은 반봉건지주적·성매매 구조적일 뿐만 아니라 군사적·정치적·가부장제적인 여러 권력들이 식민지 시기와 해방기 사회에서 서로 교차하면서 다양한 전략을 개입시켜서 한 개인을 더 효과적으로 감시·통제의 대상으로 만들어 길들이는 모습을 적나라하게 드러내면서, 아이러니하게도 여러 권력집단의 (정치)이데올로기적인 실천과 거의 무관한 순수한 인간의 모습으로 제시된다.[377] 순응하는 곰녀의 표상은, '좌익'이라는 국가권력의 이데올로기적인 낙인 속에서 일종의 순수라는 수의(囚衣)를 입을 수밖에 없는 죄수의 모습을 연상시키는 것이 아닐 수 없다.

---

[377] 이러한 해석은 곰녀를 민족주의적이거나, 본성적이거나, 혹은 이타적으로 바라보는 기존 연구사의 시각과는 구별되지만, 곰녀라는 현실순응적이고 순진무구한 인간형에 대해서 '좌익'을 양산한 낸 국가 건립 시기의 정치적·시대적인 맥락에서 이해할 여지를 드러낸다. 국가 건립의 시기 직전까지 발표된 현실비판적인 경향의 소설 속 주인물과 상당히 상이한 곰녀라는 인물은, '좌익'으로 몰린 황순원이 자신이 좌익이 아님을 증명하고 이데올로기적인 자기감시를 하는 문학적인 대응의 한 양상으로 검토될 때에 그 특성이 잘 드러난다는 점에서 본 분석은 나름의 일리가 있다고 본다.

황순원과 순수문학 다시 읽기

V. 결론

국가 건립 직후의 이승만 정부는 '좌익' 혹은 좌익규정자를 만들어서 (비)국민이 자기 스스로 정치이데올로기를 감시·통제하는 사회를 조성했다. 황순원과 같은 좌익규정자는 스스로 좌익이 아님을 증명하고 이데올로기적인 자기감시를 해야 했다. 이 글에서는 국가 건립 직후의 황순원 발표 소설을 대상으로 해서 자신이 좌익이 아님을 증명하고 이데올로기적인 자기감시를 하고자 일체의 현실적인 연관에서 해방되려는 순수 관념을 의식적으로 보여주는 문학적인 대응을 했음을 검토했다. 그리고 국가 건립 직후의 발표 소설을 대상으로 해서 동시대적·사회적·문화적인 맥락을 고려해 국가 건립 직후 황순원의 문학적인 대응과 순수 관념의 출현 양상을 분석했다.

첫째, 국가 건립 직후에 엿보이는 황순원 소설의 시·공간적 배경의 변화는 '좌익'으로 몰아버리는 국가권력 시선의 내면화와 자기감시로 인한 영향이 큰 것으로 판단됐다. 단편소설 〈검부러기〉에서 동시대를 시·공간적인 배경으로 취해 사회·문화 비판적인 성격을 드러냈다면, 단편소설 〈솔개와 고양이와 매와〉·〈산골아이〉에서는 동시대와 거의 관련이 없는 시·공간적인 배경을 다뤘다. 둘째, 단편소설 〈맹산할머니〉~〈독 짓는 늙은이〉 속의 인물은 자신이 처한 삶의 문제를 인식·실천하는 과정에서 일체의 정치이데올로기와 조금의 연관이라도 찾아보기 힘든 내향적이면서도 순수한 존재였다. 소설의 주인물인 노인과 청년·중년은 자신이 처한 삶의 문제를 정치·사회와 무관하게 혹은 개인적·관습적으로 인식했다. 셋째, 장편소설 〈별과 같이 살다〉의 주인물인 곰녀는 반봉건지주적·성매매 구조적인 혹은 군사적·정치적·가부장제적인 권력에 의해서 통제되고 길들여지는 순응적인 인간형으로, 그래서 아이러니하게 어떠한 (정치)이데올로기적인 참여와 무관한 순수한 인간 표상으로 재현됐다. 곰녀는 사회집단에서 분리되고 권력이 원하는 대로 강제된 순응적이면서도 순수한 개인이었다.

이렇게 볼 때, 국가 건립 직후의 황순원 발표 소설에서는 '좌익'이라는 국가권력의 낙인 속에서 좌익이 아님을 증명하고 이데올로기적인 자기 감시를 하는 과정에서 의식적으로 순수 관념을 드러낸 것이었다. 황순원이 국가 건립 직후에 소설을 발표한 행위 속에는 순수 관념의 취사·선택 과정이 전제된 것이었다. 이 점에서 이 시기 소설 속의 순수 관념과 그 관념이 구체화된 인물은 순수라는 수의를 입은 죄수이면서도, '좌익'과 무관하다는 황순원의 문학적인 자기변호 표상인 셈이다. 황순원을 비롯한 이 시기의 '좌익'이 이승만 정부의 국가권력에 적극적으로 대응하는 양상은 후속과제로 돌린다.

황순원과 순수문학 다시 읽기

황순원 초기 소설 속의
순수한 아동 표상

I. 서론

이 글에서 황순원의 초기 소설을 대상으로 해서 순수한 아동 표상이 어떻게 만들어지는가 하는 점을 문제로 제기하고자 한다. 한국의 대표적인 순수문학가로 알려진 황순원의 초기 소설 중 〈별〉·〈산골아이〉·〈소나기〉에 나타난 아동은 그다운 특유의 순수성을 잘 보여주는 표상들 중의 하나임이 분명하다. 그동안 이 소설들에 대한 연구사에서는 아동이 인간이 근원적으로 지닌 순수한 마음·정서를 잘 드러낸 것으로 이해·강조돼 왔는데, 이러한 이해·강조 속에는 아동이 구체적인 현실과 거의 무관하게 만들어진 표상이라는 사실이 제대로 지적되지 않아 왔다.

이 글에서는 황순원의 초기 소설에 나타난 순수한 아동 표상이 동시대의 주요 이데올로기 영향을 받거나 계급과 가족·사회에 속한 현실 속의 아동을 추상화·균질화시키는 과정을 통해서 만들어졌음을 증명하고자 한다. 이러한 증명의 의도는 황순원이 보여준 순수한 아동의 관념이 구체적인 현실 속에 있을 법한 아동을 세밀하게 관찰·재현한 것이 아니라, 아동을 바라보는 지각 양태를 바꾸는 기호론적인 틀 구도의 전도를 통해서 가능했음을, 좀 더 구체적으로 말해서 현실 속의 아동을 보기 전에 이미 순수한 표상으로 시각화하고자 한 황순원의 의도·전략이 선행했음을 암시하고자 한다.

아동이란 연령상 유아기와 청소년기 사이의 6~12세 정도의 어린이를, 그리고 순수란 반도덕적·비조작적인 성격 혹은 일체의 현실적인 연관으로부터 해방된 정신세계를 지칭한다.[378] 이때 순수한 아동이란 가라타니 고진의 말을 참조하면 하나의 풍경으로 발견된다. 이 아동은 소설이 발표된 동시대의 구체적인 현실에 무관심한 내적 인간에 의해서 처음으로 발견되는 존재다. 동시대의 지배적인 이데올로기에 영향 받거나 계급과 가족·사회에 속해서 현실의 중력하에 살아가는 아동이 갑자기 무중력의 상태가 된 것처럼 인간 본연의 생명·본능에 충실한 하나의 풍경으로 드러나는 것이다. 이 아동이라는 풍경은 하나의 인식틀이어서 그 풍경이 생기면 그 기원은 은폐되고 마치 원래부터 순수한 존재인 것처럼 이해되기 시작한다.[379]

이 글에서 황순원의 초기 소설이란 1937~53년 사이에 지면에 발표된 작품을 의미하고자 한다. 그의 초기 소설에서 아동을 소재로 한 작품은 더러 있는 편이지만, 이 글에서 다루고자 하는 순수한 아동 표상이 주요 인물인 경우는 단편소설 〈별〉·〈산골아이〉·〈소나기〉로 한정하고자 한다. 이 시기의 단편소설 중 〈늪〉의 소녀는 자신의 사랑을 이루려고

378 Robert Penn Warren, Pure and Impure poetry, An Introduction to Literary Criticism, Boston, 1968.; 김준오, 《문학사와 장르》, 문학과 지성사, 2000.
379 가라타니 고진, 박유하 역, 「아동의 발견」, 《일본근대문학의 기원》, 민음사, 1997.

집에서 도망치고, 〈갈대〉의 소녀는 가난한 빈자의 삶을 보여주며, 〈닭제〉(이상 《황순원단편집》)의 소년은 자기 수탉을 제물을 썼다가 죄책감을 느끼는 아동이다. 또한, 〈황소들〉의 바우는 해방기 10월항쟁에 참여한 아버지를 쫓아다니는 아이이고, 〈몰이꾼〉의 애놈은 절도범·소매치기로 몰리는 자다. 이들은 모두 계급이나 가족·사회에 속해서 살아가는 현실감이 있는 아동인 것이다. 이에 반해서 〈별〉·〈산골아이〉·〈소나기〉 속의 아동은 각각 죽은 어머니가 아름답다는 믿음, 설화에 완전히 몰입된 심정, 소년·소녀가 서로 느끼는 친밀의 정도가 상당히 강조되어 현실감을 압도한다는 점에서 확연히 구별된다.

지금까지 황순원 초기 소설 〈별〉·〈산골아이〉·〈소나기〉 속의 아동 표상에 대해서는 주로 인간의 근원적인 순수한 마음·정서를 지닌 것으로 주목되었고 그 순수의 의미를 부여하는 연구가 중심이었을 뿐, 이 순수한 아동이 구체적인 현실과 무관하게 만들어진 일종의 풍경이라는 점은 제대로 규명되지 못했다. 주로 아동에 대한 순수·서정 차원의 의미를 부여하면서 논의를 확대해 나아갔다. 소설 〈별〉 속의 아동에 대해서 인간 심리의 근원적인 국면을 발생기에 포착하고 있다는 유종호의 논의 이래, 발견의 극화과정을 다룬 통과의례적·입사의식적인 스토리라는 이재선·이태동이나, 신화적인 상징체계를 보여준다는 김용희·양선규나, 혹은 죽음의 의식을 다룬 성장소설이라는 남미영의 논의확대가 있었다. 또한 자기파괴적인 아동의 이미지를 다뤘다는 방금단과 현실소외와 극복의 의지를 중심으로 본 심영덕의 언급이 있었다.[380]

소설 속의 아동에 대한 순수·서정 차원의 논의와 그 확대는 〈산골아이〉와 〈소나기〉에서도 마찬가지였다. 〈산골아이〉에 대해서는 얘기의 본질과 기능을 극명·간결하게 드러내준다는 유종호·성은혜의 언급이 있었고, 토속적이고 소박한 분위기 속에서 인간의 순수한 삶의 모습을 포착했다는 임채욱, 사회의 역할수행에 대한 지혜를 계승했다는 서재원, 혹은 민간전승의 신화를 통해 입사의식을 보편화했다는 김주성의 논의가 있었다.[381] 또한 〈소나기〉에 대해서도 서정시적 여운과 인간의 보편적인 정감의 세계를 보여준다는 천이두, 깨끗한 사랑을 중심으로 대립·조화의 변증법적인 작가의식을 드러냈다는 최래옥, 소년 주인공으로 인해서 성인의 세계와 거리두기를 한다는 김남영, 그리고 성 정체성을 각성해 나아가는 성장소설·입사소설로 본 박영식·장양수 등이 있었다. 아울러 황순원 주요 문학의 서정적 세계를 검토한 박은태의 언급도 있었다.[382]

순수·서정 논의가 중심이 된 기존 연구사를 검토해 볼 때, 순수한 아동 표상이 당대 주요 이데올로기의 영향을 받거나 계급과 가족·사회에 속한 현실 속의 아동을 추상화·균질화시키는 과정을 통해서 만들어졌음을 밝히고자 한다. 이 글에서는 가라타니 고진의 풍경론을 참조해서 〈별〉 속의 아동이 황순원의 동시대 소설 속 아동과 비교해 볼 때에 가족·사회의 문화·관습(역사성)을 은폐하는 하나의 풍경으로 제시되는 방

---

380 유종호, 《한국인과 문학사상》, 일조각, 1964.; 이재선, 「황순원과 통과제의의 소설」, 《한국현대소설사》, 홍성사, 1979.; 김용희, 「현대소설에 나타난 '길'의 상징성」, 정음사, 1986.; 양선규, 「어린 외디푸스의 고뇌: 황순원의 〈별〉에 관하여」, 《문학과 언어》 9집, 1988.; 남미영, 《한국 현대 성장소설 연구》, 숙명여대 박사학위논문, 1991.; 이태동, 「실존적 현실과 미학적 현현」, 《현대문학》, 1980. 11.; 방금단, 「황순원 소설에서의 모성성과 훼손된 아동이미지 연구」, 《동화와번역》 29집, 건국대학교동화와번역연구소, 2015. 5., 63~88쪽; 심영덕, 「황순원 소설 〈별〉에 나타난 소외 양상」, 《한민족문화연구》 74집, 한민족문화학회, 2016. 12., 471~499쪽.
381 유종호, 〈겨레의 기억〉, 황순원, 《목넘이마을의 개/곡예사》, 문학과지성사, 1981., 255~264쪽; 성은혜, 「〈산골아이〉의 문학교육적 의미와 가치 연구」, 《문학교육학》 45호, 한국문학교육학회, 2014., 273~201쪽; 임채욱, 《황순원 소설의 서정성 연구》, 전남대학교대학원박사학위논문, 2002., 1~246쪽; 서재원, 《김동리와 황순원 소설의 낭만성과 역사성》, 도서출판 월인, 2005., 62쪽; 김주성, 《황순원 소설과 샤머니즘》, 나남, 2014., 101~102쪽.

황순원과 순수문학 다시 읽기

식을(II장), 〈산골아이〉에서 현실의 갈등과 무관한 세계인 설화에 몰입하는 아동이 발견되는 방식을(III장), 또한 실정적인 내용들이 바뀌어도 그 장의 정체성을 창조·유지하는 누빔점이 있다는 슬라보예 지젝의 이데올로기론을 참고해서 〈소나기〉에서 아동 간의 친밀감이 친밀하지 않은 것들을 누비는 방식을(IV장) 살펴보고자 한다.

II. 순수한 아동이라는 풍경과 그 은폐: 소설 〈별〉

황순원의 소설 〈별〉은 1940년 8월에 출간된 《황순원단편집》 이후 처음으로 지면에 발표한 작품인데, 이 작품이 특이한 점은 소설 속의 9살 아동이 그 이전의 소설처럼 가족·사회에 속하고 현실적인 영향을 받는 모습에서 벗어나 있는 것처럼 보인다는 것이다. 〈별〉 속의 아동이 《황순원단편집》에서 보이는 아동과 확연히 구별되는 지점은, 바로 죽은 어머

---

382 천이두, 「황순원의 〈소나기〉-시적 이미지의 미학」, 《한국현대소설작품론》, 문장, 1993.; 최래옥, 「황순원 〈소나기〉의 구조와 의미」, 《국어교육》 31집, 한국국어교육연구회, 1977., 91~110쪽; 김남영, 「황순원의 소년 주인공 단편소설 고찰」, 《한국문학이론과 비평》 18집, 한국문학이론과비평학회, 2003., 67~82쪽; 박영식, 「성장소설의 장르적 특징과 〈소나기〉 분석」, 《어문학》 102호, 한국어문학회, 2008., 413~438쪽; 장양수, 「황순원의 〈소나기〉」, 《한국현대소설 작품론》, 국학자료원, 2008.; 박은태, 「황순원 소설 연구: 서정적 세계의 구조와 존재론적 위상」, 《한국문예비평연구》 13집, 한국문예비평학회, 2003., 95~123쪽.
이 외에도 〈소나기〉에 대해서는 문화콘텐츠와 원전 논의 등이 있었다. 중요 논의는 다음과 같다. 장노현, 「〈소나기〉와 문학활용 테마파크—전략과 테마기획을 중심으로」, 《국제어문》 41집, 국제어문학회, 2007., 185~216쪽; 안남일, 「리터러시 관점에서의 〈소나기〉 연구」, 《한국학연구》 26집, 고려대학교한국학연구소, 2007., 209~231쪽; 이수현, 「첫사랑의 다른 이름, '순수' 혹은 '관능'」, 《한국극예술연구》 39호, 한국극예술학회, 2013., 169~194쪽; 방금단, 「황순원 소설 〈소나기〉의 매체의 변용에 따른 서사성과 상징이미지 비교 연구」, 《스토리&이미지텔링》 13집, 건국대학교 스토리앤이미지텔링연구소, 2017., 93~119쪽; 박태일, 「황순원 소설 〈소나기〉의 원본 시비와 결정본」, 《어문논총》 59집, 한국문학언어학회, 2013., 591~632쪽.

니가 아름답다는 믿음이 그 무엇과도 바꿀 수 없을 만큼 절대적인 것으로 제시되어 있어서 자신의 주변을 구성하고 현실적인 영향을 주는 가족·사회의 관습·문화(역사성)를 모두 은폐한다는 것이다. 이때 이러한 아동 주변의 은폐는 순수한 아동의 출현과 밀접한 관련이 있다.

황순원의 〈별〉이 출간된 1940년 전후의 다른 소설을 참조할 때에, 순수한 아동에 대한 서술은 현실을 구체적으로 살아가는 아동의 모습과 상당한 거리가 있음이 확인된다. 본래 아동은 비록 어린 나이일지라도 자신이 속한 가족과 일정한 영향을 주고받는 현실적인 존재임이 분명하다. 〈별〉 속의 아동 역시 작품 속의 현실에서 가족·사회에 속한 존재이겠지만, 작가 황순원은 이러한 존재를 오로지 죽은 어머니가 아름답다는 그의 믿음을 고집스럽게 밀고 나아가는 자로 재현한다.

(1) 소녀는 입가에 비웃음을 띠우며 당돌한 말씨로, 병든 아버지를 집에 들이지 않는 어머니의 졸도가 자기와 무슨 상관이 있느냐고 하면서, 사실은 지금 소년과 자기는 어디로 떠나는 길이라고 하였다.[383]

(2) 움집 속에서는 소녀의 아버지가 누푸르고 긴 팔에 아편침을 가져다 대고 떨며 꽂으려다가는 미끄러뜨리곤 했다. (중략, 한 소녀가 소년에게) "우린 할아버지가 묘지기였지, 요새두 우리 할아버진 밤마다 옐 돌군 한단다. 이제 얼마 있으면 예게 큰 집들이 가득 들어선다나. 귀신 막 나와 다닐 거야. 우리 어머니 예서 귀신 들려서 도망가구, 우리 아버진 또 귀신한테 홀려서 죽어간단다"[384]

---

383 황순원, 〈늪〉, 《황순원전집 1》, 문학과지성사, 1980., 22쪽.
384 황순원, 〈갈대〉, 《황순원전집 1》, 문학과지성사, 1980., 88쪽.

황순원과 순수문학 다시 읽기

(3) 동네 애들과 노는 아이를 한동네 과수노파가 보고, 같이 저자에라도 다녀오는 듯한 젊은 여인에게 무심코, 쟈 동복 누이가 꼭 죽은 쟈 오마니 닮았디 왜, 한 말을 얼김에 듣자 아이는 동무들과 놀던 것도 잊어버리고 일어섰다. (중략) 어머니가 누이처럼 미워서는 안 된다고 머리를 옆으로 저었다.[385]

    1940년 전후의 황순원 소설 중 인용문 (1)~(2)와 (3)에서는 아동을 바라보는 (혹은 작가가 형상화하는) 지각 양태가 다르다. (1)~(2) 속의 아동은 그가 속한 가족과 영향을 주고받으면서 살아가는 현실감이 있는 자로 그려진다. (1)의 소녀는 바람났다가 귀가하고 싶은 아버지와 그를 받아주지 않는 어머니라는 불행한 가족사 속에서 부모에 대한 일종의 반항으로써 어떤 소년과 함께 자신의 사랑을 이루기 위해서 떠나는 자다. (2)의 소녀는 아편쟁이 아버지와 도망간 어머니와 묘지기 할아버지 아래에서 가난과 마약에 찌든 어른들의 삶을 보고 자라는 자다. 이들 모두 1940년 전후를 살아가는 현실감 있는 아동으로 작가의 눈에 포착된 것이다.

    인용문 (3)의 아동은 죽은 어머니가 아름답다는 믿음을 절대적인 것으로 지니면서 가족 특유의 문화·관습을 지닌 모습과는 거의 무관하게 재현된다. 이 아동은 죽은 어머니가 아름답다는 믿음을 지키기 위해서 누이가 어머니와 닮았다는 동네 과수노파의 말을 부정하고("우리 오마니 하구 우리 뉘하고 같이 생겼단 말은 거짓말이디요?"[386]), 인용처럼 어머니가 누이처럼 미워서는 안 된다는 신념을 드러내며, 이후 누이를 지속적으

---

385 황순원, 〈별〉, 《황순원전집 1》, 문학과지성사, 1980., 163쪽.
386 황순원, 〈별〉, 《황순원전집 1》, 문학과지성사, 1980., 164쪽.

로 미워하게 된다. 이러한 아동 표상은 자신과 누이가 가족으로서 그동 안 맺었을 법한 관계와 그 기간(역사성)을 모두 무시한 채로 어머니의 아름다움을 최우선시하는 (현실감 없는) 모습을 하나의 풍경으로 발견해야 가능한 것이다.

죽은 어머니가 아름답다는 믿음을 지닌 아동은 그가 처한 현실의 대부분을 간과·무시·은폐한 뒤에야 순수한 아동이라는 하나의 풍경으로 발견된다. 이 풍경은 죽은 (혹은 현실에서 부재한) 어머니를 그리워하는 자식(인간) 본연의 본능과 결합될 때 절대적인 것이 된다. 〈별〉 속의 아동을 죽은 (혹은 현실에서 부재한) 어머니를 그리워하는 본능자로 바라보면, 1940년 전후의 현실에서 가족끼리의 관계나 그 문화·관습 속에서 만나볼 수 있는 것보다 더 절실함을 지닌 현실적인 존재로 보이기 시작하는 것이다. 황순원의 소설 〈별〉에서는 이런 방식으로 아동에 대한 기호론적인 틀 구도의 전도가 일어난다.

순수한 아동의 표상이 하나의 풍경으로 발견되면, 가부장제적인 사회의 폭력적인 관습을 흉내내는 모습 역시 다르게 보이기 시작한다. 소설 속의 아버지는 누이가 친구의 오빠와 자유연애를 했다는 사실을 알게 되자 집안 망신을 시킨다는 이유로 만나지 말 것을 강권하고 서둘러 다른 사람과 결혼을 시켜버린다. 의붓어머니 역시 "네게 잘못이라두 생기믄 땅속에 있는 너의 어머니한테 어떻게 내가 낯을 들겠니"[387] 라고 하면서 누이의 자유연애가 죽은 어머니에게 부끄러운 일이 될 수 있음을 말한다. 이때 아동은 죽은 어머니가 아름답다는 믿음을 기준으로 자신의 주변 일을 판단한다.

---

387 황순원, 〈별〉, 《황순원전집 1》, 문학과지성사, 1980., 171쪽.

황순원과 순수문학 다시 읽기

(4) (상략) 정말 누이가 돌아간 어머니까지 들추어내게 하는 일을 저질렀다가는 용서 않는다고 절로 주먹이 쥐어졌다. 어디서 스며오듯 누이의 흐느끼는 소리가 들려왔다. 두 번 다시 그런 일만 있었단 봐라, 초매(치마)루 묶어서 강물로 집어넣구 말디 않나, 하는 아버지의 약간 노염은 풀렸으나 아직 엄한 음성에, 아이는 이번에는 또 바람과 함께 온몸을 한번 부르르 떨었다.[388]

(5) 그러나 아이는 계획해온 일을 실현할 좋은 계기를 바로 붙잡았음을 기뻐하며 누이에게, 초매 벗어라! 하고 고함을 치고 말았다. 뜻밖에 당하는 일로 잠시 어쩔 줄 모르고 섰다가 겨우 깨달은 듯이 누이는 어둠 속에서 조용히 저고리를 벗고 어깨치마를 머리 위로 벗어냈다. 아이가 치마를 빼앗아 땅에 길게 폈다. 그리고 아이는 아버지처럼 엄하게, 가루 눠라! 했다.[389]

인용문 (4)~(5)에서는 가정 내에서 여성의 자유연애를 불인정하고 억압하는 가부장의 폭력성을 보고 배우는 아동의 모습이 나타나 있지만, 소설 속에서는 이러한 모습 역시 죽은 어머니가 아름답다는 믿음 속에서 다른 방식으로 보이기 시작한다. 아동은 누이의 자유연애가 죽은 어머니를 욕보일 수 있다는 의붓어머니의 말에 따라서 누이를 미워하게 되는데, 이 미움을 표출하는 방식은 아버지가 누이를 협박하는 말을 그대로 실천에 옮기는 것이다. 이 아동은 죽은 어머니가 아름답다는 믿음을 지키기 위해서 어머니를 욕보일 수 있는 행위를 하는 누이를 강물로 집어넣겠다는 가부장의 폭력적인 언행을 직접 실천한다.

초매를 벗고 누어라고 하는 아동의 명령은 기실 가부장제 사회의 폭

---

388 황순원, 〈별〉, 《황순원전집 1》, 문학과지성사, 1980., 171쪽.
389 황순원, 〈별〉, 《황순원전집 1》, 문학과지성사, 1980., 172쪽.

력적인 관습을 흉내내고 계승하는 것임에도, 이 소설에서는 죽은 어머니가 아름답고 욕보이면 안 된다는 믿음을 지키는 순수한 행위로 그려진다. 한번 순수한 아동이 되면, 그 아동의 언행이 무엇이든 간에 순수한 것이 되고 만다. 순수한 아동은 그 기원이 은폐되면서 마치 원래부터 순수했던, 순수한, 그리고 순수할 아동이 되는 것이다. 이런 과정을 거쳐서 〈별〉 속의 아동은 자신의 주변을 구성하고 현실적으로 영향을 주는 가족·사회의 관습·문화가 은폐된 채로 순수의 표상으로 보이게 되는 것이다.

III. 설화에 몰입하기: 소설 〈산골아이〉

〈도토리〉와 〈크는 아이〉라는 두 이야기로 분장되어 있는 소설 〈산골아이〉에서는, 설화에 몰입한 아동이 형상화된다. 〈도토리〉에서는 여우구슬 설화가, 그리고 〈크는 아이〉에서는 호랑이 설화가 차용돼서 이야기가 전개되는데, 주인물인 아동은 잠결에 설화 속의 주인공이 돼버린다. 이때 이 아동은 자신을 둘러싼 현실의 여러 갈등과 무관한 설화에 몰입하고 그 주인공으로 환각되는 모습으로 부각될 뿐이다. 이 모습이야말로 현실의 갈등 속에 놓인 어른의 생활세계와 분리된 순수한 아동 특유의 표상으로 발견되는 것이다.

〈산골아이〉 속의 이 아동은 무엇보다도 그를 둘러싼 현실의 여러 갈등에서 분리된 표상으로 드러난다는 점에서 일종의 풍경이다. 이 소설은 탈고연도가 1940년 겨울로 소설 말미에 기록되어 있고, 실제 발표연도는 1949년 7월로 대략 9년이라는 차이가 있음에도 그 9년의 차이가 별반 의미가 없게 느껴진다. 그 이유는 이 소설에서는 아동의 주변을 구성하는 구체적인 시대현실의 단서라고 할 수 있는 것은 거의 찾아볼 수 없기 때문이다. 설화를 듣고 그 설화에 몰입한 아동의 모습이 풍경화되어 있을 뿐이다("그 여우 넷말 한마디 해주야디 머."[390]).

> (6) 곰이란 놈은 가으내 도토리를 잔뜩 주워먹고 나무에 올라가 떨어져 보아서 아프지 않아야 제굴을 찾아들어가 발바닥을 핥으며 한겨울을 난다고 하지만, 가난한 산골사람들도 도토리밥으로 연명을 해가면서 일간 가득히 볏짚을 흐트러뜨려놓고는, 새끼를 꼰다, 짚세기를 삼는다, 섬피를 엮는다 하며 한 겨울을 난다. (중략) 진정 이런 가난한 산골에서는 눈이 내린 날 밤 도토리를 실에다 꿰어 눈속에 묻었다 먹는 게 애의 큰 군음식이었다.[391]

> (7) 그런데 꿈속에서 애는 꽃같은 색시가 물려주는 구슬을 삼키지 못한다. 살펴보니 아슬아슬한 여우고개 낭떨어지 위이다. 그러니까 꽃같은 색시는 여우가 분명하다. (중략) 잠이 깬다. 입에 도토리알을 물고 있었다. 애는 무서운 꿈이나 뱉어버리듯이 도토리알을 뱉어버린다. 그러나 다음날 아침이면 이 가난한 산골애는 다시 도토리를 먹는다.[392]

〈도토리〉에서 그 제목의 의미는 인용문 (6)~(7)에서 살펴진다. 도토리는 한 겨울 내내 가난한 산골사람들이 도토리밥으로 연명하거나 아동의 군것질거리가 되는 것이다. 도토리는 가난한 산골사람의 징표이지만, 그 산골사람들의 가난 혹은 경제적인 빈곤이 소설 속에서 갈등구조를 만들어내지 않는다. 이 점 때문에 이 소설이 탈고연도를 기준으로 1940

390 황순원, 〈산골아이〉, 《황순원전집 1》, 문학과지성사, 1980., 176쪽.
391 황순원, 〈산골아이〉, 《황순원전집 1》, 문학과지성사, 1980., 175쪽.
392 황순원, 〈산골아이〉, 《황순원전집 1》, 문학과지성사, 1980., 178쪽.

년이라는 일본 제국주의 하의 전쟁동원과 그 시련이라는, 혹은 발표연도를 기준으로 1949년이라는 이승만 정부하의 국가주의 이데올로기와 그 시련이라는 현실의 갈등과는 거의 무관한 서사가 되어버린다.

이런 상태에서 남는 것은 설화를 듣고 그 설화의 주인공이 된 아동일 뿐이다. 이 아동은 가난한 산골사람 중 하나이지만, 그것은 단지 그 아동이 여우구슬 설화를 듣거나 그 설화의 주인공으로 환각하는 과정에서 중요한 전제나 조건이 되지 못한다. 이런 아동은 굳이 가난한 산골마을이 아니라 다른 마을이나 다른 시대에도 언제나 존재할 수 있는 추상적인 표상일 뿐이다. 현실의 갈등에서 멀어져 있고 어른의 생활세계에서 분리된 이 순수한 아동은 황순원의 의해서 발견된 것이다.

이 소설의 두 번째 이야기인 〈크는 아이〉에서는, 어른의 생활세계에서 분리된 순수한 아동의 표상이 한층 선명해진다. 이 두 번째 이야기는 호랑이 설화를 차용한 것이다. 이 이야기 속의 아동은 동네 반수할아버지가 젊었을 때 자신의 아기를 물고 간 호랑이와 싸워 아기를 찾는 대신 대머리가 됐다는 풍문을 사실로 믿는다. 호랑이와 싸워 대머리가 됐다는 풍문은 우리나라에서 구전되던 호랑이 설화의 한 종류다. 이때 호랑이는 민중을 괴롭히는 폭력적인 권력의 상징으로 기능하지만,[393] 이 이야기에서는 이러한 상징성이 크게 약화돼 있다.

> (8) 아이는 한 동네 반수할아버지의 일이 떠오른다. (중략) 마침 호랑이는 어린 애를 앞발로 어르고 있었다. 그렇게 여러 사람의 혼을 뽑고야 잡아먹는다는 말대로. 이것을 본 반수할아버지는 다가들어가면서 호랑이의 잔허리를 끌

---

393 호랑이 설화에서 호랑이의 상징은 다음을 참조할 것. 임재해, 「설화에 나타난 호랑이의 다중적 상징과 민중의 권력 인식」, 《실천민속학연구》 19집, 실천민속학회, 2012., 187~232쪽.

어안았다. 여기에 놀란 호랑이가 그만 으엉 소리와 함께 빠져 달아나면서 똥을 갈겼다. 이것이 혼똥인 것이다.[394]

(9) 그냥 호랑이가 앞발로 아버지를 어르고 있다. 아이는 전에 반수할아버지가 한 듯이 다가들어가면서 백호의 잔허리를 끌어안는다. 그랬더니, 이 놈의 백호가 또 혼이 나 혼똥을 갈긴다. 꼭 머리에 떨어진다. 뜨겁다. 아무러면 내가 널 놔줄 줄 아니? 네 허릿동강이를 끊어버리고야 말겠다. 그냥 호랑이의 허리를 죄어안는다. 백호는 죽겠다고 으르렁으엉 으르렁으엉 운다.[395]

〈크는 아이〉는 주인물 아동이 일찍 귀가하지 않은 아버지를 기다리던 중 반수할아버지의 호랑이 관련 풍문을 떠올리다가 잠이 들어서 자신이 그 풍문의 주인공이 되는 이야기다. 이 이야기에서 반수할아버지의 호랑이 관련 풍문과 아동의 반복체험은 인간과 호랑이 간의 대결구도를 선명하게 지니고 있지만, 이러한 풍문(설화)은 알레고리의 형식으로 인해서 무시간성, 추상성, 선험적인 질서의 전제를 보여주는 전근대적인 미적 양식의 성격이 강하다.[396] 폭력적인 권력과 대결하는 민중의 저항이라는 상징성이 구체적인 현실의 맥락에서 제대로 발휘되지 못하는 것이다.

이런 상황에서 소설 속의 아동은 설화에 몰입하여서 주인공이 되는 환상 속의 존재가 될 뿐이고, 호랑이 설화는 어른의 생활세계에서 분리된 아동의 재밋거리 이야기 중 하나가 되어버린다. 어른의 생활세계와

---

394 황순원, 〈산골아이〉, 《황순원전집 1》, 문학과지성사, 1980., 181~182쪽.
395 황순원, 〈산골아이〉, 《황순원전집 1》, 문학과지성사, 1980., 183쪽.
396 함돈균, 「근대계몽기 우화 형식 단형서사 연구—미학적 한계와 양식 소멸의 문학사적 의미에 대하여」, 《국제어문》 34집, 국제어문학회, 2005., 121~147쪽.

현실적인 갈등으로로부터 확연하게 다른 세계 속의 아동이 발견되는 것이다. 시대와 그 시대의 이데올로기의 영향과 거의 무관한 〈산골아이〉 속의 아동은 설화에 몰입하는 특유의 추상성으로 존재한다.

Ⅳ. 친밀감으로 누비기: 소설 〈소나기〉

소설 〈소나기〉는 초등학교 5학년인 소년과 소녀가 우연히 만나 산 넘어 나들이를 갔다가 소나기를 맞고서 이후 소녀가 소나기로 인해 병을 앓다 죽는 과정에서 서로 깊은 친밀감을 경험한 이야기다. 이때 소년·소녀의 친밀감이 친밀하지 않은 것들—소년·소녀의 언행이 인간의 생명·본성 그 자체를 주목하는 우익문단(문협 주도 세력)의 이데올로기적인 성격을 지닌다는 점, 소녀의 죽음에 연관되는 소년의 죄책감—을 누비고 감추는 방식을 통해서 형성됐다는 사실은 주의를 끈다. 소설 〈소나기〉속의 순수한 아동 표상은 이 누빔의 방식을 통해 발견되는 것이기 때문이다.

우선 소년·소녀의 친밀감이 인간의 생명·본성 그 자체를 주목하는 우익문단의 이데올로기적인 성격을 지닌다는 점을 누비고 감추는 방식을 검토하고자 한다. 이 소설은 한국전쟁이 한창인 1953년 5월에 발표됐는데, 이 시기의 황순원은 한국문학가협회에서 1951년에 소설분과위원장을 역임하고 1952년에 공군종군작가단에 참여할 정도로 우익문단의 핵심부에 안착하는 데에 성공한다.[397] 전쟁 직전까지 국민보도연맹원으로서 생명의 위협을 느꼈던 때와 달리 확고한 문단적인 위치를 차지할 수

---

397 김동리, 「한국문학가협회」, 한국문인협회 편, 《해방문학20년》, 정음사, 1966., 145~149쪽; 최인욱, 「공군종군문인단」, 한국문인협회 편, 《해방문학20년》, 정음사, 1966., 97~100쪽.

황순원과 순수문학 다시 읽기

있던 까닭 중의 하나는, 반계급적·반공적이면서 휴머니즘적인 입장에서 인간의 생명·본성 그 자체를 중시하는 우익문단의 이데올로기를 수용·심화·확장시킨 것과 관계한다.[398]

(10) 소녀의 곁을 스쳐 그냥 달린다. 메뚜기가 따끔따끔 얼굴에 와 부딪친다. 쪽빛으로 한껏 개인 가을하늘이 소년의 눈앞에서 맴을 돈다. 어지럽다.[399]

(11) 소녀가 속삭이듯이, 이리 들어와 앉으라고 했다. 괜찮다고 했다. 소녀가 다시 들어와 앉으라고 했다. 할수없이 뒷걸음질을 쳤다. 그 바람에 소녀가 안고 있는 꽃묶음이 우그러들었다. 그러나 소녀는 상관없다고 생각했다. 비에 젖은 소년의 몸내음새가 확 코에 끼얹혀졌다. 그러나 고개를 돌리지 않았다. 도리어 소년의 몸기운으로 해서 떨리던 몸이 적이 누그러지는 느낌이었다.[400]

(12) 도랑이 있는 곳까지 와 보니, 엄청나게 물이 불어있었다. 빛마저 제법 붉은 흙탕물이었다. 뛰어건널 수가 없었다.

소년이 등을 돌려댔다. 소녀가 순순히 업히었다. 걷어올린 소년의 잠방이까지 물이 올라왔다. 소녀는, 어머나 소리를 지르며 소년의 목을 그러안았다.[401]

398 황순원이 우익문단의 이데올로기를 수용·심화·확장시키는 과정은 다음을 참조할 것. 강정구, 「해방기에 나타난 문학적인 순수 관념의 다층성 -황순원의 경우」,《한국문예비평연구》 56집, 한국현대문예비평학회, 2017.
399 황순원,〈소나기〉,《황순원전집 3》, 문학과지성사, 1981., 14쪽.
400 황순원,〈소나기〉,《황순원전집 3》, 문학과지성사, 1981., 17쪽.
401 황순원,〈소나기〉,《황순원전집 3》, 문학과지성사, 1981., 17쪽.

소년과 소녀의 언행은 엄밀히 말해서 인간의 생명·본성 그 자체를 강조하는 우익문단의 이데올로기적인 성격을 지니지만, 둘 사이의 친밀감은 이러한 이데올로기적인 성격을 누비고 감추는 효과를 보여준다. 이 소설은 개울에다 손을 잠그고 물장난을 치거나 비단조개가 참 곱다는 소녀의, 또는 검게 탄 얼굴이 그대로 비치는 물이 싫거나 소녀 앞에서 부끄러움을 느껴서 달리는 소년의 모습은 인간(아동)의 생명·본성을 잘 드러낸다. 인용문 (10)에서도 보여준 이러한 생명·본성의 재현은, "저기 언덕을 내려 달리는/소녀의 미소엔 앞니가 빠져/죄 하나도 없다"[402]라는 구상의 시 한 구절에서 보이듯이 한국전쟁 중 우익문단의 반계급적·반공적이면서 휴머니즘적인 이데올로기의 구현과 유사한 점이 있기 때문이다.

이런 상황에서 이 소설이 우익문단의 이데올로기를 분명하게 드러낸 작품과 구별되는 이유는, 무엇보다도 소년·소녀 사이의 깊은 친밀감이 강조됐기 때문이다. 이 소설이 평화로운 시골 마을을 배경으로 한다는 점을 차치하고서라도, 소년과 소녀의 친밀한 관계 정도가 깊어지는 서사구조를 택하고 있다는 점은 소년·소녀의 언행이 지닌 우익문단의 이데올로기적인 유사성을 누비고 감춰버린다. 인용문 (11)~(12)에서 소년과 소녀의 언행은 하나하나—소녀가 소년을 위해 들어와 앉으라고 한 말, 소녀가 소년의 몸냄새를 받아들이는 자세, 소년이 소녀를 업는 행위, 소녀가 소년의 목을 그러안은 행동 등등—를 놓고 보면 인간 본연의 생명·본성을 잘 보여주지만, 서사구조의 전개 과정에서 보면 서로 친밀해지는 과정으로 중첩·심화되는 것이다.[403]

---

402 구상, 〈초토의 시·1〉, 《초토의 시》, 청구출판사, 1956.

황순원과 순수문학 다시 읽기

그리고 소설 〈소나기〉에서 소년·소녀의 친밀감이 누비고 감추는 것 중의 하나는 소년의 죄책감이다. 황순원은 그의 다른 소설에서 죄책감에 의한 한 소년의 고통과 부정적인 결과를 중요시한 바가 있었다. 식민지 시기의 소설 〈닭제〉에서는 제비새끼를 살리기 위해서 자기 수탉을 제물로 썼다가 자기 수탉을 죽였다는 죄책감으로 고통스러워하다가 죽어가는 소년을 소재화했다. 황순원의 문학세계에서 죄책감은 그만큼 한 인간(아동)의 커다란 고통을 보여주는 것이다. 이런 소설이 윤리적인 문제의식의 소산임은 물론이다. 소설 〈소나기〉 역시 소년의 입장에서 보면 커다란 죄책감이 있기는 마찬가지다.

(14) "그동안 앓았다."

알아보게 소녀의 얼굴이 해쓱해져있었다.

"그날 소나기 맞은 것 때메?"

소녀가 가만히 고개를 끄덕이었다.

(중략) "내 생각해냈다. 그날 도랑 건널 때 내가 업힌 일 있지? 그때 네 등에서 옮은 물이다."[404]

(15) "글쎄 말이지. 이번 앤 꽤 여러 날 앓는 걸 약두 번번히 못 써봤다드군. 지금 같애서는 윤초시네두 대가 끊긴 셈이지. ……그런데 참 이번 기집애는 어린

403 이 소설은 이 점에서 한국전쟁 직전까지 황순원이 보여주던 우익문단의 이데올로기적인 성격과는 그 특징을 달리 한다. 황순원의 소설 〈병든 나비〉에서 한 소녀가 본 소변 줄기를 꽃으로 보는 정노인의 생각, 혹은 소설 〈독 짓는 늙은이〉에서 자신의 몸을 독 대신 하려는 송영감의 생각은 모두 인간 그 자체의 생명·본성을 강조하는 미적인 순간을 주목한 것이다.
404 황순원, 〈소나기〉, 《황순원전집 3》, 문학과지성사, 1981., 18쪽.

것이 여간 잔망스럽지가 않어. 글쎄 죽기 전에 이런 말을 했다지 않어? 자기가 죽거든 자기 입든 옷을 꼭 그대루 입혀서 묻어달라구……"[405]

인용문 (14)~(15)에서 보면, 소년은 소녀가 자신과 함께 산에 나들이를 갔던 날 맞은 소나기로 인해서 비교적 긴 시간 동안 앓아누웠고 그로 인해서 죽음에 이르렀음을 분명히 알고 있지만, 이 소설에서 소년의 죄책감은 단 한 줄도 제시되어 있지 않다. 황순원이 초점을 맞추는 것은 소년에 대한 소녀의 친밀감이다. 소녀는 소년의 등에서 옮은 물이 든 스웨터를 죽어서도 입혀달라는 생각을 말한다. 소녀의 이 말은 소년에 대한 친밀감을 죽음의 상황 속에서 강조함으로써 소년의 죄책감을 누비고 감싸는 효과를 발휘한다.

이러한 소녀의 말을 통해서 소년·소녀의 친밀감은 더욱 깊어지는데, 이 과정에서 작품 외적으로 보면 한국전쟁이라는 동족상잔의 비극과 완전히 상반된 소년·소녀의 로맨스를, 그리고 작품 내적으로 보면 윤리적·도덕적인 책임을 다 보류한 채로 서로의 정서적인 융합·소통을 보여주는 순수한 아동의 표상이 남게 되는 것이다. 소설 〈소나기〉에서는 소년·소녀의 친밀감이 이러한 죄책감을 비롯해서 우익문단의 이데올로기적인 성격을 누비고 감쌈으로써 순수한 아동의 표상이 선명하게 드러나는 것이다.

---

405 황순원, 〈소나기〉, 《황순원전집 3》, 문학과지성사, 1981., 21쪽.

황순원과 순수문학 다시 읽기

V. 결론

그동안 황순원 초기 소설 속의 아동 표상에 대해서는 순수·서정적인 의미 부여가 연구사의 중심을 차지했는데, 이런 연구사에서는 순수한 아동이 구체적인 현실과 무관하게 만들어진 일종의 풍경이라는 점이 간과돼 있었다. 이 글에서는 소설 〈별〉·〈산골아이〉·〈소나기〉를 대상으로 가라타니 고진의 풍경론과 슬라보예 지젝의 이데올로기론을 참조해서 황순원이 순수한 아동 표상을 만들기 위해서 현실 속의 아동을 어떻게 풍경으로 재구성하는지를 밝히고자 했다. 이러한 논의는 황순원의 문학이 구체적인 현실과 관계 맺는 방식을 근본적으로 검토하기 위한 것이었다.

첫째, 〈별〉 속의 아동이 황순원의 동시대 소설 속 아동과 비교해 볼 때에 가족·사회의 문화·관습(역사성)을 은폐하는 하나의 풍경으로 제시되는 방식을 살펴봤다. 〈별〉에서는 아동을 바라보는 지각 양태가 달라졌기 때문에 죽은 어머니가 아름답다는 믿음을 절대적인 것으로 지닌 순수한 아동이 발견됐고, 아동에게 현실적인 영향을 주는 가족 특유의 문화·관습이 은폐됐음을 분석했다. 둘째, 〈산골아이〉에서는 설화에 몰입하는 아동의 의미를 주목했다. 〈도토리〉와 〈크는 아이〉 모두 시대와 그 시대의 이데올로기 영향과 거의 무관하게 설화에 몰입하는 특유의 추상성으로 존재하는 아동이 발견됐다. 셋째, 아동 간의 친밀감이 친밀하지 않은 것들을 누비는 방식을 검토했다. 소년·소녀의 친밀감이 친밀하지 않은 것들—소년·소녀의 언행이 인간의 생명·본성 그 자체를 주목하는 우익문단(문협 주도 세력)의 이데올로기적인 성격을 지닌다는 점, 소녀의 죽음에 연관된 소년의 죄책감—을 누비고 감추는 방식으로 순수한 아동의 표상이 선명하게 드러났다.

이렇게 볼 때 황순원 초기 소설 속에서 순수한 아동의 표상은 당대 주요 이데올로기의 영향을 받거나 계급과 가족·사회에 속한 현실 속의 아동을 추상화·균질화시키는 과정을 통해서 만들어졌음이 확인된다. 그의 문학적 순수 관념은 구체적인 현실 속의 아동을 풍경으로 만드는 방식을 통해서 순수한 아동의 표상으로 재구성해낸 결과물이었다. 이러한 재구성이 당대의 주요 이데올로기와 계급·문화·관습을 은폐함으로써 가능하다는 것은, 문학적 순수성의 순수가 지닌 성격을 근본적으로 재고하게 만든다.

참고문헌

1. 기본 자료

〈매일신보〉, 〈동아일보〉, 〈신소년〉, 〈중앙일보〉, 《아이생활》, 《시문학》, 《어린이》

황순원, 《골동품》, 삼문사, 1936.

황순원, 《목넘이마을의 개》, 육문사, 1948.

황순원, 《방가》, 동경 · 학생예술좌문예부, 1934.

황순원, 《별과 같이 살다》, 정음사, 1950., 《황순원전집 6》, 문학과지성사, 1981.

황순원, 《학》, 중앙문화사, 1956.

황순원, 《황순원단편집》, 한성도서, 1940.

황순원, 《황순원전집 1~6》, 문학과지성사, 1980~1981.

황순원, 「대표작 자선자평: 유랑민 근성과 시적 근원」, 《문학사상》, 1972. 11.

황순원, 〈갈대〉, 《황순원전집 1》, 문학과지성사, 1980.

황순원, 〈검부러기〉, 《신천지》, 1949. 2., 이후 〈몰이꾼〉으로 게재, 《황순원전집 3》, 문학과지성
　　　　사, 1981.

황순원, 〈그늘〉, 《춘추》, 1942. 3.

황순원, 〈기러기〉, 《문예》, 1950. 1., 《황순원전집 1》, 문학과지성사, 1980.

황순원, 〈내가 이렇게 홀로〉, 황순원 외, 《관서시인집》, 평양:인민문화사, 1946.

황순원, 〈노새〉, 《문예》, 1949. 12., 《황순원전집 1》, 문학과지성사, 1980.

황순원, 〈누나생각〉, 〈매일신보〉, 1931. 3. 19.

황순원, 〈늪〉, 《황순원전집 1》, 문학과지성사, 1980.

황순원, 〈담배 한 대 피울 동안〉, 《신천지》, 1947. 9.

황순원, 〈독 짓는 늙은이〉, 《문예》, 1950. 4., 《황순원전집 1》, 문학과지성사, 1980.

황순원, 〈두꺼비〉, 《우리공론》, 1947. 4.

황순원, 〈맹산할머니〉, 《문예》, 1949. 8., 《황순원전집 1》, 문학과지성사, 1980.

황순원과 순수문학 다시 읽기

황순원, 〈모자〉, 《신천지》, 1950. 3., 《황순원전집 2》, 문학과지성사, 1981.

황순원, 〈목넘이마을의 개〉, 《개벽》, 1948. 3.

황순원, 〈별〉, 《인문평론》, 1941. 2., 《황순원전집 1》, 문학과지성사, 1980.

황순원, 〈병든 나비〉, 《혜성》, 1950. 2., 《황순원전집 1》, 문학과지성사, 1980.

황순원, 〈봄싹〉, 〈동아일보〉, 1931. 3. 26.

황순원, 〈산골아이〉, 《민성》, 1949. 7., 《황순원전집 1》, 문학과지성사, 1980.

황순원, 〈소나기〉, 《황순원전집 3》, 문학과지성사, 1981., 14쪽.

황순원, 〈솔개와 고양이와 매와〉, 《신천지》, 1949. 5~6., 이후 〈무서운 웃음〉으로 게재, 《황순
　　　원전집 2》, 문학과지성사, 1981.

황순원, 〈술 이야기〉, 《신천지》, 1947. 2.

황순원, 〈아버지〉, 《문학》, 1947. 2.

황순원, 〈우리옵바〉, 〈매일신보〉, 1931. 6. 27.

황순원, 〈이리도〉, 《백민》, 1950. 2., 《황순원전집 2》, 문학과지성사, 1981.

황순원, 〈집 혹은 꿀벌이야기〉, 《신조선》, 1947. 4.

황순원, 〈황노인〉, 《신천지》, 1949. 9., 《황순원전집 1》, 문학과지성사, 1980.

황순원, 〈황소들〉, 《문학》, 1947. 7.

황순원문학관 황순원문학연구센터, 《황순원 초기문학 발굴 작품집》, 2011.

2. 논문 및 단행본

강소천, 〈연기야〉, 〈신소년〉, 1931. 3.

강소천, 〈흐린날아침〉, 《아이생활》, 1933. 5.

강정구, 「1930년대 초반의 황순원 동요·동시에 나타난 순수성 고찰」, 《한국아동문학연구》
　　　30집, 한국아동문학학회, 2016. 5.

강정구, 「해방기에 나타난 문학적인 순수 관념의 다층성 － 황순원의 경우」, 《한국문예비평연
　　　구》 56집, 한국현대문예비평학회, 2017.

강정구, 「황순원 소설 속의 상층계급 한 고찰-식민지 시기 발표 소설을 중심으로」, 《세계문학비교연구》60, 세계문학비교학회, 2017. 9.

강정구, 「황순원의 해방 이후 발표 작품에 나타난 좌우 이데올로기 대응 양상」, 《우리문학연구》55., 우리문학회, 2017. 7.

강정구·김종회, 「1930년대 강소천의 동요·동시에 나타난 동심성」, 《현대문학의 연구》55집, 한국문학연구학회, 2015.

강정구·김종회, 「식민지 시기의 시단(詩壇)의 민족 표상에 관한 시론(試論)」, 《한민족문화연구》49집, 한민족문화학회, 2015.

강정구·김종회, 「1930년대의 주요 동요·동시에 나타난 아동 관념의 변화」, 《한국사상과 문화》77집, 한국사상문화학회, 2015. 3.

고현철, 「황순원 시 연구-시집 《방가》에 나타난 역사의식을 중심으로」, 《한국문학논총》11집, 한국문학회, 1990.

곽종언, 「해방문단 10년 총결산」, 《신인간형의 탐구》, 동서문화사, 1955.

구상, 〈초토의 시·1〉, 《초토의 시》, 청구출판사, 1956.

구창환, 「황순원 문학서설」, 《조선대 어문학논총》6, 조선대학교 국어국문연구소, 1965.

권영민 편저, 「한국 근대문학과 이데올로기-김윤식과 권영민의 대담」, 《월북문인연구》, 문학사상사, 1989.

권영민, 《한국현대문학사》, 성문각, 1969.

권영민, 「새로 찾은 황순원 선생의 초기 작품들」, 《문학사상》, 2010. 7.

김 현, 「소박한 수락」, 《황순원 연구》, 문지사, 1985.

김 훈, 「이미지즘편」, 오세영 편, 《문예 사조》, 고려원, 1983.

김광주, 「예술조선 시절의 희미한 회상」, 《현대문학》, 1965. 8.

김귀옥, 「월남민의 생활 경험과 정체성-밑으로부터의 월남민 연구》, 서울대학교출판부, 1999.

김기림, 「시인과 시의 개념-근본적 의혹에 대하여」, 〈조선일보〉, 1930. 7. 24.~7. 30.

김남영, 「황순원의 소년 주인공 단편소설 고찰」, 《한국문학이론과 비평》 18집, 한국문학이론
　　과비평학회, 2003.

김남천, 「공위 성공을 위한 투쟁 – 문학운동의 당면 임무」, 《문학》 4, 1947. 7.

김동리, 「순수문학의 진의 – 민족문학의 당면 과제로서」, 《서울신문》, 1946. 9. 14.

김동리, 「신세대의 정신」, 《문장》, 1940. 5.

김동리, 「창조와 추수 – 현문단의 이대 조류」, 《민주일보》, 1946. 9. 15.

김동리, 「한국문학가협회」, 한국문인협회 편, 《해방문학20년》, 정음사, 1966.

김동선, 「황고집의 미학, 황순원 가문」, 오생근 편, 《황순원 연구》, 문학과지성사, 1993.

김병익, 「순수문학과 역사성」, 《한국문학》, 1976.

김병철, 《한국근대번역문학사연구》, 을유문화사, 1975.

김영화, 「황순원의 단편소설 I – 해방 전의 작품을 중심으로」, 《한국언어문학》 23집, 한국언
　　어문학회, 1984.

김용희, 《현대소설에 나타난 '길'의 상징성》, 정음사, 1986.

김윤식 외, 《해방공간의 문학운동과 문학의 현실인식》, 한울, 1990.

김윤식, 《신 앞에서의 곡예》, 문학수첩, 2009.

김윤식, 《한국근대문학사상비판》, 일지사, 1978.

김윤식, 《한국근대문학사상연구2》, 아세아문화사, 1994.

김윤식, 「원초적 삶과 시대적 삶 – 황순원론」, 《우리 문학의 넓이와 깊이》, 서재헌, 1979.

김인숙, 「황순원 소설집 《늪》의 고찰」, 《국제언어문학》 16집, 국제언어문학회, 2007.

김인환, 「인고의 미학」, 《별과같이살다/카인의후예 – 황순원전집 6》, 문학과지성사, 1981.

김종회, 《황순원 문학과 소나기마을》, 작가, 2017.

김주성, 《황순원 소설과 샤머니즘》, 나남, 2014.

김주연, 「싱싱함, 그 생명의 미학」, 《시선집 – 황순원전집 11》, 문학과지성사, 1985.

김준오, 《문학사와 장르》, 문학과 지성사, 2000.

김철, 「한국 보수우익 문예조직의 형성과 전개」, 《한국전후문학의 형성과 전개》, 태학사,

1993.

김춘식, 「황순원의 초기 시작 활동과 재일조선인 아나키즘」, 《한국문학연구》 50집, 동국대학
　　　교 한국문학연구소, 2016.

김치수, 「소설의 사회성과 서정성」, 《말과 삶과 자유》, 문학과지성사, 1985.

김한식, 「해방기 황순원 소설 재론 – 작가의 현실인식과 개작을 중심으로」, 《우리문학연구》
　　　44집, 우리문학회, 2014.

김현, 「안과 밖의 변증법」, 황순원, 《늪/기러기 – 황순원전집 1》, 문학과지성사, 1980.

김현 · 김윤식, 《한국문학사》, 민음사, 1984.

김형효, 《데리다의 해체철학》, 민음사, 1993.

김혜경, 「핵가족 논의와 식민지적 근대성 – 식민지 시기 새로운 가족 개념의 도입과 변형」,
　　　《한국사회학》 35.4., 한국사회학회, 2001.

남미영, 《한국 현대 성장소설 연구》, 숙명여대 박사학위논문, 1991.

노승욱, 《황순원 문학의 수사학과 서사학》, 지교, 2010.

노승욱, 「황순원 단편 소설의 환유와 은유」, 《외국문학》, 1998. 봄호.

류경동, 「해방기 문단 형성과 반공주의 작동 양상 연구」, 《상허학보》 21집, 상허학회, 2007.

류선영, 「한국 대중문화의 근대적 구성과정에 대한 연구 – 조선후기에서 일제시대까지를 중
　　　심으로」, 고려대 대학원 박사학위논문, 1992.

류승완, 「1920~1930년대 조선학의 분화에 대한 일 고찰」, 《숭실사학》 31집, 숭실사학회,
　　　2013.

박수연, 「모던과 향토의 공동체」, 《비평문학》 55집, 한국비평문학회, 2015.

박수연, 「황순원의 일제말 문학의식 – 동양과 향토에 대한 자의식」, 《한민족문화연구》 42집,
　　　한민족문화학회, 2013.

박양호, 《황순원 문학 연구》, 전북대대학원박사학위논문, 1994.

박영식, 「성장소설의 장르적 특징과 〈소나기〉 분석」, 《어문학》 102호, 한국어문학회, 2008.

박영종, 「제비 마중」, 《신가정》, 1933. 4.

박용규, 「황순원 소설의 개작과정연구」, 서울대대학원 박사학위논문, 2005.

박용찬, 《해방기 시의 현실인식과 창작방법 연구》, 경북대박사학위논문, 1997.

박용철, 「효과주의적비평론강」, 《문예월간》, 1931. 11.

박은태, 「황순원 소설 연구: 서정적 세계의 구조와 존재론적 위상」, 《한국문예비평연구》 13집, 한국문예비평학회, 2003.

박진, 「황순원 소설의 서정적 구조 연구」, 고려대 대학원 박사학위논문, 2002.

박태일, 「황순원 소설 〈소나기〉의 원본 시비와 결정본」, 《어문논총》 59집, 한국문학언어학회, 2013.

박헌영, 「10월 인민항쟁」(1946. 11. 13), 《해방공간의 비평문학3》.

박혜경, 「황순원 문학 연구」, 동국대 대학원 박사학위논문, 1994.

방금단, 「황순원 소설 〈소나기〉의 매체의 변용에 따른 서사성과 상징이미지 비교 연구」, 《스토리&이미지텔링》 13집, 건국대학교 스토리앤이미지텔링연구소, 2017.

방금단, 「황순원 소설에서의 모성성과 훼손된 아동이미지 연구」, 《동화와번역》 29집, 건국대학교동화와번역연구소, 2015. 5.

방민호, 「현실을 포회하는 상징의 세계」, 《관악어문연구》 19, 1994. 12., 서울대국어국문학과.

방정환, 〈형제별〉, 《어린이》 1. 8., 1923. 8.

배경열, 「해방공간의 민족문학론과 그 이념적 실체」, 《국어국문학》 112권, 국어국문학회, 1994.

백욱인, 「식민지 시대 계급구조에 관한 연구」, 《사회와역사》 8호, 한국사회사학회, 1987.

서세림, 「월남문학의 유형 - '경계인'의 몇 가지 가능성」, 《한국근대문학연구》, 제31호, 한국근대문학회, 2015.

서재원, 《김동리와 황순원 소설의 낭만성과 역사성》, 도서출판 월인, 2005.

서재원, 「해방직후의 황순원 단편소설 고찰 - 단편집 《목넘이마을의 개》」, 《한국어문교육》 4집, 고려대학교 한국어문교육연구소, 1990.

성은혜, 「〈산골아이〉의 문학교육적 의미와 가치 연구」, 《문학교육학》 45호, 한국문학교육학회, 2014.

손미란, 「10월 인민항쟁(1946. 10)을 통해 본 '시간의 정치학' – 조선문학가동맹을 중심으로」,《반교어문연구》38집, 반교어문학회, 2014.

송하섭,《한국 현대 소설의 서정성 연구》, 단국대출판부, 1989.

송효정, 「식민지 후반기 문학의 근대 기획 양상」, 고려대대학원 박사학위논문, 2009.

송희복,《해방기 문학비평 연구》, 문학과지성사, 1993.

신덕룡, 「〈술 이야기〉에 나타난 노동운동 양상 연구 – 해방 직후 노동자 공장관리를 중심으로」,《한국문예창작》14.1., 한국문예창작학회, 2015.

신춘호, 「황순원의 〈황소들〉론」,《중원어문학》, 건국대학교 국어국문학학회, 1985.

심영덕, 「황순원 소설 〈별〉에 나타난 소외 양상」,《한민족문화연구》74집, 한민족문화학회, 2016. 12

안남일, 「리터러시 관점에서의 〈소나기〉 연구」,《한국학연구》26집, 고려대학교한국학연구소, 2007.

안막, 「민족문학과 민족예술 건설의 고상한 수준을 위하여」,《문화전선》, 1947. 8.

안문석, 「해방이후 북한 국내 공산세력의 국가건설전략」,《통일정책연구》22.2., 통일연구원.

안미영, 「해방직후 황순원 소설에 나타난 귀환전재민의 의의」,《현대문학이론연구》40집, 현대문학이론학회, 2010.

양선규, 「어린 외디푸스의 고뇌: 황순원의 '별'에 관하여」,《문학과 언어》9집, 1988.

양주동, 〈서〉, 황순원,《방가》, 동경·학생예술좌문예부, 1934.

오혜진, 「심퍼사이저라는 필터 – 저항의 자원과 그 양식들」,《상허학보》38집, 상허학회, 2013.

유성호, 「견고하고 역동적인 생명의지」,《한국근대문학연구》23호, 한국근대문학회, 2011. 4.

유종호,《한국인과 문학사상》, 일조각, 1964.

유종호, 「겨레의 기억」, 황순원,《목넘이마을의 개/곡예사》, 문학과지성사, 1981.

윤명옥, 「해설」, Walt Whitman, 윤명옥 역,《휘트먼 시선》, 지식을만드는지식, 2010.

윤복진, 〈쫓겨난 부엌데기〉, 1927., 《현대조선문학선집 18》, 문예출판사, 2000.

이남호, 「물 한 모금의 의미」, 《문학의 僞足》 제2권, 민음사, 1990.

이동길, 「해방기의 황순원 소설연구」, 《어문학》 56, 한국어문학회, 1995.

이동하, 〈입사 소설의 한 모습〉, 《물음과 믿음사이》, 민음사, 1989.

이보영, 「작가로서의 황순원」, 오생근 편, 《황순원 연구》, 문학과지성사, 1993.

이봉범, 「잡지 《신천지》의 매체 전략과 문학」, 《한국문학연구》 39, 동국대학교 한국문학연구
　　　소, 2010.

이봉범, 「해방10년, 보수주의문학의 역사와 논리」, 《한국근대문학연구》 22호, 한국근대문학
　　　회, 2010.

이수현, 「첫사랑의 다른 이름, '순수' 혹은 '관능'」, 《한국극예술연구》 39호, 한국극예술학회,
　　　2013.

이승렬, 「일제파시즘기 조선인 자본가의 현실인식과 대응」, 《사회와 역사》 67집, 한국사회사
　　　학회, 2006.

이익성, 「일제 암흑기 황순원의 창작 단편소설 연구」, 《동아시아문화연구》 61집, 한양대학교
　　　동아시아문화연구소, 2015.

이익성, 「황순원 초기 단편소설의 서정적 특질 – 단편집 《늪》을 중심으로」, 《개신어문연구》
　　　36집, 개신어문학회, 2012.

이재선, 《한국현대소설사》, 홍선사, 1979.

이재선, 「황순원과 통과제의 소설」, 《한국현대소설사》, 홍성사, 1979.

이재철, 《아동문학개론》, 서문당, 1983.

이태동, 「실존적 현실과 미학적 현현」, 《현대문학》, 1980. 11.

이혜원, 「황순원 시 연구」, 《한국시학연구》 3호, 한국시학회, 2000.

이혜원, 「황순원 시와 타자의 윤리」, 《어문연구》 71집, 어문연구학회, 2012.

임영봉, 《상징투쟁으로서의 한국현대문학사》, 보고사, 2005.

임재해, 「설화에 나타난 호랑이의 다중적 상징과 민중의 권력 인식」, 《실천민속학연구》 19집,

실천민속학회, 2012.

임진영, 「월남작가의 자의식과 권력의 알레고리」, 《현대문학의 연구》 58집, 한국문학연구학
회, 2016.

임채욱, 「황순원 소설의 서정성 연구」, 전남대 대학원 박사학위논문, 2002.

임화, 「인민항쟁과 문학운동─삼일운동 제28주년 기념에 제하여─」, 《문학》, 1947. 2.

임화, 「현하의 정세와 문화운동의 당면 임무」, 문화전선 1호, 1945. 11. 15.

장노현, 「〈소나기〉와 문학활용 테마파크─전략과 테마기획을 중심으로」, 《국제어문》 41집,
국제어문학회, 2007.

장석남, 「황순원 시의 변모 양상에 대한 고찰」, 《한국문예창작》 6권 1호, 한국문예창작학회,
2007.

장양수, 「황순원의 〈소나기〉」, 《한국현대소설 작품론》, 국학자료원, 2008.

장현숙, 《한국현대문학사에서 본 황순원 문학 연구》, 푸른사상, 2013.

장현숙, 「해방 후 민족현실과 해체된 삶의 형상화: 황순원 단편집 《목넘이마을의 개》」, 《어문
연구》 21.1~2., 한국어문교육연구회, 1993.

장현숙, 「황순원 초기 작품 연구─단편집 《늪》을 중심으로」, 《경원공업전문대 논문집》 7집, 경
원공업전문대, 1986.

전소영, 「월남 작가의 정체성, 그 존재태로서의 전유」, 《한국근대문학연구》 32집, 한국근대문
학회, 2015.

전혜진, 「《별건곤》에서 드러난 도시 부르주아 문화와 휴양지 표상」, 《한국언어문화》 41호, 한
국언어문화학회, 2010.

전흥남, 「해방직후 황순원 소설 일고」, 《어문연구》 47집, 어문연구학회, 2005.

전흥남·소형수, 「해방기 황순원 소설의 현실 대응력 ─《별과 같이 살다》를 중심으로」, 《영주
어문》 14, 영주어문학회, 2007.

정수현, 《황순원 소설 연구》, 한국학술정보, 2006.

정수현, 「결핍과 그리움─황순원 작품집 《늪》」, 《여성문학연구》 3호, 한국여성문학학회,

2000.

정한숙,《한국현대문학사》, 고려대출판부, 1982.

조규택,「휘트먼의 초절주의적 자연관」,《영미어문학》 53집, 한국영미어문학회, 1998.

조남현,「황순원의 초기 단편소설」,《한국현대소설사연구》, 민음사, 1984.

조동일,《한국소설의 이론》, 지식산업사, 1977.

조석제(조연현),「해방문단 5년의 회고」,《신천지》, 1949. 9.~1950. 2.

조연현,「서정적 단편 – 황순원 단편집《학》」,《문학과 그 주변》, 인간사, 1958.

조연현,「황순원단장」,《현대문학》 119, 1964. 11.

조은정,「1949년의 황순원, 전향과《기러기》재독」,《국제어문》 66, 국제어문학회, 2015.

조정화,「황순원 소설 속 모성의 이원성 연구 – 단편소설〈늪〉과〈별〉을 중심으로」,《인문과학 연구》 27집, 대구가톨릭대학교 인문과학연구소, 2016.

주요한,「신시단에 신인을 소개함」,《동광》, 1932. 5.

진설아,「한국문단사와 '순수', 그 이면을 찾아서」,《어문론집》 33호, 중앙어문학회, 2005.

진순애,「〈시문학파〉연구: 순수성을 중심으로」,《한국시학연구》, 한국시학회, 2003.

진실·화해를위한과거사정리위원회,《국민보도연맹 사건 진실규명결정서》, 진실·화해를위 한과거사정리위원회, 2009.

진형준,「모성으로 감싸기, 그 안에 안기기」,《세계의 문학》, 1985. 가을호.

천이두,「고전의 경지에 도달한 한국적 서정」,《황순원문학전집7》, 삼중당, 1973.

천이두,「종합에의 의지」,《현대문학》, 1973. 8.

천이두,「토속적 상황설정과 한국소설」,《韓國小說의 觀點》, 문학과지성사, 1980.

천이두,「황순원 작품해설」,《한국대표 문학전집 6》, 삼중당, 1971.

천이두,「황순원의〈소나기〉– 시적 이미지의 미학」,《한국현대소설작품론》, 문장, 1993.

최동호,「동경의 꿈에서 피사의 사탑까지」,《황순원 – 새미작가론총서 8》, 새미출판사, 1998.

최래옥,「황순원〈소나기〉의 구조와 의미」,《국어교육》 31집, 한국국어교육연구회, 1977.

최명표,《한국근대소년문예운동사》, 경진, 2012.

최인욱, 「공군종군문인단」, 한국문인협회 편, 《해방문학20년》, 정음사, 1966.

한명훈, 「휘트먼의 자아와 절대자」, 《영미어문학》 57집, 한국영미어문학회, 1999.

함돈균, 「근대계몽기 우화 형식 단형서사 연구-미학적 한계와 양식 소멸의 문학사적 의미에
　　　대하여」, 《국제어문》 34집, 국제어문학회, 2005.

허명숙, 「황순원 초기단편소설 연구」, 《숭실어문》 12집, 숭실어문학회, 1995.

현길언, 「황순원 소설에 나타난 집과 토지의 문제」, 《동아시아 문화연구》 14집, 한양대학교
　　　한국학연구소, 1998.

홍성식, 「해방기 인민항쟁과 창작실천의 문제」, 《한국문예비평연구》 45집, 한국현대문예비평
　　　학회, 2014.

홍양희, 「식민지 시기 남성교육과 젠더-양반 남성의 생활상과의 비교를 중심으로」, 《아시아
　　　여성연구》 44.1., 숙명여대 아시아여성연구소, 2005.

황순원, 「대표작 자선자평: 유랑민 근성과 시적 근원」, 《문학사상》, 1972. 11.

柄谷行人, 박유하 역, 《일본근대문학의 기원》, 민음사, 1997., 참조.

Bhabha, Homi K., 나병철 옮김, 《문화의 위치》, 소명출판사, 2012.

Bourdieu, P., 최종철 역, 《구별짓기: 문화와 취향의 사회학》上·下, 새물결, 2003.

Deleuze, Gilles., 이정우 역, 《의미의 논리》, 한길사, 1999.

Derrida, J., 김성도 역, 《그라톨라지》, 민음사, 1996.

Erickson, Erick., 윤진·김인경 옮김, 《아동기와 사회》, 중앙적성출판사, 1988.

Foucault, Michel., 오생근 역, 《감시와 처벌》, 나남, 1994.

Myers, Tony., 박정수 옮김, 《누가 슬라보예 지젝을 미워하는가》, 앨피.

Renard, Jules., 이가림·윤옥일 옮김, 《홍당무/박물지/르나르 일기》, 동서문화사, 2013.

Scalapino, Robert., 이정식, 《한국공산주의 운동사 2》, 돌베게.

Zizec, S., 박정수 역, 《그들은 자기가 하는 일을 알지 못하나이다》, 인간사랑, 2004.

황순원과 순수문학 다시 읽기

Zizec, S., 이수련 옮김,《이데올로기라는 숭고한 대상》, 인간사랑, 2002.

Derrida, J., LA VRIT EN　PEINTURE, Flammarion, 1978.

Jung, C. G., Psychalogical Tapes(Tje Collected Works of C.G Jung-6, Translated by R.F.C. Hull(1971)), Princeton University Press.

Warren, Robert Penn., Pure and Impure poetry, An Introduction to Literary Criticism, Boston, 1968.

Whitman, Walt., Uncollected Petry and Prose of Walt Whitman, Ed. Emory Holloway. Vol2. Garden City, N. Y; Dobbleday, 1921.

Whitman, Walt., Leaves of Grass, Ed. Sculley & Harold W. Blodgett, A Norton Critical Edition, New York: Norton & Company Inc.

〈부록〉 황순원 작품이 발표된 시기별 분류

1. 1930~32년 사이에 발표된 초기 순수 동요·동시 작품

①계몽주의·휴머니즘 경향의 작품 14편

〈누나생각〉(〈매일신보〉, 1931. 3. 19.), 〈형님과 누나〉(〈매일신보〉, 1931. 3. 29.), 〈달마중〉(〈매일신보〉, 1931. 4. 16.), 〈비오는 밤〉(〈매일신보〉, 1931. 4. 28.), 〈버들피리〉(〈매일신보〉, 1931. 5. 9.), 〈칠성문〉(〈매일신보〉, 1931. 5. 13.), 〈시골저녁〉(〈매일신보〉, 1931. 5. 28., 〈시골밤〉, 〈매일신보〉, 1931. 8. 29.으로 개작), 〈할머니무덤〉(〈매일신보〉, 1931. 6. 2.), 〈살구꽃〉(〈매일신보〉, 1931. 6. 5.), 〈회상곡〉(〈매일신보〉, 1931. 6. 9.), 〈우리 형님〉(〈매일신보〉, 1931. 6. 20.), 〈외로운 등대〉(〈매일신보〉, 1931. 6. 24.), 〈잠자는 거지〉(《아이생활》, 1931. 7.), 〈봄밤〉(〈동아일보〉, 1932. 3. 12.).

②계급주의 경향의 작품 12편

〈북간도〉(〈매일신보〉, 1931. 4. 19.), 〈우리학교〉(〈매일신보〉, 1931. 5. 17.), 〈하날나라〉(〈매일신보〉, 1931. 5. 22.), 〈거지아희〉(〈매일신보〉, 1931. 6. 19.), 〈나〉(〈매일신보〉, 1931. 6. 7.), 〈우리옵바〉(〈매일신보〉, 1931. 6. 27.), 〈종소래〉(〈매일신보〉, 1931. 7. 1.), 〈단오명절〉(〈매일신보〉, 1931. 7. 2.), 〈걱정마세요〉(〈매일신보〉, 1931. 7. 3.), 〈모힘〉(〈매일신보〉, 1931. 7. 21.), 〈나는 실허요〉(〈매일신보〉, 1931. 11. 1.), 〈묵상〉(〈중앙일보〉, 1931. 12. 24.)

③순수 관념 경향의 작품 22편

〈봄싹〉(〈동아일보〉, 1931. 3. 26.), 〈문들네꽃〉(〈매일신보〉, 1931. 4. 10.), 〈버들개지〉(〈매일신보〉, 1931. 4. 26., 수정 후 같은 제목으로 〈매일신보〉, 1931. 9. 5.에 재수록.), 〈단시삼편〉(〈매일신보〉, 1931. 5. 15., 〈단시삼편〉은 동시 3편 〈바람〉·〈저녁〉·〈달빛〉을 모아놓았음), 〈이슬〉(〈매일신보〉, 1931. 5. 23., 수정 후 같은 제목으로 〈동아일보〉, 1935. 10. 25.에 재수록), 〈별님〉(〈매일신보〉, 1931. 5. 24.), 〈할연화〉(〈매일신보〉, 1931. 5. 27.), 〈봄노래〉(〈매일신보〉, 1931. 6. 12.), 〈갈닙쪽배〉(〈매일신보〉, 1931. 6. 13.), 〈소낙비〉(〈매일신보〉, 1931. 6. 27.), 〈수양버들〉(〈매일신보〉, 1931. 7. 7., 수정 후 같은 제목으로 〈동아일보〉, 1931. 8. 4.에 재수록),

〈딸기〉(《동아일보》, 1931. 7. 10.), 〈여름밤〉(《매일신보》, 1931. 7. 19.), 〈꽃구경〉(《매일신보》, 1931. 9. 13.), 〈가을〉(《동아일보》, 1931. 10. 14.), 〈가을비〉(《아이생활》, 6. 11., 1931. 11.), 〈살구꽃〉(《동아일보》, 1932. 3. 15.), 〈봄이 왔다고〉(《동아일보》, 1932. 4. 6.), 〈할미꽃〉(《중앙일보》, 1932. 4. 17.), 〈봄노래〉(《신동아》, 1932. 6. 1.)

2. 식민지 시기에 발표된 작품

① 시집

1934년 《방가》(동경·학생예술좌문예부) 출간

1936년 《골동품》(삼문사) 출간

② 동인지·문예지에 게재

〈거리의 부사〉(《창작》, 1937. 7.), 〈돼지계〉(《작품》, 1938. 10.), 〈별〉(《인문평론》, 1941. 2.), 〈그늘〉(《춘추》, 1942. 3.) 등 4편

③ 1940년 《황순원단편집》(한성도서)에 수록

〈늪〉, 〈허재비〉, 〈배역들〉, 〈소라〉, 〈갈대〉, 〈지나가는 비〉, 〈닭제〉, 〈원정〉, 〈피아노가 있는 가을〉, 〈사마귀〉, 〈풍속〉

3. 해방 이후 발표된 작품

① 시 6편

1946년 시집 《관 서시인집》(평양: 인민문화사)에 실린 〈부르는 이는 없어 도〉, 〈푸른 하늘이〉, 〈이게 무슨 신음소리오〉, 〈아이들이〉, 〈내가 이렇게 홀 로〉와 《민성》 87호에 게재된 〈저녁 저자에서〉

② 단편소설 9편

〈술 이야기〉(《신천지》, 1947. 2.), 〈아버지〉(《문학》, 1947. 2.), 〈두꺼비〉(《우리공론》, 1947.

4.), 〈꿀벌〉(《신조선》, 1947. 4.), 〈황소들〉(《문학》, 1947. 7.), 〈담배 한 대 피울 동안〉(《신천지》, 1947. 9.), 〈목넘이마을의 개〉(《개벽》, 1948. 3.), 〈암콤〉(《백제》 1947.2.), 〈곰〉(《협동》 1947.3)

4. 국가 건립 직후 발표된 소설

①단편소설 11편

〈검부러기〉(《신천지》, 1949. 2., 탈고연도 1948. 3. 이후 〈몰이꾼〉으로 게재), 〈솔개와 고양이와 매와〉(《신천지》, 1949. 5~6., 탈고연도 1949. 4., 이후 〈무서운 웃음〉으로 게재), 〈산골아이〉(《민성》, 1949. 7., 탈고연도 1940., 겨울.), 〈맹산할머니〉(《문예》, 1949. 8., 탈고연도 1943. 가을.), 〈황노인〉(《신천지》, 1949. 9., 탈고연도 1942. 가을.), 〈노새〉(《문예》, 1949. 12., 탈고연도 1943. 늦봄.), 〈기러기〉(《문예》, 1950. 1., 탈고연도 1942. 봄.), 〈병든 나비〉(《혜성》, 1950. 2., 탈고연도 1942. 봄.), 〈이리도〉(《백민》, 1950. 2., 탈고연도 1948. 5.), 〈모자〉(《신천지》, 1950. 3., 탈고연도 1947. 11.), 〈독 짓는 늙은이〉(《문예》, 1950. 4., 탈고연도 1944., 가을.)

②장편소설 1편

〈별과 같이 살다〉(정음사, 1950., 탈고연도 1946. 11.)

황순원과 순수문학 다시 읽기

황순원과 순수문학 다시 읽기

초판 1쇄 인쇄 2018년 11월 23일
초판 1쇄 발행 2018년 11월 30일

지은이 | 강정구
발행인 | 강봉자, 김은경

펴낸곳 | (주)문학수첩
주소 | 경기도 파주시 회동길 192(문발동 513-10) 출판문화단지
전화 | 031-955-4445(마케팅부), 4500(편집부)
팩스 | 031-955-4455
등록 | 1991년 11월 27일 제16-482호

디자인 | 지식산책(design S)

홈페이지 | www.moonhak.co.kr
블로그 | blog.naver.com/moonhak91
이메일 | moonhak@moonhak.co.kr

ISBN 978-89-8392-730-9 03810

「이 도서의 국립중앙도서관 출판예정도서목록(CIP)은 서지정보유통지원시스템
홈페이지(http://seoji.nl.go.kr)와 국가자료공동목록시스템(http://www.nl.go.kr/
kolisnet)에서 이용하실 수 있습니다.(CIP제어번호: CIP2018036525)」

＊파본은 구매처에서 바꾸어 드립니다.

이 도서는 한국출판문화산업진흥원 2018년 우수출판콘텐츠 제작 지원 사업 선정작입니다.